# 세 가지
# 열쇠말로 여는
# 문학이야기

**전국국어교사모임 지음**

네 번째 이야기

## 노동과 일상

## 세 가지 열쇠말로 여는 문학 이야기
네 번째 이야기_ 노동과 일상

**초판 1쇄**  2025년 5월 2일

**지은이**  전국국어교사모임
**펴낸이**  송영석

**개발 총괄**  정덕균
**기획 및 편집**  조성진, 한은주
**마케팅**  이원영, 이종오
**플랫폼**  한종수, 최해리
**도서 관리**  송우석, 박진숙
**표지 디자인**  임진성
**표지 일러스트**  신진호
**본문 디자인**  정선명
**펴낸곳**  ㈜해냄에듀

**신고번호**  제406-2005-000107
**주소**  서울시 마포구 잔다리로 30 해냄빌딩 3,4층
**전화**  (02)323-9953
**팩스**  (02)323-9950
**홈페이지**  http://www.hnedu.co.kr

ISBN 978-89-6446-267-6 43810

• 이 책은 저작권법에 따라 보호받는 저작물이므로 무단 전재와 무단 복제를 금합니다.
• 파본은 ㈜해냄에듀나 구입하신 서점에서 교환해 드립니다.

# 세 가지 열쇠말로 여는 문학이야기

전국국어교사모임 지음

네 번째 이야기

## 노동과 일상

04

## 여는 말

문학은 경험해 보지 못한 다양한 삶의 공간으로 우리를 데려다줍니다. 이를 통해 우리는 재미를 느끼고, 때로는 삶의 지혜를 얻기도 합니다. 그래서 학창 시절에 문학 작품을 배우고, 어른이 되어서도 읽는 것이겠지요. 많은 작품이 세상에 쏟아져 나오다 보니, 무엇을 읽어야 할까 고민되기도 합니다. 조금 난해한 작품을 만났을 때는, 내가 이해한 것과 내가 느낀 재미를 남들도 비슷하게 느꼈을지 궁금하기도 합니다. 때로는 조금 더 깊이 있는 감상을 하고 싶을 때도 있습니다.

국어 교사는 직업적인 이유로 문학 작품을 많이 읽는 편입니다. 이를 바탕으로 전국국어교사모임에서는 '세 가지 열쇠말로 여는 문학 이야기'라는 오디오 채널을 운영하고 있습니다. 우리 모임의 국어 교사들이 문학 작품을 골라 소개하며, 3개의 열쇠말(키워드)을 바탕으로 작품을 해설하는 채널입니다. 2018년 4월에 시작하여 지금까지 600개가 넘는 작품 해설이 올라갔는데, 댓글을 살펴보면 청소년에서부터 어른까지 다양한 분들이 듣고 있다는 것을 확인할 수 있습니다.

이 책은 바로 이 오디오 채널에 올린 작품 중 일부를 골라 엮은 것입니다. 지금까지 소개된 작품들을 모두 모아 보니 시대도 다양하고 내용도 제각각이었습니다. 고민 끝에 주제별로 작품을 분류하였고, 각기 주제가 다른 책을 순차적으로 발간하게 되었습니다.

이 책은 오디오 방송의 대본을 바탕으로 하고 있습니다. 그런데 오디오 방송 매체와 책은 서로 성격이 다르다 보니, 정리하는 과정에서 방송 대본을 책에 맞게 수정, 보완한 부분이 있습니다. 오디오 방송의 성격을 살리기 위해 말하는 어투는 그대로 살렸으나, 읽기에 알맞도록 한 명이 설명하는 것으로 각색하여 수록하였습니다. 교사와 학생 간의 대화로 이루어진 것은 '국어 교사'라는 우리 모임의 정체성과 어울렸기 때문에 그대로 두었습니다.

작품을 해설하는 방법에는 여러 가지가 있겠지만 이 책은 세 가지 열쇠말을 먼저 정하고 그것을 중심으로 이야기하는 방식을 선택했습니다. 그러나 작품의 해석과 감상은 독자마다 다양한 것이어서, 이 책에 실린 해설 역시 절대적인 것은 아닙니다. 다만, 이 책이 여러 문학 작품에 대한 마중물이자 해석의 한 길잡이가 되길 희망합니다. 청소년들은 물론, 문학에 관심 있는 성인들에게도 우리 문학을 다양하게 접할 수 있는 기회가 되길 바랍니다. 이 책에는 소개하는 작품의 전문이나 줄거리 요약이 별도로 실려 있지 않습니다. 독자분들이 이 책을 읽은 후, 관심가는 작품은 꼭 전문을 읽고 자신만의 열쇠말과 해석을 찾아가길 기대합니다.

전국국어교사모임의 '세 가지 열쇠말로 여는 문학 이야기' 오디오 클립 채널은 지금도 새 연재분을 꾸준히 올리고 있으며, 현대 소설 이외에도 시, 고전 소설, 세계 문학 등 다양한 장르의 작품을 소개하고 있습니다. 이 방송을 들은 적이 없는 분이라면, 오디오 방송 채널에도 관심을 보여 주시면 좋겠습니다. 감사합니다.

기획위원 일동

 차례

여는 말 • 4
차례 • 6

## 1부
# 일상의 무게

최진영/ 일요일 • 11
김연수/ 뉴욕제과점 • 19
이문구/ 우리 동네 황씨 • 25
양귀자/ 비 오는 날이면
　　　　가리봉동에 가야 한다 • 33
조정래/ 마술의 손 • 41
현덕/ 남생이 • 47
김승옥/ 역사 • 55
황석영/ 삼포 가는 길 • 63
임성순/ 몰:Mall:沒 • 69
서유미/ 저건 사람도 아니다 • 77
장류진/ 잘 살겠습니다 • 84
김훈/ 자전거 여행 • 92

## 2부
### 노동의 나날

김경욱/ 맥도날드 사수 대작전 • 101
윤흥길/ 날개 또는 수갑 • 109
장강명/ 알바생 자르기 • 117
김학찬/ 풀빵이 어때서? • 125
최일남/ 노새 두 마리 • 132
서유미/ 스노우맨 • 140
이병승/ 여우의 화원 • 148
조세희/ 내 그물로 오는 가시고기 • 155
김영현/ 멀고 먼 해후 • 163
편혜영/ 20세기 이력서 • 171
장류진/ 다소 낮음 • 177
이동하/ 모래 • 184
김금희/ 조중균의 세계 • 192
은유/ 알지 못하는 아이의 죽음 • 198

## 3부
### 가난의 얼굴

조세희/ 난장이가 쏘아 올린 작은 공 • 209
조해일/ 매일 죽는 사람 • 216
김애란/ 도도한 생활 • 222
현진건/ 운수 좋은 날 • 230
계용묵/ 별을 헨다 • 237
김소진/ 열린사회와 그 적들 • 245
김정한/ 모래톱 이야기 • 253
나도향/ 행랑 자식 • 261
강경애/ 소금 • 267
김유정/ 만무방 • 275
최서해/ 탈출기 • 281
김애란/ 물속 골리앗 • 288

최진영/ 일요일
김연수/ 뉴욕제과점
이문구/ 우리 동네 황씨
양귀자/ 비 오는 날이면 가리봉동에 가야 한다
조정래/ 마술의 손
현덕/ 남생이
김승옥/ 역사
황석영/ 삼포 가는 길
임성순/ 몰:Mall:沒
서유미/ 저건 사람도 아니다
장류진/ 잘 살겠습니다
김훈/ 자전거 여행

1부

# 일상의 무게

# 일요일

　우리는 청소년의 삶을 떠올리면 고등학교에서 공부하고, 대학교에 진학하는 모습을 생각합니다. 그런데 모든 학생들이 다 그런 삶을 사는 것은 아닙니다. 특성화고나 마이스터고에 진학해 산업 현장으로 나가는 학생들도 있는데, 그들 중 일부는 현장 실습 중 안전사고를 당하기도 합니다. 은유 작가는 현장 실습을 나갔다가 안타까운 죽음을 맞이한 특성화고 학생의 실제 이야기를 『알지 못하는 아이의 죽음』으로 보여 줍니다.
　그리고 은유 작가의 이 책을 읽고 최진영 작가는 단편집 『일주일』을 씁니다. 오늘 다룰 「일요일」도 이 단편집에 실려 있는 작품인데, 서로 다른 진로를 택한 '나', '도우', '민주'가 각기 어떤 일요일을 보내고 있는지를 보여 줍니다. 지금부터 이 세 친구를 통해 작가는 무엇을 말하려고 했는지 이야기해 보겠습니다.

🔑 **첫 번째 열쇠말_ 나**

먼저 이 작품의 주인공인 '나'의 '일요일'부터 이야기해 보겠습니다. '나'에게 현재 '일요일'의 의미는 '상실된 시간'으로 보입니다. 그 상실감을 느끼게 된 배경은 주인공이 과거에 늘 만나 왔고, 경험했던 일요일의 모습들입니다. 어릴 적 주인공에게 일요일은 어떠한 상상을 해도, 장난을 쳐도 친구들과 함께였던, '우리'가 함께 존재할 수 있는 시간입니다. '나'라는 개별적 존재가 아닌 '우리'라는 존재가 함께하는, 일상에서 벗어난 자유로운 '시간'이자 '공간'이었습니다.

이 지점에서 '일요일'이라는 시간이 가지는 상징적 의미를 생각해 볼 수 있습니다. 현재 주인공의 삶과 대비되는 과거의 '일요일', 그리고 다른 사람들의 삶과의 비교 속에서 오는 상실감 같은 것을 '일요일'을 통해 작가는 말하고 있는 것이 아닌가 생각합니다.

이 소설을 읽다 보면, 제가 어릴 때 가졌던 생각들과 비슷한 생각을 주인공도 하고 있음을 발견합니다. 월요일에 학교에 등교해서 친구들과 일요일을 어떻게 보냈는지 이야기하다 보면 다른 가족과 우리 가족의 차이점이 더 많이 드러났습니다. 어떤 집은 일요일에 에버랜드나 롯데월드를 갔다 왔고, 어떤 집은 교회에 나가 기도를 했는데, 저희 집은 주말에 부모님께서 일을 하셔서 아무 곳에도 가지 않은 경우가 많았습니다.

저의 이런 경험을 '나'도 겪습니다. '나'와 도우, 민주는 성당 유치원에서 만나 친구가 되었습니다. 초등학교 때 한 번도 같은 반이었던 적이 없음에도 일요일이면 성당에서 항상 만나 함께 평화를 빌어 주고, 어른들에게 말할 수 없는 잘못들을 서로에게 고백하고, 같이 잘못을 저지르기도 했지요. 그러다 도우와 민주가 함께 일요일에 성당에 오지 않아서 '나'는 그들에게 배신감을 느낍니다. 배신감을 느끼면서, 여름 방학 때쯤 되면 친구들이 왜 안 나오는지 궁금증을 가졌고, '나'가 다른 사람들과 다른 삶을 살고 있다는 것을 알게 되지요. 그 밖에도 새삼 깨닫게 되는 장면들이 많이 있어요.

'나'와 친구들은 중학생이 되면서부터 각자 보내는 일요일의 모습이 조금씩 달라집니다. 어릴 때는 성당에서 세 명이 단짝처럼 지내다가 중학교, 고등학교 올라가면서 서로 다른 길을 가게 됩니다. 그중에서도 '나'는 경제적으로 조금 어려운 집에 살다 보니 빨리 직업을 가져야겠다고 생각합니다. 그래서 특성화 고등학교를 선택하는데요. 소설 속에는 그 과정에서 생기는 '나'의 무기력함, 세상의 시선, 그 시선에 대한 여러 가지 생각과 심리를 잘 묘사하고 있습니다.

특히 소설의 마지막 장면은 참으로 많은 생각들을 불러일으킵니다. 마지막 장면, 어쩌면 첫 장면일 수도 있는데요, 특성화고 학생인 '나'가 현장으로 실습을 나갔는데, 쉼 없이 움직이던 커다란 기계가 갑자기 멈춥니다. 일요일 늦은 밤 공장에 홀로 남은 '나'가 기계가 제대로 작동하지 않는 위험한 상황에서 어떻게 해야 할지 몰라 당황하지요.

그러면서 자기가 지금 왜 이 기계 앞에 서 있는지 고민하는데, 이 장면에서 마음이 정말 많이 아팠습니다.

특성화고에 근무했던 선생님들의 이야기를 들어보면 현장 실습생으로 나간 학생들의 열악한 환경과 학생들이 받는 부당한 대우에 화가 날 때가 많습니다. 특성화고 학생들은 3학년 2학기가 되면 현장 실습이라는 이름으로 공장에 취업을 나갑니다. 그런데 학생들은 실질적으로 계약의 당사자로서의 대접을 받지 못합니다. 악덕 업주를 만난 학생들은 학생 신분이라며 최저 임금에도 못 미치는 임금을 받습니다. 배움의 과정인데, 실제로는 배움이 아니라 아주 노동자보다도 더 값싼 노동력으로만 취급받고 있지요. 이 소설을 읽는다면 독자들도 그런 부당함에 화가 날 것입니다. '나'에 대한 얘기를 더 하고 싶지만, 다른 두 인물도 살펴봐야 하니, 두 번째 열쇠말로 넘어가겠습니다.

### 🔑 두 번째 열쇠말_ 도우

어떻게 보면 '나'와는 대치점에 놓여 있는 학생이 '도우'입니다. '도우'는 '나'와는 정반대되는 가정 환경에서 자라 왔고, 정반대의 길을 걷고 있지요. 가정 환경이 좋아서 중학교 때부터 과외를 받았고, 외국어고등학교에 진학합니다. 즉, 올라갈수록 치열하게 경쟁해야 하는 대한민국 입시의 최전방에 살고 있는 인물입니다.

소설 후반부에 도우가 자기가 다니는 고등학교 이야기를 하는 장면이 인상적입니다. 도우가 재학하고 있는 학교에서 한 학생이 성적 때문에 자살한 사건이 있었는데, 학교에서는 그 사건을 쉬쉬 덮고 있다고 합니다. 교육 현장에 있다 보면, 학생들끼리 "쟤는 공부를 잘해서 부러워." 또는 "쟤는 너무 자유로워 보여서 부러워."라며 서로가 서로를 부러워하거나, 아니면 "쟤는 공부를 못하니까 별로야."라고 이야기하는 경우를 많이 봅니다. 잘하면 잘하는 대로, 못하면 못하는 대로 모든 학생이 자기만의 십자가를 지고 사는 것처럼 보이지요. 그리고 그 십자가 중에서 '성적'과 관련된 압박을 학생들이 실제 많이 느낍니다. 성적이 좋은 학생들은 자신의 성적을 유지하거나 더 향상시켜야 하기에 힘들어하고, 성적이 좋지 않은 학생들은 주변의 시선이나 자기 비하, 현실 도피의 늪에서 힘들어합니다.

도우도 자기가 원하는 인생을 살고 있는 것이 아니었습니다. 부모님의 은근한 압박, 집안의 기대치, 그리고 학교 분위기에 휘둘려 조금은 공부에 찌들어 버린 안타까운 10대의 모습을 상징적으로 보여 주고 있습니다. '나'와 정반대의 삶을 사는 모습에서 도우 또한 안타까움을 불러일으키는 인물이지요.

도우에게도 어린 시절 친구들과 함께 보낸 일요일은 자기 일상에서 벗어나는 일탈의 시간이었을 겁니다. 친구들과 함께 일요일을 보냈던 성당이라는 공간도 같은 의미였겠죠. 고등학생이 되었을 때 도우는 부모님에게 학원이나 성당 같은 핑계를 대고 친구들을 만납니다. 이 시간들이 도우에게는 해방구 같은 시간이 아니었을까 합니다.

도우는 외국의 대학교에서 공부한 다음에 외국 대학교의 교수가 될 것이라고, 이 모든 것을 서른 살이 되기 전에 다 해낼 것이라고 계속 이야기합니다. '나'와는 결이 다르지만 도우 역시 하루빨리 부모님으로부터 독립하고 싶어 하지요. 어쩌면 작가는 자기의 삶이 없는, 주변 환경 때문에 그렇게 살아야 하는 청소년의 삶을 이야기하고 싶었던 것이 아닐까 하는 생각이 듭니다. '나'나 도우나 그들이 처해 있는 삶의 조건 속에서 스스로 '선택'한 듯 보이지만 실상은 자기 자신은 배제된 삶일 수밖에 없는 청소년들의 현실을 보여 준 것이지요.

도우는 자신의 엄마 아빠가 자기들이 공부를 잘했으니까 공부 못하는 사람을 이해하지 못한다고 말합니다. 어떻게 공부하는데도 성적이 나쁠 수 있느냐며, 비난하거나 야단치는 것이 아니라 정말로 이해하지 못하겠다는 아주 순수한 눈빛으로 쳐다본다고 하지요. 마치 자신과 부모님은 완전히 다른 종족인 것만 같다고. '나'는 '도우의 라이벌은 동급생이 아니라 이미 성공한 부모님'이라고 느낍니다. 이런 부분을 읽다 보면, 제가 학교에서 마주친 몇몇 학생들이 떠오르기도 합니다. '많은 학생이 어른들 또는 타인에 의해서 규정되지 않고 자기의 삶을 살았으면 좋겠다.'라는 생각이 들기도 하고요.

### 🔑 세 번째 열쇠말_ 민주

다음 열쇠말은 이 세 명의 청소년 중 마지막인 '민주'입니다.

민주는 원래 춤과 패션을 좋아했습니다. 그래서 서 있을 때도, 걸을 때도, 또 도우와 '나'를 만났을 때도 계속 관절을 꺾고 웨이브를 했지요. 하지만 고등학교 진학 후에는 그런 모습을 전혀 보여 주지 않았고, 학원을 다니는 평범한 학생이 되었습니다. 학교를 다니면 다닐수록 좋아하던 것도, 개성도 잃어 가는, 어떻게 보면 가장 평범한 학생의 모습을 보여 주고 있다고 할 수 있습니다.

이 소설 속에서 민주는 분량도 많지 않고 민주와 관련된 에피소드도 특별한 것이 없어서, '민주라는 캐릭터가 굳이 등장해야 했을까?'라는 의문이 들기도 합니다. 그런데 열여섯 살에서 열아홉 살까지의 청소년을 대변하기에 '나'와 '도우'는 너무 양쪽 끝에 있는 인물이지요. 우리나라 학생 대부분은 민주처럼 중산층의 가정 환경에서 진로를 결정하지 못하고 대충 꿈을 잃어 가며 살고 있는 듯합니다. 무기력함이라고 해야 할까요?

학생들을 가르칠 때, 장래 희망 조사를 매년 합니다. 장래 희망, 가고 싶은 중학교, 고등학교, 대학교, 가지고 싶은 직업, 꿈, 이런 것을 해마다 물어보는 거죠. 그러면 학생들은 "또 해요?"라고 합니다. '내가 지금 이걸 선택해 봤자 내년에 또 바뀔 텐데.', '내가 굳이 지금 이렇게 깊은 고민을 해야 돼? 힘들어.'라고 생각하면서 자기가 무엇을 원했는지, 무엇을 하고 싶은지를 생각하지 않습니다. 점점 자기를 잃어 가는 것이죠. 많은 학생이 여러 선택지 앞에서 점점 무기력해지는 것 같아요. 그런 면에서 이 소설 속 민주는 '나'와 도우 사이를 이어 주는 역할을 하는 것 같지만, 한편으로는 우리나라의 교육 현실에서 가장 현실적인 청소년의 모습, 지쳐 가는 십 대의 안타까운 모습을 보여 주고 있다는 생각이 들었습니다.

  민주가 IQ 이야기를 하는 장면이 있습니다. 자기 IQ는 100이 조금 넘는데, 도우는 130이 넘는다고 민주가 말하죠. 그러면서 '나'에게 IQ가 얼마인지 물어보는데, '나'는 모른다고 얼버무립니다. 민주는 사회에서 대체로 평균이라고 할 수 있는 조건을 가진 캐릭터로 그려지고 있습니다. 심지어 IQ도 전 세계 평균인 100을 조금 넘지요. 이런 캐릭터이기에 독자들은 민주에게 편안함을 느낄 수 있을 듯합니다.

  민주는 언제나 친구들을 응원할 수 있는 학생이었습니다. 주인공인 '나'처럼 환경 때문에 자기의 미래가 모두 결정된 것도 아니고, 도우처럼 부모의 기대대로 모든 미래의 삶이 단정 지어져서 그 길을 살아야 하는 것도 아닌, 적당한 가정에서 성장하는 민주. 어쩌면 그렇게 아무런 결정도 지어지지 않은 민주의 모습에서 변화의 가능성을 엿볼 수 있는지도 모르겠습니다. 그리고 그런 모습이 청소년들의 진정한 모습이 아닐까 하는 생각도 듭니다.

  지금까지 최진영의 「일요일」을 세 명의 등장인물을 중심으로 살펴봤습니다. 독자분들도 다양한 관점에서, 현실과 사회의 여러 모습 또는 작가의 의도를 고려하여 작품을 읽어 보면 좋을 것 같습니다.

 강상준 (대구국어교사모임)

# 뉴욕제과점

　김연수 작가는 깊이 있는 주제 의식을 다채롭게 펼쳐 내며 내놓는 작품마다 호평을 받고 있습니다. 그의 단편 소설 「뉴욕제과점」은 작가의 자서전 같은 느낌을 줍니다. 소재의 측면에서 보면, 작가의 어린 시절의 이야기와 실제 상황을 소재로 하고 있습니다. 구성의 측면에서는 우리가 흔히 알고 있는 것처럼 발단-전개-위기-절정-결말의 구성 단계를 갖추고 있는 것이 아니라 어린 시절의 여러 에피소드를 나열하고 있습니다. 마치 어린 시절의 이야기를 기억나는 대로 들려주는 것 같은 형식을 갖추고 있지요. 하지만 「뉴욕제과점」은 작가의 자서전이 아닌, 자전 '소설'입니다.

　지금부터 김연수의 「뉴욕제과점」을 '뉴욕제과점', '인생', '연필로 쓰기'라는 세 가지 열쇠말로 살펴보겠습니다.

### 🔑 첫 번째 열쇠말_ **뉴욕제과점**

　1970년대부터 1990년대까지를 시간적 배경으로 하는 이 소설은, 뉴욕제과점에서 나고 자란 '나'의 이야기를 바탕으로 하고 있습니다. '나'의 어머니는 '내'가 태어나기 훨씬 전부터 '뉴욕제과점'이라는 빵집을 하셨습니다. 뉴욕제과점은 '나'의 고향 사람들이면 누구나 기억하는 곳입니다. 어떤 시인은 그곳에서 미팅을 했다고 했고, 어떤 이들은 한 번쯤 역전 파출소 옆의 그곳을 보았거나 그곳에 들러서 빵을 샀던 곳입니다. 뉴욕제과점 막내아들인 '나'는 그 거리에서 사라진 상점들을 기억하고 있습니다. 그리고 그곳에서 많은 것들을 배웠습니다.

　지물포, 철물상, 목재상, 신발 가게, 중국집, 금은방, 전당포, 양복점, 대폿집, 명찰 가게, 다방 재료상, 전업사, 저울 가게, 하숙집, 대서방, 도장 가게는 사라졌습니다. 그리고 1995년 8월 뉴욕제과점도 문을 닫았습니다. 그래서 '나'는 어떤 의미에서는 실향민이나 마찬가지라고 느낍니다. '나'의 대부분을 키웠던 뉴욕제과점과 그 거리의 상점들과 사람들은 '나'에게 고향이었기 때문입니다. 그 상실감과 관련된 부분을 소설에서는 이렇게 표현하고 있어요. '나보다 먼저 세상에 온 것들은 대개 나보다 먼저 이 세상에서 사라진다. 정상적인 세상에서 일어나는 정상적인 일이다.' 이런 까닭으로, '나'는 고향 거리의 수많은 상점들처럼 뉴욕제과점이 세상에서 사라지는 일을 비관적으로 생각하지 않으려고 다짐합니다. 그럼에도 불구하고 '하지만 과연 그런 것일까? 그저 사라져 버리면 그만일까'라고 생각하죠.

많은 것들이 사라집니다. 그리고 많은 것들이 새로 생깁니다. 새롭게 바뀐 환경에 적응하지 못하는 것들은 그렇게 사라지고 도태됩니다. 우리는 변하는 시대에 적응하지 못하면 사라지는 거라고 아무렇지 않게 말합니다. 그리고 영원한 것은 없다고 위안을 삼습니다. 그러나 그곳에서 보낸 시간과, 그곳에서 만든 추억은 사라질 수 없습니다. '내'가 여전히 '역전 뉴욕제과점 막내아들'로 통하는 것처럼 사라지고 도태된 것들이 영원히 사라지는 것은 아닙니다. '눈에 보이지 않는다고 해서 사라졌다는 말은 아닌 것'입니다. 그래서 우리는 변해 버린 거리 위에서, 사라져 버린 가게 앞에서 쓸쓸함을 느낍니다.

### 🔑 두 번째 열쇠말_ 인생

우리는 살아가면서 많은 것들을 추억하고, 그 추억을 꺼내 보며 살아갑니다. '나'에게 뉴욕제과점은 그런 곳입니다. '나'의 어린 시절, 추억 한가운데에는 항상 뉴욕제과점이 있었습니다.

누구 집에서는 개도 카스텔라를 먹는다더라는 소문이 돌기도 했던 풍요로웠던 한 시절, 크리스마스 즈음이면 온 상점을 반짝이게 했던 따스했던 불빛들, 변화에 맞춰 제과점용 진열장을 고르던 기억, 자궁암 수술을 받은 어머니 대신 뉴욕제과점을 맡아 보던 기억, 하루에 백서른네 그릇의 빙수를 팔았던 기억 등. 이 모든 기억이 남아 있는 곳이 뉴욕제과점입니다.

그러나 대기업에서 운영하는 빵집이 생기고, 자궁암 수술 후 어머니의 건강도 우려되었기에 뉴욕제과점은 다른 사람에게 팔리고 24시간 국밥집으로 바뀌게 됩니다. 그러나, 뉴욕제과점은 여전히 '나'에게 존재하고 있습니다. 시간이 흘러, 어느 해 24시간 국밥집을 찾은 '나'는 그곳에서 뉴욕제과점을 봅니다. 옛날로 치자면 2번 테이블이 있던 곳쯤 돼 보이는 자리에 앉아 국밥을 먹습니다.

'나'는 내가 태어나서 자라고 어른이 되는 과정을 함께 한 뉴욕제과점에서의 추억으로 세상을 살아가는 셈이라고 생각합니다. 이 세상에서 사라졌다고 믿었던 것들이 실은 '내' 안에 고스란히 존재한다는 사실을 깨닫고는 놀라워하지요. 그리고 '나'는 뉴욕제과점을 통해 인생을 깨닫습니다. '내가 살아갈 세상에 괴로운 일만 남은 것은 아니라는 사실을. 나도 누군가에게 내가 없어진 뒤에도 오랫동안 위안이 되는 사람으로 남을 수 있게 되리라는 것을' 알게 됩니다.

### 🔑 세 번째 열쇠말_ **연필로 쓰기**

이 소설의 처음은 이렇게 시작됩니다. "나는 이 소설만은 연필로 쓰기로 결심했다. 왜 그런 결심을 하게 됐는지 모르겠다. 그냥 그래야만 할 것 같았다. 그러고 보니 연필로 소설을 쓴 것도 꽤 오래전의 일이다."

이 문장에서 우리는 두 가지 의문점이 생깁니다. 첫 번째, 왜 이 소설은 연필로 쓰기로 한 것일까요? 이 소설이 다른 소설과 어떤 점이 다르기에 연필로 쓰기로 한 것일까요? 두 번째로, 연필로 쓴다는 것은 컴퓨터 자판으로 쓰는 것과는 어떤 점이 다른 것일까요?

　이 소설은 자전 소설입니다. 작가의 경험이 담긴 소설로, 실제 자신의 성장담을 제재로 하고 있습니다. 어린 시절 뉴욕제과점에서의 일상을 회상하면서, 그것들이 인생에 대한 깨달음을 주고, 어른이 된 지금을 살아갈 힘이 되었다는 내용을 담고 있습니다. 자신의 이야기를 담담하게 전하고 있는 이 소설은 어린 시절의 '나'의 이야기이고, 지금의 '내' 이야기이기도 합니다. 그래서 이 이야기는 연필로 한 자 한 자 꾹꾹 눌러 가며 천천히 쓰고 싶었을 것입니다.

　작가는 한 인터뷰에서 "말 그대로 '연필 가는 대로' 쓰고 싶어서" 육필 원고를 고집했다고 말했습니다. 그러면서 아주 오랜만에 연필로 글을 쓴다고 했습니다. 어린 시절의 '나'는 김천 역전 파출소 옆 뉴욕제과점에서, 카스텔라를 만들고 남은 부스러기인 '기레빠시'를 먹으며, 연필로 한 자 한 자 꾹꾹 눌러 가며 소설과 시를 썼을 것입니다. 그리고 그곳의 냄새, 불빛, 소리 등을 느끼며 아이에서 어른이, 소설가가 되었을 것입니다. 그래서 연필로 쓴다는 것은, 자신의 처음을 이야기한다는 의미도 될 것입니다.

　연필로 쓴다는 것은, 컴퓨터의 워드로 쓰는 것과는 많이 다릅니다. 컴퓨터 자판을 두드려 쓰는 것은 편리하고, 빠릅니다. 내가 하고 싶은 말을 거의 생각의 속도로 풀어낼 수 있습니다. 쓴 내용을 지우기도 편합니다. 자판을 누르기만 하면 아주 깨끗하게 흔적도 없이 글자를 지울 수 있습니다. 이에 비해 연필로 쓴다는 것은 느린 글쓰기이고, 훨씬 힘든 글쓰기입니다. 내가 생각한 것을 글자의 속도가 따라오지 못하기 때문에 천천히 생각하고 천천히 쓰게 됩니다. 지울 때도 지우개를 사용해서 힘들여 지워야 합니다. 그만큼 한 글자 한 글자를 공들여 쓰게 되고, 내 몸에 체화되어 있던 것들이 밖으로 나와 글자가 됩니다.

그래서 곧 '나'의 이야기이기도 한 이 이야기를, 처음의 '내'가 그랬듯이, 한 글자 한 글자를 연필로 쓴 것이 아닐까 생각합니다. 여러분도 자신의 이야기를 한 자 한 자 공들여 쓰는 작업을 해 보는 건 어떨까요?

지금까지 김연수 작가의 어린 시절의 이야기와 사라지는 것들에 대한 심상을 담은 자전 소설 「뉴욕제과점」을 살펴보았습니다. 독자 여러분들이 이 작품을 감상하는 데 조금이라도 도움이 되길 바랍니다.

 권진희 (서울국어교사모임)

# 우리 동네 황씨

TV와 560원
새우젓과 납댑문표 빤스
저기

    이문구 작가는 토박이말과 사투리를 능숙하게 구사하고, 서민들이 실생활에서 사용하는 구어체와 판소리 사설 같은 만연체를 자유자재로 구현하는 작가입니다. 1941년 충남 보령군에서 태어나 일찍 부모를 여의고, 검정고시로 서라벌예술대학 문예창작과에 입학했습니다. 김동리의 추천으로 『현대문학』에 단편 소설 「다갈라 불망비」, 「백결」을 발표하면서 등단했고, 이후 활발한 작품 활동을 이어 갔습니다. 대표작으로는 『관촌 수필』, 『우리 동네』, 『내 몸은 너무 오래 서 있거나 걸어왔다』 등이 있습니다.

    오늘 우리가 살펴볼 작품 「우리 동네 황씨」는 9편의 소설로 구성된 연작 소설 『우리 동네』에 실려 있습니다. 『우리 동네』에는 1970년대 새마을 운동 이후 변모된 농촌의 모습과 산업화 과정에서 농민들이 겪는 소외와 갈등을 생생히 그려 낸 작품들이 실려 있습니다.

「우리 동네 황씨」는 이재에 밝아 고리대금업으로 돈을 불리고, 넓은 농토를 소유한 지주 황선주를 풍자적으로 그린 작품입니다. 마을 사람들과 황씨의 관계를 통해 근대화와 산업화로 인한 이기주의가 확산되고, 연대 의식이 붕괴되어 가는 농촌 공동체의 모습을 보여 주면서, 한편으로는 농민들의 자각을 통한 진정한 농촌 사회의 회복을 희망하고 있지요.

### 🔑 첫 번째 열쇠말_ TV와 560원

소설의 첫 장면은 김봉모 집의 저녁 풍경으로 시작합니다. 한여름 밤 모기가 극성이어서 모깃불을 피우려는데, 아내는 아침에 치우기 귀찮으니 모깃불 피우지 말고 선풍기 앞으로 오라고 하고, 아들은 TV 드라마 시작한다며 심부름을 안 하려고 합니다. 동네일로 사람들과 먹을 술안주를 챙겨 달라는 김봉모의 말에 TV 드라마에 감정 이입한 아내는 드라마 끝날 때까지 기다리라고 하죠. 그러자 김봉모는 TV 산 것을 후회합니다.

TV가 생기면서 농촌 사람들의 생활 모습도 많이 달라졌습니다. 아이들은 숙제만 겨우 해 놓은 후 책은 보지도 않고 TV만 보고, 아내도 밤늦게까지 연속극 보느라 아침에 늦게 일어나고, 그 바람에 예전엔 당연히 했던 새벽일을 하지 않게 되었습니다. 집집마다 그렇게 생활하니 이제는 저녁 식사 후 밤마실 다니며 서로 모여 동네 이야기를 주고받던 풍습은 사라지고, 다들 저녁을 먹고 나면 대문 닫고 TV 앞에만 앉아 있습니다. TV 보느라 행동이 굼뜬 아내를 보며 김봉모가 '집안 망할 일'이라며 불평하는 장면도 등장합니다. 또 TV가 아내나 자식 교육에 하나도 도움이 안 된다며 '사람 사는 데 이롭지 않은 건 모두 공해'라고 말하는 장면도 나옵니다.

소설은 TV가 들어오면서 공동체적인 삶의 모습은 사라지고 점점 개인주의적인 삶의 모습으로 바뀌기 시작한 농촌의 현실을 보여 줍니다. 이문구 작가의 작품은 사투리와 비속어가 많아서 이해하기 어려운 점도 있지만, 말맛이 살아 있어서 매우 재미있게 읽힙니다.

어느 날, 마을 사람들이 모두 동참하여 수재 의연금을 모집합니다. 하지만 자신의 것을 조금도 손해 보지 않으려는 엄청 계산적인 사람이 있습니다. 바로 제목 속에 등장하는 '황씨'입니다. 황씨, 즉 황선주는 반상회에서 결정한 '쌀 두 되, 돈으로는 육백 원 이상. 그리고 입던 옷가지와 간장, 된장, 고추장 따위를 얹어 내기'로 한 일을 자기 방식대로 해석합니다. 그러고는 쌀 두 되의 가격을 쌀 품종까지 따져 가며 시장 가격으로 계산해 600원이 아닌 560원을 냅니다. 여기에 자신이 입던 남대문표 팬티를 얹어 내지요. 쌀 품종까지 따져 가며 40원을 적게 내다니, 정말 구두쇠이지요?

황선주는 마을 사람들에게 돈을 빌려주고 비싼 이자를 받아서 번 돈으로 땅을 늘려 갔습니다. 마을 사람들을 상대로 매점매석하며 장사도 했지요. 게다가 자기에게 고분고분한 사람에게만 돈과 땅을 빌려주었고, 이자도 비싸서 마을 사람들에게 인심을 잃었습니다.

## 🔑 두 번째 열쇠말_ 새우젓과 남댑문표 빤스

황선주는 동생과 함께 형제 상회를 운영하는데, 농민들에게 필요한 물품들을 단위 조합을 끼고 이장들에게 떠맡겨 마을 사람들에게 강매하다시피 했습니다. 마을 사람들에게는 좋지 않은 물건을 비싸게 팔고, 다른 장사꾼들은 장사를 할 수 없게 만들어 원성을 많이 샀지요.

자신의 이익을 위해 공동체를 이용하는 황선주도 문제이고, 농민들이 출자해서 만든 조합이 농민의 이익이 아닌 개인의 이익 추구에 이용되는 상황도 문제였습니다. 정작 출자한 농민은 고무신 한 켤레를 사려고 해도 아쉬운 소리를 해야 하는데, '빽'으로 직원이 된 사람은 월급에, 보너스에, 커미션까지 챙겼습니다. '점심에 맥주 처먹고, 저녁에 계집질하고, 출장 가서 장사하고, 강습 가서 관광'까지 했다는 말도 돌았지요. 농민들을 위해 만든 농협이지만 정작 농민들은 제대로 된 조합원 대우를 받지 못하고, 농민의 입장에 서서 농업 정책을 펼쳐야 하는 농촌 지도자들이 자신의 잇속만 챙기는 모습을 적나라하게 폭로하고 있습니다.

새우젓 사건은 황씨와 단위 조합의 비리를 상징적으로 보여 주는 사건이었습니다. 황씨가 조합과 짜고 새우젓을 독과점한 결과, 마을 사람들은 바가지를 썼고, 다른 돈 없는 장사꾼들은 손 놓고 망할 수밖에 없었지요. 이 때문에 여기저기서 원성이 일자, 이제는 조합에서도 황씨와 거래하기를 꺼리게 됩니다.

농민들이 처한 문제는 이것만이 아닙니다. 농촌 지도자들은 이런저런 농업 정책이나 지시를 농민들이 잘 이행하는지 점검하기 위해 수시로 마을을 방문했습니다. 그때마다 마을 사람들은 술도 대접하고, 지시한 대로 하고 있다는 걸 보여 줘야 했지요. 어느 날은 농수산부의 어떤 고위 관리자가 여름 피서 겸 마을을 지나간다는 소식에, 맹물을 넣은 분무기를 뿌려 가며 공동 방제하는 시늉까지 해야 했습니다. 보여 주기 식 농촌 정책, 획일적으로 적용되는 농촌 정책 때문에 발생하는 불합리한 현상입니다.

뿐만 아니라 농약을 공중 살포하는 바람에 누에가 다 죽었는데도 농약값은 농민들이 지불합니다. 농민들은 농사를 지어도 남는 것 없이 늘 빈손입니다. 그래서 결국 땅을 팔 수밖에 없는 상황이 되지요. 그런데 이런 상황을 이용해서 이득을 얻는 사람들이 있습니다. 바로 촌에서 땅이 나오기를 기다리는 서울 사람들입니다. 시골 기관장들은 월급으로 사는 것이 아니라 이런 서울 사람들에게 땅 흥정을 도와주고, 그 구문으로 이득을 챙긴다고 합니다. 마을 사람들을 위해 일해 달라고 뽑아 놓은 사람들이 오히려 마을 사람들의 처지와 자신의 지위를 이용해 사리사욕을 추구하고 있지요.

이제 농민들도 각성을 하기 시작합니다. 마을 사람들은 내년에 있을 조합장 선거에서는 비리를 저지른 사람들을 모두 내쫓겠다고 결심합니다. 황선주가 수재민 돕기 물품으로 내놓은 팬티를 바지랑대에 걸어 마을 회관 옆에 놓은 것도 더 이상 참지 않겠다는 의미였습니다. 두고두고 쌓인 감정이 폭발한 겁니다.

 사실 수재민 돕기를 논의하는 반상회에서도 황선주는 자신의 물건을 팔 생각만 했습니다. 황선주보다 형편이 더 안 좋은 마을 사람들도 적극 참여했는데, 입었던 속옷을 내놓는 건 아무리 생각해도 너무 심한 행동이었죠. 이 일뿐 아니라 황선주는 그동안의 모든 마을 공익사업에도 일절 협조하지 않았습니다. 그래서 김봉모는 황선주에게 벼르고 별러 왔던 말을 합니다. 앞으로는 단위 조합 끼고 장사할 생각 말고, 더 이상 사람들 속이지 말라고요. 농민은 하늘도 속이지 않는 귀한 존재인 걸 알라고 경고하지요. 그럼에도 마을 사람들은 황선주를 완전히 내치려고 하는 것 같지는 않습니다. 다만, 농촌 공동체가 회복되기를 바랄 뿐입니다.

 소설 마지막에 김봉모는 우리가 어떻게 살아야 하는지, 오늘날 세상이 잘못된 이유가 무엇인지에 관해 이야기합니다. 김봉모는 자신은 배운 게 없어서 지난 역사를 다 말할 수는 없다면서도, 독자가 듣기에는 저절로 고개가 끄덕여질 말들을 합니다. 하늘과 땅만 믿고 사는 농민들끼리는 여전히 경우가 있고 분별이 있는데, 사람을 상대로 하는 직업을 가진 사람들이 농민을 마치 마소나 들풀, 돌멩이 같은 것들로 여기는 것 같다고 하지요. 농사짓는 사람이 있었기에 다른 모든 직업이 생겨난 것임에도 직업을 붙잡았다 하면 인심을 먼저 저버린다며, 직업을 권세로 따지자면 농민이야말로 하늘이 낸 사람이며 흙으로 먹고사는 가장 존귀한 존재임에도 농민 위에 권세로 군림하며 업신여기는 행태를 비판합니다. 그러면서 농민을 업신여겨서는 오래 안 간다며, "사람 위에 올러스려구 버둥댄 것 치구 저거 헌 적이 읎을 겨."라고 말합니다.

### 🔑 세 번째 열쇠말_ **저기**

이 소설에는 사투리, 비속어가 많이 쓰입니다. 재미있는 비유도 많지요. 그리고 '저기'라는 말이 자주 쓰여서 내용을 이해하는 게 조금 어렵습니다. 특히 김봉모의 말에는 '저기'라는 표현이 자주 나옵니다. 예를 들면 이런 식이죠. "진작 밝아서 저기했으면 시방 저기허니 저기헐 텐디, 공중 저기허느라구 꼴두 못 비구설랑……." 무슨 말인지 이해가 되시나요? '저기'가 의미하는 건 무엇일까요? '저기'는 뭔가를 명확하게 지적하기 어려워 에둘러 표현할 때 자주 쓰입니다. 작품에서는 김봉모의 두루뭉술한 성격을 보여 주기도 하지요.

작가의 고향이 충남 보령이어서 충청도 사투리가 많이 나오고, 지금은 잘 쓰지 않는 표현도 많이 나옵니다. '저기'나 사투리 외에도 재미있는 비유가 많이 쓰여서 읽으면서 여러 번 웃게 되지요. '말을 귀루 안 듣구 입으루 들유?', '말에 도장 읎다구 함부로 입방아 찧지 마유.', '그지같이 사는 것들은 써두 부자가 못 쓰는 게 뭔고 허면 바루 돈이라는 게여.' 등의 표현으로 상황을 명쾌하고 재미있게 설명합니다. 비속어나 성적인 표현도 많이 등장합니다. 그런 표현을 통해 농민들의 삶을 진솔하게 보여 주고 있지요. 독자 여러분이 작품을 직접 읽으면서 재미를 느껴 보기를 바랍니다.

'저기'가 생각이나 상황을 우회적으로 표현했다면, 달라진 농촌 사람들의 모습이나 농촌의 상황을 직설적으로 묘사한 장면도 많습니다. 사람에게 해가 되는 일임을 알면서도 생산성을 높이기 위해 농약을 마구 뿌리는 현실을 보여 주는 장면도 있습니다. 특히 황씨는 자기 식솔이 먹을 이랑에는 농약을 뿌리지 않고 시장에 팔 고추에만 농약을 잔뜩 뿌려 고추를 신속하게 익힙니다. 이른 시기에 내다 팔면 비싼 값으로 팔 수 있기 때문이지요. 게다가 이르게 수확한 자리에 추석 배추를 심어 이모작으로 더 많은 이문을 남깁니다.

「우리 동네 황씨」는 연작 소설 『우리 동네』 이야기 중 맨 먼저 발표됐지만 소설집의 마지막에 실렸고, 유일하게 '으악새 우는 사연'이라는 부제가 붙었습니다. '갈대와 함께 둠벙을 에워싸고 있던 으악새 숲은, 칼을 뽑아 별빛에 휘두르며 서로 뒤엉켜 울었다.……중략…… 하늘은 본디 조용한데 으레 땅에서 시끄러웠었다는 것도 더불어 깨우치면서.'라는 구절을 통해 '으악새 우는 사연'의 의미를 생각하며 이 작품을 읽어 보면 좋겠습니다.

박미연 (교육과정모임)

# 비 오는 날이면 가리봉동에 가야 한다

　작가 양귀자는 1980년에 결혼을 하고 서울에서 살았지만, 월세를 내지 못해서 부천시 원미동으로 이사를 했다고 합니다. 이때의 경험이 바탕이 되어 연작 소설집인 『원미동 사람들』을 창작하였고, 대중과 비평가들의 찬사를 받았습니다. 오늘 소개할 단편 소설 「비 오는 날이면 가리봉동에 가야 한다」는 1986년 『세계의 문학』에 발표되었다가, 연작 소설집인 『원미동 사람들』에 수록되었습니다.

　작가는 고등학교 교사를 지내기도 하였고, 홍대 거리에서 한정식집을 하기도 하였으며, 지금은 전주에서 서점을 운영하고 있습니다. 『희망』, 『나는 소망한다 내게 금지된 것을』, 『천년의 사랑』 등의 대표작들이 있습니다.

🔑 첫 번째 열쇠말_ **불신**

  이 작품은 관찰자이자 집주인인 은혜 아버지의 입장에서 서술되고 있습니다. 소설은 은혜 아버지의 집으로 두 명의 일꾼이 찾아오면서 시작됩니다. 바로, 목욕탕을 수리하러 온 일꾼 임씨와 그의 젊은 조수입니다. 은혜 아버지는 서울에서의 전세방 생활을 청산하고, 부천시 원미동에 연립 주택을 사서 이사 왔습니다. 그간 집의 여러 곳에서 말썽이 생겼는데, 이번에는 목욕탕에 물이 새서, 어쩔 수 없이 십팔만 원의 견적을 받고 임씨에게 공사를 의뢰했습니다. 이 소설을 안 읽으신 분들은 여기서 목욕탕이란 용어를 공중목욕탕으로 오해할 수도 있을 것 같습니다. 예전에는 주택의 욕실을 흔히 목욕탕이라고 불렀습니다. 지금도 어르신들은 그리 부르는 분들이 많지요.

  그런데, 은혜 아버지와 그의 아내가 두 명의 일꾼을 보는 시선이 곱지 않습니다. 원래는 대신설비의 소라 아버지가 일을 맡아 해 주었는데, 소라 아버지가 허리를 다쳐서 대신 임씨가 공사를 맡았습니다. 그런데 알고 보니, 임씨는 원래 연탄 배달부이고 여름 한 철에만 이것저것 잡일을 하는 사람이었습니다. 그래서 임씨를 어설픈 막일꾼이라고 여기고, 공사 시작부터 하자가 생길 것이 틀림없다고 생각하여 기분이 상한 겁니다.

  임씨가 꽤 정확하게 목욕탕의 물이 새는 원인을 찾아내도, 은혜 아버지는 임씨를 믿지 못하고 계속 의심의 눈초리를 보냅니다. 그러면서 임씨를 이용하려고 칭찬하기도 하고, 임씨의 고향이 어디냐고 묻기도 하죠. 목욕탕 공사가 예상보다 일찍 끝났지만, 이번에는 견적 비용이 너무 비싸다고, 임씨를 의심합니다. 그리고 그의 아내가 이를 더욱 부추깁니다.

은혜 아버지와 그의 아내가 임씨를 믿지 못하는 이유는 서로 계층이 다르다는 생각에서 기인합니다. 작품 속에서 은혜 아버지는 임씨의 조수인 젊은 인부를 보며 '저따위 녀석들이야 평생 노가다판에 뒹굴어도 싸지. 에이 못 배워 먹은 녀석.'이라고 생각합니다. 임씨는 시골에서 땅 판 돈을 장사 밑천 삼아 생선 장수, 고추 장수 등을 하다가 모두 날리고, 얼음 장수, 번데기 장수, 개 장수까지 했다고 합니다. 그러다 밑천이 모두 떨어져 이번에는 뺑끼쟁이, 미장이, 보일러쟁이, 도배장이까지 안 해 본 직업이 없을 정도로 여러 직업을 전전하였다고 늘어놓습니다. 은혜 아버지는 그러한 임씨를 두고, 그가 끌고 다녔을 개들의 인생이나 별로 다를 바 없는, 도저히 구제할 수 없는 삶이라고 여깁니다. 은혜 아버지는 서울의 중심가에 직장을 둔 하이칼라 계층이고, 임씨는 막노동꾼이라는 생각을 하는 거죠.

그의 아내는 남편의 점심을 인부들과 같이 차리지 않습니다. 임씨와 같은 계층에 대한 이질감이 노골적으로 드러난 부분이죠. 은혜 아버지가 민망해서 인부들과 함께 점심을 먹긴 하지만, '그'는 임씨의 힘겨운 삶에 관한 이야기를 들으면서 그렇게 많은 일을 했다면서도 아직도 요 모양 요 꼴로 사는가 하고 생각합니다. 그러면서 견적에서 돈을 남기고 공사에서 또 돈을 남기는 재주는 임씨가 '막판에 배운

못된 기술'이라고 임씨를 폄훼합니다.

### 🔑 두 번째 열쇠말_ **공감**

'공감'은 상대방과 함께 느끼는 것, 다른 사람의 입장을 이해하는 과정을 뜻합니다. 소설 속에서 임씨를 믿지 못하던 은혜 아버지와 그의 아내의 태도는 점점 바뀌게 됩니다.

오후에 임씨의 조수가 약속을 핑계로 일을 중단하고 가 버리자, 하는 수 없이 집주인인 은혜 아버지가 임씨의 밑에서 조수 역할을 합니다. 은혜 아버지는 생전 안 하던 일로 용을 쓰자니 머리가 띵합니다. 그런데 임씨는 아침부터 몸을 굴렸는데도 끄떡없는 것을 보고, 광복군의 투사처럼 용감한 장사라고 속으로 칭찬합니다. 이 부분에서 은혜 아버지가 임씨를 보는 시선이 변하기 시작한 것을 알 수 있지요.

욕실 공사가 끝난 뒤, 임씨가 시멘트가 남았다며 시멘트 깨진 곳이 있으면 말하라고 합니다. '그'와 아내는 옥상의 방수 처리를 부탁합니다. 옥상 공사는 밤 여덟 시까지 계속됩니다. 이미 밤이 되었지만, 임씨는 옥상 공사에 완벽함을 도모합니다. 이제 은혜 아버지는 열심히 일하는 임씨가 지하의 단칸방 신세를 못 면하는 것을 안타까워합니다. 그의 아내도 늦게까지 열심히 일하는 임씨를 보며 미안해하구요. 이 부분에서 은혜 아버지가 임씨를 연민과 동정의 시선으로 바라봄을 알 수 있습니다.

그런데 늦은 저녁밥을 먹으며, 임씨가 자신의 나이가 서른여섯 살이라고 합니다. 은혜 아버지는 자신도 서른여섯 살이라고 합니다. 실제로는 서른다섯 살인데 말이에요. 은혜 아버지는 임씨가 자신보다 나이가 많은 걸 알면 괴로워할 것 같아서 일부러 거짓말을 합니다. 일종의 선의의 거짓말이라고 할 수 있지요. 이 부분에서 이제는 은혜 아버지가 임씨를 이해하고 공감하고 있음을 알 수 있습니다.

그런데 임씨는 공사비로 견적으로 제시한 십팔만 원이 아닌 칠만 원만 받겠다고 합니다. 옥상 공사는 서비스고, 재료비도 원래의 견적서보다 적게 들었다면서요. 그러자 이번에는 은혜 아버지와 그의 아내가 오히려 임씨에게 미안해합니다. 임씨가 청구한 비용이 너무 쌌기 때문에, 은혜 아버지는 '뭔가 단단히 잘못되었다는 기분'을 느낍니다. 일종의 자괴감을 느낀 것이죠. 임씨의 능력을 줄곧 의심하며 부정적으로 바라보았지만, 임씨의 정직함과 순박함 때문에 이제는 오히려 자신을 부끄러워하고 있습니다.

임씨를 배웅하는 부분에서, 작가는 '시원한 밤공기가 현관 앞을 나서는 두 사람을 감쌌'다고 표현하고 있습니다. 아마 임씨도 자신을 따뜻하게 바라보는 은혜 아버지에게 고마움을 느꼈을 것입니다. 인간에 대한 믿음 혹은 신뢰를 확인했기 때문에, 두 사람의 기분이 그만큼 좋았다는 의미입니다.

### 🔑 세 번째 열쇠말_ **가리봉동**

서로 뜻이 통한 은혜 아버지와 임씨는 슈퍼에서 함께 맥주를 마시며 이야기를 나누는데요, 임씨는 비가 오는 날이면 가리봉동에 가야 한다고 합니다. 임씨와 같은 막노동꾼은 비가 오면 공사를 못 합니다. 그런데 비가 와서 일을 못 하게 되면 가리봉동에 가서, 스웨터 즉, 옷 공장 사장에게 밀린 연탄값 팔십만 원을 받아야 한다고 하지요.

가리봉동은 서울시 구로구에 있는 동네 이름입니다. 1970년대와 80년대에 가리봉동의 구로 공단에는 많은 공장이 모여 있었습니다. 시골에서 서울로 올라온 많은 젊은 노동자들이 이곳으로 몰려들었고, 낮은 임금과 열악한 환경 속에서 일을 했습니다. 신경숙의 소설 『외딴 방』의 배경이 된 곳이기도 합니다. 여기에서 가리봉동은 자본주의의 밑바닥을 살던 공장 노동자들의 공간이자, 자본가들이 이러한 노동자를 착취하는 공간으로 볼 수 있습니다.

임씨에게 연탄값을 떼먹고 달아난 옷 공장 사장은 정말로 탐욕스러운 인물입니다. 옷 공장 사장 때문에 임씨는 비가 오든 안 오든 휴식은커녕 늘 생계의 고통에서 벗어나지 못하고 있습니다. 임씨의 이야기를 듣다 보면, 한편으로는 그가 영영 연탄값을 받지 못할 것 같은 예감이 들기도 합니다.

임씨는 월세 삼만 원짜리 지하방에서 여섯 식구가 살고 있고, 그의 부인은 벽돌 공장에 나가 일을 합니다. 하지만 달걀부침 한 개도 마음 놓고 먹지 못합니다. 그럼에도 옷 공장 사장은 임씨의 연탄값을 떼먹고 달아나 더 큰 공장을 차리고, 맨션 아파트에 살고 있습니다. 임씨가 옷 공장 사장을 힐난하면서 자신은 평생 이 신세를 벗어나지 못할 것이라고 한탄하자, 은혜 아버지는 하루 종일 임씨에게 편견을 가지고 있던 자신을 부끄러워합니다. 그러면서 '이 두터운 벽이, 오를 수 없는 저 꼭대기가 발밑으로 걸어와 주는 게 아님을 모르는 사람이 그 누구인가.'라는 생각을 합니다. 이 부분은 1980년대의 사회적 상황을 나타낸 것으로, 임씨와 같은 도시 하층 노동자의 계층 상승이 그만큼 어렵다는 의미입니다. 그리고 이것은 은혜 아버지가 참고 살다 보면 나중에는 좋은 날이 올 것이라는 뻔한 말로, 임씨를 쉽게 위로해 줄 수 없었던 이유이기도 합니다.

작품의 마지막 부분에 으악새 할아버지가 등장하는데요, 으악새 할아버지는 으악, 으악 하고 소리를 지르는 인물로, 그 소리가 비명 혹은 탄식처럼 튀어나온다고 합니다. 으악새 할아버지의 등장은 임씨의 비극적인 상황을 더욱 서글프게 만드는 효과가 있습니다. 그런데 으악새 할아버지가 구체적으로 어떤 인물이고, 왜 '으악' 하고 소리를 지르는지에 대해서는 이 소설은 물론이고, 소설집 『원미동 사람들』에 수록된 다른 작품들에도 잘 드러나 있지 않습니다.

끝으로, 이 작품의 공간적 배경인 원미동에 대한 설명을 하고 이야기를 마치고자 합니다. 작가 후기에 보면, '원미동'은 '멀고도 아름다운 동네'라는 뜻을 지닌 경기도 부천시의 한 동네입니다. 전라도와 경상도, 충청도 등 전국 각지의 사람들이 몰려와서, 연탄 배달도 하고 날품팔이도 하고, 공장과 회사에 다니며 살고 있는 곳입니다. 그래서 한국 사회의 이주 현상을 표본실처럼 보여 주는 공간이자, 당시 우리 사회의 현실이 축약된 곳이라고 할 수 있습니다.

　지금까지 양귀자 작가의 「비 오는 날이면 가리봉동에 가야 한다」를 '불신', '공감', '가리봉동'이라는 세 가지 열쇠말로 살펴보았습니다. 임씨는 이후에 어떻게 되었을까요? 가리봉동으로 가서 연탄값을 받고 고향으로 돌아갔을까요? 이 소설은 1980년대를 배경으로 하고 있지만, 세월이 흐른 지금도 임씨와 같은 사람들은 존재할 것입니다. 우리 주변에 임씨와 같은 사람은 누가 있을까요? 여러분의 상상력으로 채워 보시기를 바랍니다.

 오동훈 (울산국어교사모임)

# 마술의 손

    대하소설 『태백산맥』, 『아리랑』, 『한강』 등과 같은 작품으로 우리에게 잘 알려진 조정래 작가는 1943년 전남 순천에서 태어나, 오랜 시간 동안 작품 활동을 꾸준히 이어 오고 있습니다. 조정래 작가는 굴곡진 우리 시대를 소설을 통해 그려 내고 있는데, 작가의 대하소설을 읽고 나면 그 시대의 일부가 되어 같은 시간을 보낸 듯한 기분이 들기도 합니다.

    단편 소설 「마술의 손」 또한 한 시대를 살아가는 사람들의 모습을 생생하게 그려 내고 있습니다. 소설을 읽는 동안 텔레비전이라는 신문물을 보고 눈이 휘둥그레진 밤골 마을 사람들의 모습을 쉽게 떠올릴 수 있습니다.

    과연 밤골 마을 사람들에게는 어떤 일이 일어났던 것일까요? 마냥 순박하고 푸근해 보이는 산골 마을 사람들의 소박한 바람은 어떤 결말을 가져왔을까요?

### 🔑 첫 번째 열쇠말_ **시대**

지금 우리들에게 너무나 당연한 것들도 모두 그 시작이 있기 마련이지요. 없던 것이 생기고 있던 것이 사라지는 순간들이 모여 하나의 시대를 이루게 됩니다. 「마술의 손」은 해방 이후 1960년대 전기 보급률이 상승하면서 텔레비전의 보급 또한 함께 확대되던 시대의 모습을 사실적으로 그리고 있습니다.

전기가 최초로 도입된 시기는 19세기 말로 꽤 이른 시기였지만, 전기 보급이 본격적으로 확대되기 시작한 것은 산업화가 급격하게 추진되던 1960년대부터였습니다. 모든 발전이 도시를 중심으로 시작되었듯이 전기도 도시 중심으로 먼저 보급되었습니다. 그래서 산골 마을이었던 밤골 사람들은 전기가 들어오기를 막연히 기다리고 있었지요. 선거를 앞두고 전기 보급을 약속하는 출마자에게 표를 던지며 기대는 점점 커져 가지만, 선거가 끝나면 그들을 외면하고 공약을 지키지 않는 국회 의원에게 실망을 하는 일이 반복됩니다.

해방 이후 민주주의 국가를 표방하며 선거가 실시되었지만, 국민의 대표를 선출하여 국민을 위한 정치를 한다는 의미가 제대로 정립되지 않았던 시대였지요. 투표라는 방식은 민주적이나, 사람들의 의식이 이를 따라가지 못했던 시대상에 대해서도 고려할 필요가 있습니다. 대대적인 산업화의 물결 속, 변두리에서 소외된 사람들의 시선 또한 주목할 만합니다. 산골 마을 사람들은 경제 발전을 위해 함께 노력하면서도 그 혜택을 받기보다는 이용당하는 입장에 놓여 있었지요.

이 소설은 산골 사람들의 순박한 일상을 그리면서도 이처럼 당대의 시사점을 곳곳에서 찾을 수 있습니다. 전기 공사를 하면서 시멘트 전봇대가 길가에 번듯번듯 누워 있는 장면, 텔레비전 시연을 하기 위해 마을 사람들 모두가 공터에 모이는 장면 등 시대의 변화가 이루어지는 과정들을 생생하게 살펴보는 재미도 함께 느낄 수 있습니다.

### 🔑 두 번째 열쇠말_ **물질문명**

두 번째 열쇠말인 '물질문명'은 소설의 주제 의식을 담고 있는 말입니다. 전기가 들어온 일보다 더 큰 변화는 '텔레비전'으로부터 비롯됩니다. 밤골 사람들의 삶은 텔레비전 보급 전과 후로 나뉠 정도지요. 그런데 안타깝게도 텔레비전 보급 이후의 삶이 그리 행복해 보이지는 않습니다.

텔레비전을 들고 나타난 양복 입은 사람들은 새로운 물건을 파는 일에 특화되어 있는 사람들입니다. 신문물 앞에서 황홀함을 느끼는 사람들을 두고, 어떻게 행동하고 어떻게 갈등을 조장해야 물건을 더 많이 팔 수 있는지 너무나 잘 알고 있는 사람들이지요. 아마 밤골 마을 이전에도 다른 많은 마을에서 똑같은 행동을 하고 많은 이득을 취했을 것입니다. 수단과 방법을 가리지 않고 이익을 얻으려고 작정한 사람들의 수작 속에서 밤골 사람들은 텔레비전이 가져올 폐단을 헤아리기 어려웠을 것입니다. 그들이 어리석어서가 아니라 누구든 그랬을 것입니다.

텔레비전이 있는 집과 없는 집을 구분하고 따돌리는 아이들, 텔레비전을 살 형편이 안 되는 아쉬움이 원망으로 변해 가족끼리 탓하는 모습, 드라마를 보며 재미를 넘어 서로를 의심하는 가족들, 무리해서 텔레비전을 사들이고 곤경에 처하는 악순환 속에서도 문제의 근원을 찾지 못합니다. 비극을 눈치채지 못한 채 텔레비전은 여전히 좋은 것이고, 마땅히 높은 값을 지불해야 하는 가치 있는 존재가 되지요.

사람들의 삶을 좀 더 풍요롭고 편안하게 만들기 위한 것이 물질문명입니다. 그런데 이러한 물질문명의 발달이 오히려 사람들을 소외시키고 불행하게 만드는 아이러니함을 우리는 지금 이 순간에도 인지하지 못한 채 살아갑니다.

스마트폰 속에서 소통하고 즐거워하다 문득 공허해지는 경험, 키오스크 앞에서 무력해지는 사람들과 이를 배려하지 않는 모습, 빠른 시대의 변화에 적응하지 못한 사람들 개개인의 잘못처럼 느껴지는 사회이지요. 문명은 계속해서 진화하지만, 마음은 점점 더 작아지는 것만 같습니다.

### 🔑 세 번째 열쇠말_ **변화**

변화가 어쩔 수 없이 이루어지는 필연이라면, 그 속에서 우리가 가져야 하는 자세를 함께 고민해 보아야 할 것입니다. 변화의 속도에 뒤처진 사람들과 앞서가는 사람들 간의 괴리와, 그 속에서도 변하지 말아야 하는 가치에 대해서요.

소설 속에서 밤골 사람들은 공약을 지키지 않는 의원에게 투표하기를 권했던 이장을 원망하면서도, 그 이장의 마음도 편치 않았을 것이라며 배려하는 모습을 보입니다. 지금 우리에게 그 모습은 조금 바보 같아 보이기도 하지요.

텔레비전이 들어오고, 무더운 밤에 모깃불을 지피며 도란도란 이야기를 나누던 당산나무 밑 사람들은 사라졌습니다. 앞 개울의 어둠 속에서 물을 튀기는 소리와 여자들의 간지러운 웃음소리, 반딧불을 쫓는 아이들의 왁자한 외침도 자취를 감추었지요. 서로 품앗이하던 잔칫집 일손도 날이 어두워지자 모두 자기네 집 텔레비전 앞으로 돌아가 버려, 텔레비전 없는 집만 골라 일손을 따로 모아야 했습니다. 잔칫집 일손을 도우러 온 사람들에게 생전 처음 품삯을 지불하기로 한 잔칫집 주인은 감나무 잎에 내려앉기 시작한 가을의 썰렁함이 그대로 가슴에 옮겨지는 것을 느낍니다.

일을 하면 품삯을 받는 일은 당연한 것이라고 반문할 수도 있겠습니다. 그러나 어떠한 시대를 살아가든, 사람 사는 일은 반드시 같은 등가의 이익을 주고받는 것만이 늘 옳은 것은 아닙니다. 그러한 방식으로는 채워지지 않는 마음이 있지요. 공감, 연민, 함께 기뻐하고 슬퍼하는 마음. 값을 매길 수 없는 마음을 나누는 일로 사람들은 진정

외롭지 않게 살아가는 것입니다.

  소설의 제목 '마술의 손'은 마술과도 같은 변화 속에서 삶의 양식이 완전히 달라진 사람들을 나타내고 있습니다. 마술은 놀라움, 새로움, 환상의 연속이지만, 꼭 좋은 것이라고 단정할 수는 없는 영역이지요. 좋고 나쁨, 옳고 그름을 가릴 수 없고, 때로는 위험하고 불안하기도 한 것이 바로 마술입니다. 입을 벌린 채 이러한 마술의 세계에 빠져드는 동안 우리는 중요한 것을 잃고, 누군가가 이끄는 대로 홀린 듯이 살아가는 것은 아닐까요?

  소설의 마지막 장면에서 월전댁은 텔레비전 드라마에 빠져 집에 불이 나는 것을 눈치채지 못합니다. 손쓸 수 없이 커진 불길 앞에서 자신이 죽어야 한다며 자책하던 월전댁의 비명은 우리에게 질문을 던지고 있습니다. 과연 화재의 책임이 온전히 그녀의 부주의함 때문일까요?

  소설 「마술의 손」을 읽으며 빠르게 변화하는 현대 물질문명 속에서 우리가 놓치고 있는 것들에 대해 생각해 보게 됩니다.

 이효선 (인천국어교사모임)

# 남생이

    일제 시대를 살아가는 민중들의 고난을 사실적으로 그려 내면서도 동화 작가의 길을 걸어간 독보적인 인물, 현덕의 「남생이」에 대해 이야기하려고 합니다. 현덕 작가는 1937년 조선일보 신춘문예에 소설 「남생이」로 등단하여 본격적인 작가 활동을 시작하였습니다. 우리에게 친숙한 소설인 「하늘은 맑건만」, 「나비를 잡는 아버지」와 같은 작품들도 동화의 형식을 취하고 있습니다. 이번 시간에는 그 시작이라고 볼 수 있는 소설 「남생이」의 어린 주인공 노마와 그 가족을 둘러싼 이야기를 통해 당대의 고난과 희망을 함께 엿보고자 합니다.

### 🔑 첫 번째 열쇠말_ 어린아이의 눈

노마의 가족을 비롯하여 1930년대를 살아가는 일반 민중들의 삶은 비극의 연속이었습니다. 고난과 역경, 비참한 삶의 모습을 제각기 끌어안고 살아가야 했지요.

항구 마을을 배경으로 살아가는 노마의 가족은 고향을 떠나온 사람들입니다. 작은 땅이나마 농사를 지으며 살았던 노마네는 비록 살림은 가난하였지만 생이 욕되지는 않았던, 이웃 인심과 더불어 살아가던 사람들이었습니다. 어느 날, 마름의 횡포에 몸살을 앓던 소작인들 중 하나였던 노마의 아버지는 지주가 보는 앞에서 마름 김오장의 멱살을 잡았고, 덕분에 다른 소작인들의 삶은 나아졌지만 노마네는 땅을 뺏기고 말았습니다.

부칠 땅을 잃어버린 농민만큼 막막한 처지도 없을 것입니다. 결국 선창 벌이가 괜찮다는 말을 희망으로 삼아 노마네는 항구로 이주해 옵니다. 그러나 고된 노동에 아버지가 병을 얻으면서 점점 더 나락을 향해 갑니다. 살림은 쇠락하고, 어머니는 들병장수가 되어 생계를 이어 갑니다. 병에 술을 담아 가지고 다니며 파는 일을 하는 사람을 들병장수라고 합니다. 항구 노동자들에게 술을 팔고 희롱당하며 몸과 웃음을 함께 팔지요.

치료할 길도 없이 병을 앓으며 방 한구석을 지키는 아버지, 궁핍한 생활 속에서 매일같이 웃음을 파는 어머니. 화목할 리 없는 노마의 가족과 마찬가지로 그들을 둘러싼 다른 인물들의 삶도 형태만 다를 뿐 비참하기는 덜하지 않습니다. 자식과 며느리를 앞세운 영이 할머니, 불편한 몸을 이끌고 항구 사람들의 머리를 잘라 주며 살아가는 바가지 등. 힘든 노동으로 하루하루를 살아가는 항구 노동자들 모두 고된 삶의 연속이지요.

　이들의 삶을 떠올리면 내내 어둡고 우울할 것만 같은가요? 그러나 소설을 읽다 보면 웃음을 짓기도 합니다. 바로 어린아이의 시선 덕분입니다. 어린 노마는 병을 앓으며 아무것도 하지 못하는 아버지를 보며 절망하지 않습니다. 오히려 아버지의 수발드는 것을 피하려 꾀를 부리고, 옆집 영이와 장난을 치는 일이 퍽 즐겁습니다. 선창에 나가 사람들 속에서 술을 따르며 웃고 있는 엄마를 보며, 엄마가 즐거워 보인다고 생각합니다. 사람들의 희롱은 마치 엄마가 사랑받는 모습처럼 보여 샘을 내기까지 하지요. 어른의 시각이라면 그 철없음에 화가 날 장면이지만, 어린 노마의 생각이라면 충분히 납득이 됩니다. 더불어 노마가 부모님의 삶을 바라보며 아파하고 절망하지 않는다는 사실이 다행스럽게 느껴지기도 합니다.

　이 작품은 노마의 시선을 따라가며 노마의 감정을 주되게 서술하고 있습니다. 실제로는 아무 희망도 없는 서사임에도 노마의 감정 덕분에 밝고 낙관적으로 느껴집니다. 한편, 작가는 온전히 노마의 시선만 따라다니는 것이 아니라 어른의 시각에서 당대를 살아가는 사람들의 삶을 냉철하고 사실적으로 관찰하여 그 상황을 묘사하기도 합니다. 비참한 현실을 있는 그대로 그려 내면서도 동화가 지니는 순수함과 긍정성을 잃지 않는 방법, '어린아이의 시선'입니다.

### 🗝 두 번째 열쇠말_ **노동하는 삶**

소설 속에 등장하는 노마의 가족들과 다른 사람들 모두 막대한 부를 누리기 위해 부정한 방법을 취하거나 욕심을 부린 적이 없습니다. 그들은 모두 최소한의 사람답게 살 방법을 찾으려고 노력할 뿐입니다. 노동의 대가가 정당하게 치러지기만 해도 행복하게 살아갔을 사람들이지요.

노마의 아버지는 몸이 점점 수척해지고 쇠약해지는 노점, 즉 폐결핵을 앓고 있으나 선창에 나가 무거운 소금을 져 나르는 일을 합니다. 몇 날 며칠 동안 계속되는 고역 속에서 어느 순간 아버지는 소금 더미만 봐도 몸을 가누기가 어려운 상황에 이릅니다. 막연히 힘들고 고된 노동의 수준이 아니라 죽음과 가까운 한계에 다다른 것이지요.

농민, 노동자로서 쉴 틈 없이 살아가던 아버지는 더 이상 아무 일도 할 수 없는 사람이 되고 맙니다. 그런 아버지의 무력감은 어떠할까요? 평생을 일하며 살았지만, 남은 것은 궁핍한 살림과 병든 몸뿐입니다. 그런 아버지에게 영이 할머니는 병을 낫게 하는 부적과 같은 효능이 있다며 '남생이' 한 마리를 건네줍니다. 그리고 이 남생이는 아버지에게는 기적을 일으키는 존재처럼 느껴집니다. 거북이와 비슷하게 생겼으나 몸집이 작고 보잘것없어 보이는 남생이. 두꺼운 등딱지에 몸을 숨기고 느릿느릿 움직이는 남생이를 보며, 아버지는 말할 수 없는 큰 힘을 느낍니다. 그 힘은 다시 선창에 나가 몸을 움직이고 일하고 싶은 강한 열망일 것입니다. 죽는 순간까지 이루어지지 않았던, 그 기적을 남생이를 끌어안고 바라본 것이겠지요.

한편, 노마의 어머니는 선창의 쓰레기 속에서 나락을 찾아 모으는 쓰레기꾼으로 시작하여 들병장수 노릇을 하기에 이릅니다. 남편과 아이를 두고 다른 사람에게 몸을 파는 노마의 어머니를 비윤리적이라며 비난할 수 있을까요? 그것이 가족을 살리는 유일한 생존 수단이라면 말입니다.

우리는 일한 만큼 대가를 받고, 그것으로 원하는 일을 다시 하며, 소소한 행복을 누리는 삶을 꿈꿉니다. 노마의 가족도 그러했습니다. 매일같이 논밭을 갈며 농사를 짓고 살아가길 바랐습니다. 고향을 떠난 뒤로도 주어진 일을 해내며 살림을 꾸리길 희망했습니다. 모든 일이 어그러지고, 어머니가 하는 일을 두고 볼 수 없었던 아버지는 성냥갑 붙이는 일을 얻어 오기도 합니다. 아픈 몸으로 방에서 할 수 있는 부업을 찾은 것입니다. 하루 만 개를 붙이면 어머니가 들병장수 일을 하지 않아도 살림의 구색은 맞출 수 있다는 생각에, 밤낮으로 일에 매진합니다. 그러나 아버지와 노마가 새벽까지 일을 해도 하루 오백 개, 천 개를 넘기기도 힘듭니다.

노동할 수 있는 힘이 있고, 노동의 대가를 정당하게 치르는 삶이 노마의 가족이 바라던 모습이었습니다. 노동의 대가가 터무니없이 적으면 점점 더 고된 노동을 하게 되고, 그러다 결국 일할 힘을 잃게 됩니다. 노마의 가족과 그 시대를 살던 사람들의 희망은 이렇게 사라져 갔습니다. 시대의 비극이 다시 한번 느껴집니다. 그렇다면 오늘날 우리 사회는 어떠한가요? 노동의 대가가 제값으로 정당하게 치루어지고 있나요?

### 🗝️ 세 번째 열쇠말_ **연민과 성장**

 희망의 상징인 남생이를 품고 살던 아버지는 어느 날 갑자기 돌아가시고, 남생이 또한 흔적도 없이 사라집니다. 어머니는 진정으로 슬퍼할 새도 없이 털보 아저씨의 도움을 받아 아버지의 장례 절차를 신속하게 처리합니다. 털보 아저씨는 항구 노동자 중 한 명으로, 어머니가 들병장수 일을 하고 시루떡을 만들어 팔 때 늘 어머니 곁에서 일을 도와주던 사람입니다. 털보 아저씨는 아버지의 장례 내내 궂은 일을 묵묵하게 치르고, 사람들은 그 모습을 믿음직스럽게 바라봅니다. 한편 노마는 어머니의 높은 울음소리가 거짓처럼 어색하게 느껴집니다. 그리고 아버지의 죽음 앞에서 눈물이 나오지 않는 자신을 발견합니다.

 늘 오르고 싶었지만 번번이 실패했던 나무를 끝까지 오른 노마는 나무 위에서 매일 바라보던 세상을 새로운 시선으로 보게 됩니다. 똑같은 집, 똑같은 길, 같은 사람들이지만 높은 곳에서 내려다본 그것은 다른 모습이었습니다. 노마는 자신이 세상을 다르게 보기 시작했음을 깨닫습니다. 아버지의 죽음 이후, '아버지는 영 죽었다.'라고 읊조리며 울려고 노력했으나, 눈물 대신 자신이 올랐던 나무 위에서 바라본 광경이 떠오르며 기쁜 마음이 듭니다. 세상을 바라보는 눈이 달라지고 한 뼘 더 성장한 자신을 느낀 것이지요. 울지도 않고 뿌듯해하는 자신을 보며 아버지에 대해 미안한 마음이 들고, 대신 착한 일을 해야겠다는 생각에 곁에 있는 영이를 끌어안습니다. 그러나 의도와는 달리 영이를 울리며 소설은 끝이 납니다.

노마는 소설 내내 순수하고 똑똑하며 긍정적인 힘을 주었습니다. 노마가 절망하지 않게 해 준 힘은 어린아이의 순수함과 낙천적인 면도 있지만, 노마를 둘러싼 사람들의 애정 어린 시선 덕분이기도 합니다. 아버지와 어머니, 어머니를 흠모하는 바가지, 먼저 세상을 떠난 아들과 며느리를 대하듯 노마 가족을 아끼는 영이 할머니, 어머니의 곁에 남은 털보 아저씨 등 사람들의 관계는 제각각이지만 이들은 서로를 연민합니다. 마냥 아껴 주고 위해 주는 사랑이 아닌 미워하고 원망하면서도 서로의 삶을 안쓰럽게 여기는 연민에 더 가까운 모습입니다.

못 가진 자를 동정하며 우월감을 느끼지도 않습니다. 그저 서로의 고된 삶을 누구보다 잘 알기에, 더불어 살아가는 것입니다. 어머니가 하는 일을 비난하는 사람도 없고, 불구인 바가지를 진정으로 멸시하는 사람도 없습니다. 아버지는 자신을 선창의 삶으로 끌어들인 영이 할머니를 원망하면서도 따뜻한 아랫목에 앉아 밥을 먹으라고 권합니다. 이런 사람들 속에서 노마는 씩씩하게 성장해 갑니다. 노마가 마지막으로 아버지에게 보여 주고 싶어 했던 착한 일 또한, 곁에 있는 영이를 보듬어 주는 것이었습니다.

이 소설 속에서 사람들의 삶은 조금도 나아진 것이 없습니다. 좋은 일이 일어난 사람도, 형편이 나아진 사람도 없습니다. 그러나 노마의 미래가 마냥 어둡지만은 않아 보입니다. 서로를 연민하는 사람들이 곁에 있기 때문입니다. 노마는 이들 사이에서 조금씩 성장하면서 살아갈 것입니다.

 이효선 (인천국어교사모임)

# 역사

　소설 「무진기행」과 「서울, 1964년 겨울」 등으로 유명한 김승옥 작가의 또 다른 단편 소설 「역사」에 대해 이야기하고자 합니다.

　소설 내용을 간단히 이야기하면, 공원에서 만난 한 청년에게서 들은 '그'의 하숙집 이야기인데요. 이를 통해서 1960년대 시대상을 엿볼 수 있습니다.

　제목 '역사'는 아주 힘이 센 사람을 의미합니다. 저는 절에 가면 입구에서 볼 수 있는 험상궂은 표정의 금강역사상을 떠올렸는데요, 소설 속에서 '역사'는 청년이 판자촌 하숙집에서 만난 서씨라는 인물을 가리킵니다. 지금부터 세 가지 열쇠말을 가지고 그 인물의 상징성을 살펴보겠습니다.

## 🔑 첫 번째 열쇠말_ **질서**

소설은 청년이 어떤 양옥집에서 눈을 뜨는 장면에서 시작합니다. 하얀 벽의 방에서 눈을 뜬 '그'는 그곳이 어딘가 어리둥절해하지요. 창신동의 판잣집에서 생활하던 '그'에게 친구가 소개해 준 양옥은 낯설기만 합니다. 이 집에는 할아버지 내외, 아들 내외와 손녀, 여고생 딸과 식모 한 명이 살고 있는데, 할아버지의 지도하에 틀에 박힌 규칙적인 생활을 하고 있습니다. 일어나는 시간, 밥을 먹는 시간, 낮에 재봉틀을 돌리는 시간, 피아노를 치는 시간, 저녁을 먹고 가족들과 이야기를 나누는 시간이 정해져 있고, 잠들 때에도 모두 같은 시간에 저녁 인사를 나누고 잠이 듭니다. 한 마디로 규칙 제일주의라고 할 수 있지요.

이렇게 군대처럼 철저하게 질서를 중요시하는 데에는 그 집 할아버지만의 특별한 이유가 있습니다. 주인 할아버지는 6·25 사변을 겪고도 살아남아 성공한 가정을 꾸리고 있는 사람입니다. 아들은 대학에서 물리학 강사를 하고 있고, 며느리는 매일 4시에 '엘리제를 위하여'를 치는 등 피아노를 배울 정도의 교양이 있습니다. 딸은 수험생이고요. 비교적 안정된 환경이라고 볼 수 있습니다. 청년이 이 양옥집에 처음 왔을 때, 할아버지가 '그'를 불러 이야기합니다. '6·25 사변이 남겨 놓은 것이 무엇인지 아는가? 그것은 가정의 파괴다. 가정을 지키기 위해서는 가풍이 중요하다. 가풍은 질서에서 비롯되는 것이다. 우리는 서로에게 엄격해야 한다'는 내용입니다.

가정을 지키기 위해서는 가풍, 즉 규범과 질서가 필요하다는 얘기인데, 좀 지나친 면이 있지요. 소설 속에서는 질서를 너무 강조한 나머지, 목적을 잃어버린 질서처럼 보이기도 합니다. 그러니까 이 양옥집은 6·25 전쟁을 겪은 뒤 안정된 삶을 살아가는 중산층 도시인들의 삶을 상징하는 공간이라고 볼 수 있습니다.

청년은 이 양옥집에 오기 전 창신동의 가난한 사람들이 모여 사는 판잣집에서 생활하며 가난한 삶에 염증을 느껴 왔습니다. 그런데 양옥집의 안정된 생활을 동경해 왔으면서도 이곳의 지나친 질서에 숨막혀합니다.

전에 살던 창신동의 판잣집은 판자를 얽어서 만든 작은 집에 다섯 개의 방이 있는데, 크기는 한두 사람이 누우면 꽉 찰 정도로 작은 공간입니다. 양옥집과는 상반된 성격을 지닌 공간이라고 할 수 있지요.

그곳은 퀴퀴한 냄새가 나고, 하루 종일 한 뼘 정도 크기의 자그마한 창으로 들어오는 한 움큼 빛을 아껴야만 하고, 돈이 떨어져서 술 대신 에틸알코올을 물에 타 홀짝홀짝 마셔야만 하는, 무질서하고 퇴폐적이며 희망이 없는 공간으로 묘사되고 있습니다.

그곳에 사는 사람들은 가난한 하층민들인데, 저마다의 사정이 있습니다. 그곳에는 영자라는 창녀, 절름발이 사내와 열 살 된 말라깽이 딸, 사십 대의 막벌이 서씨가 살고 있습니다. 절름발이 사내는 회초리로 어린 딸을 때리며 엄하게 키웁니다. 때로는 가혹할 정도로 여겨지는데, 어느 밤 설사병이 난 딸을 화장실 밖에서 걱정스레 지켜보는 절름발이 사내의 모습에서 청년은 그의 부성애를 느낍니다.

　영자는 미스 코리아가 되는 꿈을 꾸다가 자신이 미스가 아니라는 사실에 신경질을 내기도 합니다. 성명 철학관에 가서 좋은 이름으로 바꾸면 행복한 삶을 살 수 있을 거라는 기대를 하기도 하지만 철학자가 이름만 보고도 자신이 창녀라는 사실을 알아챌까 봐 선뜻 나서지 못합니다.

　청년의 자의적인 해석이 섞이기는 했지만, 양옥집과 판잣집이라는 두 공간이 서로 대조적으로 그려지고 있지요.

### 🗝 두 번째 열쇠말_ **생명력**

　'생명력'이라는 두 번째 열쇠말을 설명하기 위해서는 먼저 창신동 하숙집에서 만난 서씨라는 인물을 소개해야 할 듯합니다. 청년은 판잣집에 하숙하면서 매일 저녁이면 함흥집이라는 술집에서 혼자 술을 마시고, 멀리 내다보이는 동대문을 보면서 집으로 귀가하는 것을 하나의 일과로 삼습니다. 어느 날 서씨와 우연히 어울려 술을 마시게 되는데, 서씨는 함경도가 고향이며, 6·25 때 단신으로 월남하여 지금은 공사판에서 일을 하고 있다고 자신을 소개합니다.

　청년이 서씨에게 동대문을 좋아하느냐고 묻자, 서씨는 오히려 청년에게 '젊은이도 저 동대문을 좋아하느냐'고 되묻습니다. 청년이 밤에 형광빛을 받아서 훤한 모습으로 솟아 있는 동대문을 좋아한다고 하자, 서씨는 자신은 특별한 이유로 동대문을 사랑하고 있다고 말합니다. 새벽 2, 3시경 서씨는 청년을 흔들어 깨우더니 불이 환히 밝혀진 동대문으로 데려갑니다. 그러고는 동대문 주변을 둘러싼 성벽을 올라갑니다.

푸른 조명을 받으며 곡예단의 원숭이가 장대를 타고 올라가듯이 익숙하고 민첩한 솜씨로 성벽을 기어 올라가는 서씨의 모습은 청년에게 마치 '신비한 나라에 와서 거대한 무대 위의 장엄한 연극을 보는 듯한 감동을 느끼게' 합니다. 이윽고 성벽에 다 올라간 서씨는 놀랍게도 성벽을 이루고 있는 커다란 금고만 한 돌덩이를 집어서 자기 머리 위로 치켜올립니다. 여러 사람이 달라붙지 않고서는 도저히 들어 올릴 수 없는 무게인데도, 그는 들고 서 있는 돌을 여러 차례 흔들어 보이더니 돌들의 자리를 서로 바꾸어서 곱게 내려놓습니다.

소설의 제목에서 언급하고 있는 '역사'는 바로 이 '서씨'를 의미하고 있는 것이지요. 서씨는 중국인 남자와 한국인 여자 사이에서 태어난 혼혈로, 그의 힘은 대대로 전해 내려온 무형의 재산이자 가보인 셈입니다. 과거에 그들의 힘은 세상을 평안하게 만들고 자신들에게는 영광을 안겨 주었지만, 지금 서씨에게 그 힘은 고작해야 공사장에서 남보다 약간 더 많은 보수를 받게 하는 정도입니다.

그렇다면 청년이 양옥집에서 '역사'인 서씨를 떠올리는 이유는 무엇일까요? 청년은 서씨와 자신의 현실이 닮았다고 느낍니다. 과거의 영광이었던 서씨의 힘은 현대에 와서는 아무런 가치가 없습니다. 막노동판에서 약간의 보수를 더 받게 하는 정도이기에, 그는 그 힘을 누구에게도 알리지 않고, 한밤중 동대문 성벽의 돌을 들고 위치를 바꾸며 자신만의 비밀을 간직하는 정도로 만족하고 있습니다. 서씨처럼 청년의 삶도 이 양옥집이란 공간에서는 자유로울 수가 없고, 억압적으로만 느껴지는 것이지요. 양옥집은 문명화된 사회지만, 인간이 가진 원래의 건강성과 자유 의지를 억압하는 일종의 폭력적인 공간인 셈입니다. 우리 주변의 현실에서도 소설 속 양옥집처럼 인간성을 억압하는 공간이 존재하지는 않은지, 여러 가지 생각을 하게 하는 작품입니다.

### 🗝 세 번째 열쇠말_ **이중성**

청년은 빈민가의 무질서한 생활에서 양옥집으로 상징되는 도시의 안정감을 동경하면서도 쉽게 적응을 하지 못합니다. 창신동 판잣집에서의 삶을 혐오하면서도 양옥집에서의 기계적인 삶도 틀렸다고 느끼지요. '그'는 양옥집에서의 생활이 꼭 '빈 껍데기의 생활' 같다고 느끼며 방향을 상실한, 습관적 생활에 지나지 않는다고 생각합니다. 그리고 양옥집에서 그 '빈 껍데기'를 부수는 시도를 합니다. 마치 서씨가 달밤에 동대문 성벽의 돌을 옮겨 놓은 것처럼요.

그 행동은 조금은 무모하다고 볼 수 있는데요, 청년은 7인분의 홍분제를 사서 매일 밤 식구들이 마시는 보리차에다 몰래 타 놓습니다. 자기 자신을 '평온한, 부자유하게 평온한 마을을 해방시켜 주러 온 악마'라고 생각하며 약간은 의기양양해하면서 말이지요. 양옥집을 벗어나는 것이 아니라 양옥집의 구성원들을 해방시켜 주겠다는 청년의 무모한 시도는 과연 성공했을까요?

그날 밤, '그'는 설레며 잠자리에 듭니다. 양옥집의 사람들이 낮의 그 점잖은 얼굴과 달리 흥분제를 마시고 밤새 잠들지 못할 것을 기대하며 밖으로 나와 새벽에 피아노를 마구 두들깁니다. 하지만 청년을 말리러 나온 것은 할아버지뿐입니다. 청년은 깊은 고독감을 느꼈다고 고백합니다. 그러면서 공원 벤치에서 만난 '나'에게 '내가 틀려 있었을까요?'라고 물으며 소설이 끝납니다.

'그'는 무엇 때문에 이런 행동을 했을까요? 이 행동을 하기 전 청년은 빈민가를 떠올리며, 얼마간 죄의식이 든다고 고백합니다. 아마도 그 죄의식은, 양옥집의 권태와 규칙에 적응하는 것을 괴로워하면서도 결코 창신동 판잣집으로 돌아가지 않으려는 마음과 닿아 있기 때문일 것입니다. 이율배반적인 마음이지요. 이 부분에서 세 번째 열쇠말 '이중성'을 읽어 낼 수 있습니다.

어쩌면 청년의 이러한 '이중성'은 현대를 살아가는 도시인들이 느끼는 마음과도 닿아 있습니다. 인간 본연의 자유 의지를 억압하는 문명 속에 살아가면서 자본주의적인 편안함과 안정감을 동경하는 것으로 해석할 수 있지요. 작가 김승옥은 「무진기행」을 비롯한 일련의 작품에서 이처럼 고뇌하는 인간상을 반복적으로 그리고 있습니다.

마치 한 편의 연극을 보는 것처럼 대조적인 공간을 통해 인간의 원초적 생명력을 억압하는 현대의 삶을 직관적으로 떠올리게 하는 작품 「역사」를 살펴보았는데요. 이 소설을 읽으면서 저는 '문명'의 속성에 대해서도 떠올리고, 교사로서 '학교'라는 공간의 속성과도 연결해서 생각해 보게 되었습니다.

　규칙과 기능과 효율을 강조하는 현실이 과연 옳은가 하고 작가는 질문을 던집니다. 그리고 흥분제를 먹은 가족들이 모두 방에서 나오지 않는 고요한 밤을 그리면서, 개인의 내밀한 방에서는 어떤 인간적인 모습으로 존재하고 있을지 상상의 여지를 남겨 주기도 합니다.

 박수진 (울산국어교사모임)

# 삼포 가는 길

　단편 소설 「삼포 가는 길」은 공사장 식당에서 일하던 여자와의 불륜 관계가 들통나서 공사판을 나와 새로운 일거리를 찾아 떠나는 '영달'과 교도소에서 몇 가지 기술을 익히고 나와 공사판을 떠돌다가 고향으로 가는 '정씨', 술집에서 도망쳐 나와 고향으로 가려는 작부 '백화', 이 세 사람의 우연한 만남과 역까지의 동행을 그리고 있는 작품입니다.

　이 소설을 쓴 황석영 작가는 우리나라 리얼리즘 문학의 대표적인 작가라고 할 수 있습니다. 1943년 만주에서 태어났고, 고교 재학 중 『사상계』에 「입석 부근」이라는 단편이 당선되어 당시 문단을 깜짝 놀라게 할 만큼 재능을 인정받았습니다. 1989년에는 북한을 방문하여 정치적으로 탄압을 받기도 하였지요. 대표작으로는 「객지」, 「한씨 연대기」,『장길산』 등이 있습니다.

### 🔑 첫 번째 열쇠말_ 뜨내기

이 소설은 1973년 9월 『신동아』에 발표된 작품입니다. 1970년 전후를 시대적 배경으로 하고 있지요. 1970년대는 산업화가 이뤄지는 시기였습니다. 당시에는 급격한 산업화로 인해 '농촌을 떠나 도시로 향한다'는 뜻의 '이촌향도'가 심각한 사회 문제로 떠오르고 있었습니다. '이촌향도'란 대부분이 농업 종사자이던 전통적인 농촌 중심 사회에서 공업 및 서비스업 위주의 산업 구조로 바뀌는 과정에서, 많은 사람들이 농촌인 고향을 떠나 도시로 이동하던 현상을 가리키는 말입니다. 가난한 사람들은 농촌을 떠나 도시에서 떠돌 수밖에 없는 시대였던 것이지요.

이 소설의 주인공인 세 사람은 모두 다 떠돌아다닐 수밖에 없는 뜨내기입니다. 영달은 막노동꾼입니다. 공사판이 생기면 일을 하고, 공사판이 문을 닫으면 떠돌 수밖에 없는 처지입니다. 소설의 첫 문장은 '영달은 어디로 갈 것인가 궁리해 보면서 잠깐 서 있었다.'로 시작합니다. 첫 문장을 이렇게 시작한 이유는 영달이 뜨내기로 떠돌아다닐 수밖에 없는 처지임을 표현하기 위한 장치가 아니었을까 생각합니다. 정씨 또한 영달과 마찬가지 처지입니다. 정씨는 날품팔이 일꾼의 삶을 정리하고, 자신의 고향인 삼포로 돌아가려고 합니다. 그는 뜨내기 생활을 하다가 잠깐 교도소에도 있었습니다. 이제는 나이가 들어 고향에 돌아가려고 합니다. 백화는 술집도 겸하는 식당에서 작부로 일합니다. 술 시중도 들고, 경우에 따라서는 몸도 팔며 생활합니다. 이곳에 있기 전에 인천, 대구, 포항, 진해 등 여러 유흥가를 떠돌았던 뜨내기입니다. 그러다 아침에 도망을 쳐 고향으로 가려고 합니다. 세 사람 모두 이곳저곳을 떠돌며 살아가는 사람들이지요.

그런데 여기서 중요한 것은, 이 뜨내기 신세라는 것이 비단 이 세 사람만의 문제는 아니라는 점입니다. 이것은 1970년대 산업화가 만들어 낸 시대적 문제였습니다. 고향을 떠나 뜨내기가 되어 떠돌아다녀야 했던 시대의 모습을 이 세 사람을 통해 표현한 것이지요. 영달이 백화에게 온전한 살림이나 살 수 있겠냐고 타박하자, 백화가 "댁에 같은 훤출한 내 신랑감들은 제 입에 풀칠두 못해서 떠돌아다니는데, 내가 어떻게 살림을 살겠냐구." 하며 대꾸합니다. 많은 사람들이 떠돌아다닐 수밖에 없는, 뜨내기의 삶을 살 수밖에 없는 시대의 모습을 소설 속 인물의 입을 통해 표현하고 있지요.

그런 그들이 우연히 동행을 하게 됩니다. 이 동행 중 일어나는 일들이 소설의 주된 내용인데요. 과연 이 셋의 동행 중에 무슨 일이 일어날까요? 다음 두 번째 열쇠말에서 살펴보겠습니다.

### 🔑 두 번째 열쇠말_ 동행

영달이 행선지를 정하지 못한 채 어디로 갈 것인지 망설이고 있을 때 한 사내가 그에게 다가옵니다. 공사판에서 몇 번 얼굴을 본 적 있는 사람입니다. 고향인 삼포를 찾아간다는 사내의 말에 영달은 무작정 사내와 월출리까지 동행하려고 합니다. 그 사내가 정씨입니다.

영달은 추운 겨울, 말동무라도 있었으면 싶어 정씨를 따라갑니다. 읍내로 들어선 영달과 정씨는 요기나 하려고 들른 주점에서 백화가 빚을 남기고 달아났다는 사실을 알게 됩니다. 스물두엇쯤 되고, 머리는 길고, 외눈 쌍까풀인 백화. 그 여자를 잡아 오면 큰돈을 주겠다는 이야기를 듣고 둘은 다시 길을 떠납니다.

두 사람은 월출리로 가는 길이 눈 때문에 끊겼다는 소리를 듣고 감천 쪽으로 돌아가다가 문제의 그 백화를 만납니다. 영달은 백화를 보고 그가 도망쳐 온 식당에 잡아다 주고 여비라도 뜯어 써야겠다고 말합니다.

뜨내기 주제에 누굴 잡아가냐는 백화의 말에 "그래, 우리두 너 같은 뜨내기 신세다."라는 영달. 이렇게 뜨내기인 영달과 정씨, 백화, 셋이 동행을 합니다. 일자리를 찾아 떠도는 뜨내기 영달, 삼포라는 고향을 찾아가는 뜨내기 정씨, 3년 만에 저기 어디 남쪽 고향을 찾아가는 백화. 그들은 동행을 하면서 조금씩 가까워집니다.

눈 때문에 잘 걷지 못하고 뒤로 처지는 백화를 잡아 주기도 하고, 폐가에 들어가 불을 지펴 몸을 녹이는 동안 서로 마음을 열게 됩니다. 백화의 힘겨웠던 지난날의 이야기를 들으면서, 고해 같은 세상을 생각하며 마음을 나눕니다. 눈 덮인 고랑에 빠져 발목을 삔, 가벼운 백화를 업고 가면서 한때 자신과 같이 살던 여자가 떠올라 영달은 눈시울을 적십니다. 감천역에 도착한 두 사내는 백화에게 표를 사 주고, 빵 두 개와 찐 달걀을 사서 고향으로 보냅니다. 잊지 않을 거라며 눈이 젖은 채로 백화는 자신의 본명이 점례임을 밝힙니다.

우연한 뜨내기 셋의 동행은 이렇게 서로를 이해하고, 서로를 도와주며, 마음을 나누는 여정이 됩니다.

### 세 번째 열쇠말_ 삼포

이 소설의 제목이 '삼포 가는 길'인데요, 이들이 가고자 하는 '삼포'는 어떤 의미를 지니고 있을까요?

감천에서 백화를 보내고, 영달과 정씨가 가고자 하는 곳은 정씨의 고향인 삼포입니다. 열 가구 정도가 사는 섬마을 삼포는 이들이 뜨내기 생활을 마무리하고 정착하려는 곳입니다. 그런데 정씨는 역에서 만난 한 노인을 통해 십 년 만에 찾아가는 고향 삼포가 이미 '고작해야 고기잡이나 하구 감자나 매는' 데가 아니라 관광호텔을 짓느라 '맨 천지에 공사판 사람들에다 장까지 들어선', 풍문마저 낯선 곳이 되어 버렸다는 사실을 알게 됩니다. 정씨 또한 영달과 같이 고향을 잃은 것이지요.

'삼포'는 현실 속에 존재하는 지명이 아니라 고향을 잃은 뜨내기들의 '마음의 안식처'와 같은 곳입니다. 그러한 삼포도 변해 버렸습니다. 작가는 삼포를 통해 1970년대 산업화로 고향을 잃은 사람들의 허탈감과 쓸쓸함을 표현하고자 했을 것입니다. 객지로 흘러나와 떠돌아다닐 수밖에 없는 뜨내기들이 끝내 찾고 싶은 고향마저 뿌리 뽑힌 삶의 고달픔을 이야기하려고 했겠지요. 어쩌면 백화가 찾아간 백화의 고향 또한 삼포와 같은 길을 걷고 있을지도 모릅니다. 고향마저 상실할 수밖에 없었던 1970년대 산업화의 황폐함을 삼포가 상징하고 있는 것이지요.

이 작품은 1970년대 산업화로 인해 떠돌 수밖에 없는 세 인물을 통해 고향에 대한 그리움, 고향을 잃은 이의 상실감, 삶의 고달픔을 보여 줍니다. 뿌리 뽑힌 뜨내기의 삶을 살지만 같은 처지에 있는 사람들과의 동행을 통해 얻은 따뜻함은 비록 고향마저 잃었어도 다시 일어서서 살아갈 수 있는 힘을 줄 것입니다.

 이정관 (전북국어교사모임)

# 몰:Mall:沒

무너짐
손
불편함

    오늘은 임성순의 단편 소설 「몰:Mall:沒」에 대해 이야기를 나누어 보려고 합니다. 제목이 좀 특이한데요. 제목에 한글 '몰'과 '쇼핑몰'을 의미하는 영어 'Mall', '빠지다'를 의미하는 한자 '沒'을 모두 표기하고 있습니다. 쇼핑몰과 물에 빠지는 것이 어떻게 연결되는 걸까요? 지금부터 '무너짐', '손', '불편함'이라는 세 가지 열쇠말을 통해 작품을 살펴보겠습니다.

### 🔑 첫 번째 열쇠말_ **무너짐**

    앞서 말씀드린 것처럼 작품 제목 '몰'은 영어 단어인 백화점의 'Mall'과 한자인 '沒(빠질 몰)'을 의미합니다. 영어 단어 Mall은 이 작품의 주요 사건인 무너진 백화점을 의미합니다. 아마 1995년에 붕괴

된 삼풍백화점을 가리키는 것으로 보입니다. 주인공은 용역업체에서 일을 하던 어느 날 무너진 백화점의 잔해에서 희생당한 이들의 시신과 흔적을 찾아내는 일을 맡게 됩니다. 주인공이 이런 안타깝고 힘든 일을 하게 된 이유는 학비를 벌기 위해서입니다.

주인공은 전역 후 학비를 모으기 위해 곰방 일을 했습니다. '곰방'은 공사 현장에서 시멘트, 벽돌, 합판 등의 건축 자재를 사람이 옮기는 일을 가리킵니다. 이 일은 다들 생각하는 것처럼 정말 고되고 힘든 일입니다. 그래서 주인공은 '그해 여름, 유난히 많은 일이 있었지만 세상이 어떻게 돌아가든 내 알 바 아니었다. 아침이면 내 한 몸뚱이 일으키기도 버거웠으니까.'라고 말합니다.

동네의 재개발 과정에서 주인공의 아버지는 쓰러졌습니다. 주인공의 누나는 아파트를 분양받지 못하면 아버지의 죽음이 아무런 의미가 없다고 믿는 듯, 한 학기 남은 대학 졸업을 연기하고 집안의 가장이 되어 힘든 생활을 이어 갑니다. 그때 주인공은 너무 큰 희망은 절망만큼이나 무섭다는 걸 알게 됩니다. 우리나라만큼 부동산으로 자산을 늘리는 나라도 없을 텐데요, 그 부동산에 발이 묶여 집안이 무너져 간 장면은 참으로 인상적입니다. 주인공 가족에게 아파트는 일종의 희망 고문이었죠. 어떻게 보면 지금의 우리 사회에서 계층 상승은 '희망 고문' 같은 단어가 되었다는 생각도 듭니다.

그러니까 주인공이 자신의 무너진 몸뚱이를 일으키기에도 버거울 만큼 힘들게 일을 해야 하는 까닭은, 주인공의 가정이 무너졌기 때문이지요. 이것이 이 소설에서 나오는 첫 번째 무너짐입니다. 이후 고된 일 속에서 자기의 무너짐을 겪던 주인공은 쓰레기 섬인 난지로 실려 오는 무너진 백화점의 잔해들 속에서 생명이 무너진 사람들의 시신과 유품을 찾는 일을 하게 됩니다.

제목에 있는 또 하나의 몰인 한자 '沒(빠질 몰)'은 '물에 빠지다'는 의미를 나타낼 때 보통 쓰입니다. 작가는 왜 제목에 한자 '沒'을 썼을까요? 소설에는 주인공이 건축 잔해 속에서 손을 당기는 장면이 나오는데요, 이는 마치 물에 빠진 사람의 손을 잡는 모습을 연상시킵니다. 몸은 보이지 않지만 '마치 인사라도 하는 것처럼' 삐죽 나와 있는 손에 깍지를 끼고 간절한 마음으로 잡아당기는 주인공의 모습은 물에 빠진 사람을 구하려는 간절한 몸부림 같습니다.

아마 주인공도 비슷한 생각을 한 것 같습니다. 집으로 돌아가는 길에 팽목항을 떠올리는 것을 보면. 백화점과 바다, 붕괴와 침몰. 서로 비슷한 사건의 소용돌이에 빠진 사람들을 떠올리게 하는 제목입니다.

소설의 마지막에 이런 구절이 나옵니다. "한 섬이 보인다. 섬의 이름은 난지(蘭之) 혹은 동거차(東巨次)이리라.……중략……그리고 깨닫는다. 망각했으므로 세월이 가도 무엇 하나 구하지 못했구나." 동거차는 전라남도 진도에 속하는 섬 이름입니다. 근처에 팽목항이 있습니다. 1995년에 삼풍백화점 붕괴 사건이 있었고, 그 19년 뒤에 동거차 가까운 곳에서 또 다른 가슴 아픈 참사가 있었습니다. 작가는 우리가 참사와 희생을 망각해서 '세월'이 가도 무엇 하나 구하지 못했다고 말하고 있는 것은 아닐까요?

### 🔑 두 번째 열쇠말_ 손

이 소설에서 중요하게 사용된 소재 중 하나가 바로 '손'입니다. 그 손은 바로 '누이의 손'입니다.

소설의 전반부에, 봉선화 물을 들이는 이야기가 나옵니다. 중학교 2학년 때 친구에게 촌에 사냐는 이야기를 듣고부터 손톱에 봉선화 물을 들이지 않은 누나. 그런 줄도 모르고 아버지는 누나의 소원 때문에 만든 작은 정원에 계속해서 봉선화를 심었습니다. 아버지가 돌아가시고, 현재 누나는 손에 봉선화 꽃물 대신 매니큐어를 바르고, 아버지의 마지막 유산이라 할 수 있는 아파트에 들어가기 위해 생업 전선에 뛰어들었습니다. 소설 속에서 봉선화 물은 아버지가 함께했던 시절, 즉 주인공 가족이 행복했던 시절을 의미합니다. 봉선화 물 대신 매니큐어를 칠하고 생업 전선에 뛰어들어야 했던 누나에게 매니큐어는 고된 생업 전선에서 이를 악물고 아버지의 희망을 지켜 내야겠다는 다짐은 아니었을까요?

소설의 후반부에는 무너진 백화점의 잔해 더미에서 주인공이 발견한 '손'이 나옵니다. 누나의 손이라고 착각하고 꼭 붙잡은 누군가의 시신의 일부. 주인공은 그 손끝에 있는 멍을 봉선화 물이라고 착각합니다. 주인공의 이러한 착각은 그 시신이 살아 있었을 때 행복했을 것이라는 추측에서 나온 것이겠죠. 그러나 그 사람은 이미 참사에서 희생되었습니다. 작가는 이러한 사실을 좀 더 부각시키기 위해서 주인공이 시신의 손톱에 든 멍을 봉선화 물로 착각하게 만들지 않았을까 생각합니다.

이 소설을 읽다 보면, 우리가 일상에서 누리는 행복들이 어느 한순간 갑자기 사라질 수도 있겠다는, 불안한 마음이 듭니다. 그리고 작가는 그처럼 일상을 깨 버리는 다양한 참사에 대한 경각심을 일깨우기 위해서 이러한 소재를 사용하지 않았을까 하는 생각도 듭니다.

주인공은 잔해 더미에서 발견한 손을 꼭 붙잡고 놓지 못합니다. 주변 사람들이 달래며 억지로 손을 떼게 하자 그제서야 자기 손의 온기를 느끼며, 그 따뜻함이 너무 미안해 더 뜨거운 눈물을 쏟아 냅니다. 손을 내밀어서 손을 잡았는데, 구할 수가 없다는 절망 섞인 말을 하면서요. 그러면서 죄송하고 부끄러운 마음을 느끼죠. 우리는 보통 연대를 의미할 때 '손을 잡는다'고 표현합니다. 아마 주인공도 그 시체의 손을 잡는 것을 통해서 이 사건이 이 사람만의 사건이 아니라 나의 사건이 될 수도 있었겠구나, 또는 내 누이의 사건이 될 수도 있었겠구나라는 공감의 마음을 가지게 된 것은 아니었을까요?

손은 사람과 사람 사이의 감정과 친밀함, 무언의 의사를 전달하는 소통의 창구라고 할 수 있습니다. 손은 완전히 긴밀하지는 않지만 사회적으로 적정한 거리를 둔 이어짐을 의미하는 신체 기관이지요. 그리고 손에 남은 흔적은 그 사람을 대변하기도 합니다. 우리 신체 기관

중 의식적으로 가장 많이 사용하는 기관이 손입니다. 그만큼 내 생각이나 상황의 증거가 가장 많이 남은 곳이죠. 그 때문에 주인공 가정의 이야기를, 그리고 사회적 참사 앞에서의 연대를 이야기하기 위해 작가는 '손'이라는 소재를 사용한 것이 아닌가 합니다.

### 🔑 세 번째 열쇠말_ **불편함**

소설 속에서 주인공은 불편함을 겪는 인물입니다. 그 불편함은 첫 번째 열쇠말인 '무너짐'과 연결됩니다.

주인공은 전역 후 '이 년 반 만에 돌아온 집은 온통 견딜 수 없는 것들뿐'이라고 합니다. 그 배경에는 무너짐이 있습니다. 아버지의 죽음과 가장이 된 누이. 주인공은 이 사실을 남겨진 아버지의 물건들과 봉선화를 보며 실감합니다. 아무것도 버리지 못한 어머니와 딱지 프리미엄을 지키기 위해 일터로 나가는 누이. 이제 누이는 봉선화 물 대신 매니큐어를 칠합니다. 이 현실이 주인공에게 너무 큰 희망은 절망만큼이나 무섭다는 불편한 진실을 알려 줍니다.

학비를 벌기 위해 향한 일터에서도 주인공은 불편함을 겪습니다. 무너진 백화점 잔해 속에서 시신을 찾는 일을 하던 주인공은 밥을 먹는 둥 마는 둥 하고 먼저 일어선 아저씨들을 따라나섭니다. 유족들을 위해 노력하는 줄 알았던 아저씨들은 그곳에서 금붙이를 줍고 있었지요. 그 모습에 주인공은 황망한 심정을 느낍니다. 그 금붙이가 그날 겪은 일에 대한 '침묵의 값'이며, '비밀을 묶을 오랏줄'임을 깨닫고 공범이 된 것 같은 불편함을 느끼지요.

주인공은 우리 주변에서 흔히 볼 수 있는 평범한 사람입니다. 대부분의 사람들이 재난과 사회적 참사를 겪기 전에는 자기와 자기 가족이 가장 힘든 삶을 살고 있다고 생각하지요. 실제로 여러 어려움을 겪으며 살고 있고요. 그런 개인적인 어려움 때문에 사회적인 일에는 무관심합니다. 그렇지만 백화점 붕괴 같은 사회적 참사나 재난 앞에서는 어느 정도 정의로운 면을 보여 줍니다. 주인공이 금붙이에 대해 불편한 감정을 느끼는 것처럼요. 소설 속 주인공은 우리와 같은 평범한 인간이 가진 모순을 드러내고 있지요.

그런 이유로 독자들은 작품을 읽는 동안 주인공에게 묘한 불편함을 느낄 수 있습니다. 저 역시 그랬으니까요. 주인공은 자신도 아버지가 아파트에 잡아먹힌 경험이 있음에도 백화점이 무너진 사건을 '세계 반대편에서 일어난 비극'처럼 여겼습니다. 무딘 죄책감을 느끼며 작업을 하는 주인공이 재난에 공감하지 못하는 모습을 보면서, 작가는 왜 재난에 분노하는 정의로운 인물이 아니라, 이런 평범한 인물을 주인공으로 삼은 것인가 하는 의문이 들었습니다. 아마도 작가는 이런 평범한 주인공의 모순된 면을 드러냄으로써, 우리 모두가 가진 모순을 지적하고 싶었는지도 모르겠습니다. 나의 단점이 적나라하게 보이는 상대를 보면 싫어지거나 불편해지는 '동족 혐오'의 느낌을 통해, 작가는 독자들에게 메시지를 던지려 한 것 같습니다. 그 메시지는 재난과 참사를 대하는 우리의 모습을 돌아보자는 것이겠지요. 평소에는 사회적인 이슈에 크게 관심이 없다가 외면할 수 없는 큰일에는 분노하고 정의로워지는 우리. 참사가 일어나면 뭔가 바뀌어야 한다고 이곳저곳에서 이야기하지만 정작 진실을 밝히는 것조차 힘든 우리 사회. 그리고 쉽게 잊고 다시 일상으로 돌아가는 우리. 작가는 우리 사회가 앞으로 이러면 안 된다는 이야기를 이 소설을 통해서 하려는 것은 아닐까요?

처음에는 정의롭지 못한 주인공이 마냥 불편하기만 했습니다. 저 역시 재난을 '세계 반대편 일'처럼 대한 순간들이 떠올랐기 때문입니다. 그러나 작품을 읽으면서는 나와 같은 주인공의 모습을 통해 스스로를 되돌아보게 되었습니다. 그리고 작품의 마지막 문장과 만날 때쯤에는, 이 불편함은 우리에게 이 모든 일을 잊지 말라는 호통처럼 느껴졌습니다.

단편 소설 「몰:Mall:沒」은 무너져 버린 건물 잔해 속에서 튀어나온 손으로 우리 기억 속에 묻어 버린 재난을 우리 앞에 다시 펼쳐 놓습니다. 아프고 힘든 일을 꺼내어 펼쳐 보는 것은 당연히 불편한 일입니다. 그렇지만 우리는 그 불편함으로 무너짐과 가라앉음, 그리고 그 속에 묻혀 버린 손을 계속 기억해야 하지 않을까요?

 박소희 (대구국어교사모임)

# 저건 사람도 아니다

이모가 엄마야?
비밀리에
여성은 로봇이 아니다

    누군가 완벽히 일을 처리할 때, 빈틈이 없어 보일 때 흔히 쓰는 말이 있지요. "저건 사람도 아니야." 사람은 누구나 실수도 하고, 허점도 보이고, 한두 가지의 부족한 점을 가지고 있기 마련이지요. 그래서 이 말은 좋은 의미로만 들리지는 않습니다. 오늘은 일하는 여성에게 슈퍼우먼이 되기를 요구하는 사회에서 여성이 일과 육아를 병행하며 얼마나 큰 어려움을 겪는지를 묘사한 단편 소설 「저건 사람도 아니다」에 대해 이야기 나누려고 합니다.

    이 소설을 쓴 서유미 작가는 인간의 삶에 대한 섬세한 관찰을 바탕으로 세상살이의 고단함을 생생하게 묘사하고, 힘든 삶을 살아가는 인물들을 애정 어린 시선으로 바라보는 작가입니다. 장편 소설로 『당신의 몬스터』, 『끝의 시작』, 『홀딩, 턴』 등이 있고, 단편 소설집으로

『당분간 인간』,『모두가 헤어지는 하루』 등이 있습니다.

「저건 사람도 아니다」는 2009년 『창작과비평』 봄호에 발표된 작품으로, 어디에도 도움을 요청할 수 없는 워킹 맘, 싱글 맘이 로봇 도우미를 고용해 육아와 가사는 물론 일자리까지 로봇에게 맡기다가 자신의 존재성마저 위협을 받는 모습을 그리고 있습니다.

### 🔑 첫 번째 열쇠말_ 이모가 엄마야?

주인공 '나'는 혼자서 다섯 살 난 아이를 키우며 직장에 다니는 여성입니다. 아이를 키우다 보니 직장에는 지각도 자주 하고, 야근이나 회식이 있을 때면 여동생에게 돈을 주며 아이를 부탁하는 등 하루하루를 정신없이 보내고 있지요. 디자인 일을 하고 있는데, 회사에서는 디자인 팀의 통합이 진행되고 있어서 인원 감축에 관한 이야기가 오가는 상황입니다.

소설은 늦게까지 회식을 한 다음 날 아침 풍경으로 시작합니다. '나'는 전날 회식으로 새벽 1시가 넘어서 집에 들어갔습니다. 그런데 아이는 자다 일어난 건지 안 자고 버틴 건지, '엄마와 함께 얼굴 그리기' 숙제를 해야 한다며 징징거립니다. 이모에게 좀 해 달라지 그랬냐고 아이에게 말하자, 아이는 '선생님이 엄마랑 하라고 했'다면서 "이모가 엄마야?"라고 말하며 눈물이 그렁그렁해 소리를 지릅니다. 그 말에 뜨끔해진 '나'는 피곤한 몸을 이끌고 아이와 숙제를 시작하지만, 곧 아이도 꾸벅꾸벅 졸고, '나'도 피곤해서 잠이 듭니다.

아이를 키우는 직장인 엄마의 고단한 모습을 단적으로 보여 주는 장면이지요. 회사에서는 일찍 퇴근하거나 업무에 집중 못 한다고 눈총을 받고, 아이에게는 엄마 역할을 충실히 하지 못해 늘 미안해합니다. 육아의 역할이 온전히 엄마에게만 달려 있는 한, 일과 가정, 두 가지 일을 병행할 수밖에 없는 일하는 엄마들이 매일 겪고 있는 일상의 모습입니다.

가족들마저 전혀 도움이 안 됩니다. 이혼한 '나'는 남편의 도움은 전혀 기대할 수 없는 상황입니다. 일이 있을 때마다 돈을 받아 가며 조카를 봐 주는 백수인 동생도 '나'가 원하는 만큼 충분한 도움을 주지는 않으면서 시급을 올려 달라고 합니다. 결국 워킹 맘인 '나'는 안팎으로 궁지에 몰릴 수밖에 없습니다.

그래서 '이모가 엄마야?'라는 아이의 말은 워킹 맘인 '나'의 가슴에 비수처럼 박힙니다. '나'는 더 이상은 이렇게 생활할 수 없다는 것을 깨닫죠. 어쩔 수 없이 '나'는 안정적으로 아이를 돌봐 줄 사람을 찾아야 했습니다.

### 🔑 두 번째 열쇠말_ **비밀리에**

전날 회식 자리에서 1차만 마치고 빠져나오고, 다음 날 머리도 감지 못한 채 출근했지만 결국 지각하고 만 '나'와 달리, 회사 동료인 '구'와 '홍'은 회식 자리를 끝까지 지켰는데도 말끔하고 쌩쌩한 모습으로 출근해 있었습니다. 화장을 지우는 일조차 힘들어하는 '나'와 달리 '나'

보다 서너 살 어린 '구'는 화장품을 만들어 쓰는 에너지까지 갖고 있습니다. '나'와 동갑인 '홍'은 더 대단한 인물이죠. 가장 일찍 출근하고 가장 늦게 퇴근하며 주말에도 나와서 일하는 엄청난 워커홀릭인 데다가 쇼핑몰 운영으로 월 천만 원씩 벌어들이는, 그야말로 슈퍼히어로입니다. 동에 번쩍 서에 번쩍한다고 별명도 홍길동입니다. 아침부터 지쳐 있던 '나'는 쌩쌩한 이들을 보며 수첩에 '사람 같지도 않은 것들'이라고 적습니다. '나'는 이들을 부러워하고 있지요.

'나'는 도우미를 알아보지만 여러 가지 문제로 '사람 도우미'는 쓸 수가 없었습니다. '비밀리에'라는 문구에 호기심을 느낀 '나'는 로봇 도우미를 선택합니다. 업체의 소개말이 재미있는데요. '안 도와주는 남편보다 일 잘하는 도우미가 낫고, 말 많고 뺀질거리는 도우미보다 잘 만들어진 청소 로봇이 낫다.'고 하지요. 결국 '나'는 주문자의 외모와 기본 성격을 그대로 본떠 만든, 기계라기보다 인간의 분신 개념에 가깝다는 트윈 사이보그를 선택해 '나'의 역할을 대신하게 합니다.

이후 로봇을 엄마로 알고 있는 아이는 정서적으로 안정을 되찾았고, 집안은 깔끔해졌으며, 육아와 가사에서 해방된 '나'는 회사에서 피곤해하지 않고 일하게 되었습니다. 소설에서 '나'는 로봇을 '그것'이라고 지칭하는데요, 몸이 아파서 결근한 날 '그것'을 대신 회사에 보냅니다. 그런데 '그것'이 뛰어난 업무 능력을 발휘해 팀장인 '홍'에게 인정을 받습니다. 결국 '나'는 프로젝트가 끝날 때까지 '그것'을 회사에 보냅니다. '그것' 덕분에 편안하게, 때로 휴식도 취하며 생활의 안정을 찾아가던 '나'는, 다시 출근을 해서 일을 하지만 팀장은 '나'의 작업을 못마땅하게 여깁니다.

아이는 '나'가 해 준 음식보다 '그것'이 해 준 음식을 더 좋아하고, 회사에서는 '그것'의 업무 능력을 더 높이 사고 있지요. '나'는 자신이 몇 년 동안 쌓아온 모든 것을 '그것'이 불과 열흘 만에 와해시켰다는 생각에 씁쓸해집니다. '그것'이 처음 집에 온 날, '나'와 똑같이 생긴 무언가가 아이와 함께 지내고 집 안을 돌아다니며 일하는 것에서 느낀 '기묘한 으스스함'을 넘어 '나'의 존재가 위협받는다는 느낌이 든 거죠. 이제 '나'는 '신남'을 넘어서 '공허'와 '불안'을 느끼게 됩니다.

그럼에도 '그것'의 도움을 계속 받을 수밖에 없는 상황이 계속됩니다. 이혼한 남편의 결혼식 날, 화동 역할을 해야 하는 아이를 결혼식장에 데려다줘야 했던 '나'는 '그것'에게 '나'의 역할을 맡깁니다. 전남편의 결혼식에서 쿨한 모습으로 축하해 줄 자신이 없었기 때문이죠. 그리고 '그것'은 그 역할마저 아주 잘 수행합니다.

'나'는 몰래 뒤따라가서 남편과 아이, 그리고 '그것'의 모습을 지켜보다가 씁쓸한 기분으로 결혼식장을 나옵니다. 그리고 길거리에서 낯익은 얼굴을 만납니다. 화장이 반쯤 지워진 얼굴에 후줄근한 운동복 차림이어서 처음에는 못 알아봤지만, 그 사람은 바로 슈퍼우먼 '홍'이었습니다. 그 순간 '나'는 '홍'의 실체를 깨닫게 됩니다. 아마 슈퍼우먼이었던 '홍'도 '나'와 마찬가지로 로봇 도우미를 쓰고 있었겠지요? 그렇지 않고서야 뛰어난 체력과 디자인 감각, 기획력 등 '사람답지 않은'

빈틈없는 모습을 보여 주지 못했을 테니까요.

소설 속 '홍'이나 '나'의 모습을 보면, 우리 사회는 보통 사람이 감당할 수 있는 것 이상을 요구하는 것처럼 보입니다. 그래서 '홍'이나 '나'는 살아남기 위해서 모든 것을 '비밀리에' 할 수밖에 없었겠지요.

## 🔑 세 번째 열쇠말_ **여성은 로봇이 아니다**

여성의 사회생활이 확대되면서 여성은 가사 노동과 육아, 거기에 경제 활동까지 병행하게 되었습니다. 예전보다는 많이 나아졌다고 하지만 여전히 가사 노동과 육아의 많은 부분은 여성이 담당하고 있지요. 오죽하면 퇴근하면서 또 다른 직장으로 출근한다는 말까지 있을까요. 그런데도 이 사회는, 그리고 사람들은, 여성에게 그 모든 것을 완벽하게 해내라고 요구합니다. 그것이 가능한 일이 아닌데도 말이에요. 아마 여성에게 그 많은 것을 요구하는 이유는 가사 노동과 육아의 어려움과 가치를 제대로 인식하지 못하기 때문인 것 같습니다. 가사 노동과 육아의 어려움과 가치를 제대로 인식한다면, 그 모든 것을 다 완벽하게 해내기를 요구하지는 못할 것입니다. 하나만 하기에도 벅찬 일임을 알게 될 테니까요.

결국 완벽해 보였던 회사 동료 '구'나 '홍'의 모습은 사람의 모습일 수 없는 것이죠. 로봇 도우미의 존재를 알기 전에 '나'가 그녀들을 보며 '아무래도 저들과 나는 종(種) 자체가 다른 것 같았다.', '워커홀릭, 사람 같지도 않은 것들'이라고 생각했던 게 맞았던 것이죠. '홍'의 실체를 보면 우리가 바라는 슈퍼우먼 같은 여성은 현실엔 있을 수 없다는 걸 확인하게 됩니다. '홍'이나 '나'가 보여 줬던 완벽했던 모습은 그들의 본모습이 아닌 그들이 고용한 '로봇 도우미'의 모습이었으니까요.

이제는 불가능한 것은 불가능하다고, 솔직하고도 당당하게 말할 수 있어야 합니다. 그리고 그 전에 일과 육아를 병행하는 엄마를 도와줄 수 있는 제도적인 장치를 마련하여 구조적인 변화를 이끌어 내야 할 것입니다. 기계를 인간처럼 만들 수 있는 세상이 되었지만, 그전에 우리는 사람을 좀 더 인간적으로 바라보는 눈을 잃지 말아야 합니다.

남편 없이 혼자 아이를 키우고 직장 생활을 하며 힘들게 하루하루를 버티던 여성이 자신이 고용한 '로봇 도우미'에게 자신의 자리를 내주며 쓸쓸함, 공허함, 불안감을 느끼는 이야기를 통해 우리 시대 일하는 엄마의 고통과 갈등에 공감하는 시간을 가져 보았습니다. 그리고 인간보다 뛰어난 능력을 지닌 로봇이 보편화될 미래 사회에 인간이 설 자리는 어디인지 이 소설을 통해 생각해 보게 됩니다.

 박미연 (교육과정모임)

# 잘 살겠습니다

**총무과 라푼젤과 전체 회신녀**
**기브 앤 테이크**
**유리 천장**

<u>선생님</u>: 안녕하세요? 이번 시간에는 학생들과 함께 장류진 작가의 단편 소설 「잘 살겠습니다」에 대해 이야기하려고 합니다. 먼저 작가와 작품에 대해 간단히 알아볼까요?

<u>박서진</u>: 장류진 작가는 1986년에 태어나 연세대학교 사회학과를 졸업하고 동국대학교 국문과 대학원을 수료한 젊은 작가입니다. 2018년 단편 소설 「일의 기쁨과 슬픔」으로 제21회 창비 신인소설상을 받으며 등단했고, 2019년에 동명의 소설집을 출간하였습니다. 이 소설집에는 오늘 소개할 「잘 살겠습니다」를 포함하여 총 여덟 편의 단편 소설이 수록되어 있는데요. 한국 사회를 살아가는 평범한 20~30대 직장인들의 삶을 사실적으로 보여 주고 있습니다.

**성하연**: 이 작품에는 입사 동기인 남자 친구와의 결혼식을 앞둔 스물아홉 여성이자 5년차 회사원인 '나'와 3년 만에 연락이 닿은 동료인 빛나 언니의 이야기가 담겨 있습니다. 빛나 언니는 자신의 결혼 준비를 위한 정보를 얻어 내려고 3년 만에 '나'에게 연락하죠. 그런데 결혼식 사흘 전에 따로 만나 밥을 얻어먹고는 정작 결혼식 당일에는 잊어버렸다는 이유로 불참했으며, 본인의 결혼식 때는 청첩장만 키보드 밑에 두고 가는 '만행'을 저지릅니다. 이것이 왜 만행인지는 작품을 읽어 보면 알 수 있는데요. 그렇다고 빛나 언니가 '나'에게 특별한 악의가 있어서 한 행동은 아닙니다. 단지 그녀에게는 삼십 대 초반의 직장인이라면 응당 학습하고 체화했어야 할 눈치와 센스가 놀랄 만큼 부족하기 때문입니다. '나'는 빛나 언니와의 관계에서 번번이 손해 보는 듯한 억울함을 느끼면서도, 결국은 그녀를 응원합니다.

**선생님**: 네. 이 작품은 결혼을 앞둔 직장 여성들의 고민을 담고 있어서 20~30대 여성들이 많이 공감할 것 같네요. 그럼, 첫 번째 열쇠말부터 알아볼까요?

### 🔑 첫 번째 열쇠말_ **총무과 라푼젤과 전체 회신녀**

**박서진**: 첫 번째 열쇠말은 회사 내에서 빛나 언니를 소개하는 말입니다. 빛나 언니는 머리가 엉덩이까지 올 정도로 긴 머리를 갖고 있어 '총무과 라푼젤'이라고 불립니다. 그녀는 종종 지각하여 긴 생머리를

치렁거리면서 허겁지겁 뛰어서 출근합니다. 뛸 때마다 머리가 바람에 날리며 찰랑거리는 느낌이 좋다고 말하는 언니를 보며, '나'는 애초에 지각하지 않으면 뛸 일이 없지 않을까 생각합니다.

또한 빛나 언니는 메신저 프로필에 남자 친구와 찍은 사진을 저장해 두고 남자 친구에 대한 감정을 숨김없이 표현하는데요. 그 덕분에 온 회사 사람들은 그녀의 연애가 순항 중인지 아닌지의 여부를 알고 싶지 않아도 알게 됩니다. '나'는 그런 언니를 보며 프로답지 못하다고 생각합니다.

**선생님:** 아침마다 지각하는 모습을 보며 회사 동료들이 한 시간씩 고데기를 하고 오는 게 아닐까 하는 말들을 수군대면 눈치껏 일찍 올 법도 한데요. 정말 회사 생활에 필요한 눈치와 센스가 부족하네요. '전체 회신녀'와 관련된 에피소드도 궁금하네요.

**성하연:** 신입 사원 연수 뒤, '나'와 빛나 언니는 경영 지원팀에 배치됩니다. '나'는 원하던 부서에 가지 못하고 백 오피스에 배치받아 기분이 상해 있던 차에, 인사팀에서 '마케팅 팀 트랜스퍼 지원자 모집'이라는 메일을 받습니다. '내'가 회신 버튼을 눌러 '질문이 있습니다.'라고 적고 어떻게 말을 이어 가야 할지 고민하던 찰나, 갑자기 사무실이 술렁입니다. 빛나 언니가 마케팅 팀에 보내야 할 메일을 전 사원에게 보냈기 때문이죠. 그 뒤 빛나 언니는 '전체 회신녀'로 불리게

됩니다. 하마터면 '나'도 전 직원에게 메일을 보낼 뻔했다는 사실을 알고 '나'는 빛나 언니가 '나'의 불행을 대신 뒤집어써 준 것 같아 미안함을 느끼지요.

그날 점심, 빛나 언니는 물어볼 게 있다며 '나'와 밥을 먹는데요. 집이 멀어 회사 앞 월세를 알아보던 중 시세보다 훨씬 싸면서도 깨끗한 원룸을 계약했으나 이중 계약으로 사기를 당했다고 합니다. 빛나 언니는 기본적인 부동산 상식을 몰라 주민 센터에서 확정 일자를 받았냐는 '나'의 질문에 눈물을 쏟습니다.

선생님: 일화를 살펴보니, 빛나 언니는 회사 생활, 사회생활을 하면서 기본적으로 습득해야 할 정보가 다소 부족한 답답한 인물이네요. 그런데 오랫동안 연락을 하지 않았던 빛나 언니와 주인공 '나' 사이에 갈등이 생기게 되는데요. 두 번째 열쇠말과 함께 그 사건을 알아볼까요?

🔑 두 번째 열쇠말_ **기브 앤 테이크**

선생님: 이 작품에는 우리나라의 축의금 문화가 잘 나타나 있는데요. 보통 결혼식에 초대하기 위해 청첩장을 줄 때는 만나서 밥 한 끼를 대접하고, 축의금 역시 자신이 주는 만큼 받는 '기브 앤 테이크'가 일반적이지요. 빛나 언니는 이런 암묵적 합의에서 벗어난 행동을 한 것 같아요. 어떤 행동을 했나요?

**박서진:** '나'는 회사 사람들에게 청첩장을 돌릴 때 정말 가까운 사람에게만 주기로 마음먹었습니다. 빛나 언니와는 3년 동안 연락한 적이 없었기 때문에 당연히 청첩장을 줄 생각이 없었죠. 그런데 청첩장을 받기 위해 꼭 따로 만나야 한다는 빛나 언니 때문에 결국 결혼식 3일 전에 점심 약속을 잡습니다.

회사 근처의 일본식 덮밥집에서 만난 빛나 언니는 여기 새우 진짜 많이 준다며 감탄하는데, '나'는 언니가 '특 에비동'을 시켜서 그런 거라고 말합니다. 빛나 언니는 자기도 결혼을 한다며 결혼 준비를 어떻게 해야 하는지 모르겠다고 하지요. '나'를 따로 만나려고 한 이유를 알고는 살짝 힘이 빠졌지만, 결혼 준비를 시작할 때 느끼는 막막함에 대해서 잘 알기 때문에 '나'는 몇 가지 팁을 알려 주고 필요한 목록들도 보내 주겠다고 합니다. 그런데 빛나 언니는 정작 '나'의 결혼식에는 오지 않았습니다.

**성하연:** 청첩장을 받고도 결혼식에 오지 않는 사람은 많지만, 그냥 청첩장만 받은 경우라면 몰라도, 따로 만나 밥을 얻어먹은 경우에는 일반적으로 지인을 통해서 축의금을 전달하는 게 상식이고 예의지요. 그런데 빛나 언니는 자기가 먼저 초대해 달라고 하더니 결혼식에 오지도 않고 축의금조차 내지 않은 겁니다.

**선생님:** 주인공 '나'가 화날 만하네요. 대체 왜 그런 걸까요?

**박서진:** 빛나 언니는 결혼 휴가를 다녀온 '나'에게 연락을 해 결혼식 날짜를 완전히 잊고 있었다고 합니다. 그러면서 선물을 주고 싶다며 필요한 것을 말해 달라고 하지요. 선물을 고르다가 왜 이걸 검색하고 있어야 하나 하는 생각에 부아가 치민 '나'는 빛나 언니에게 그냥 밥이나 사라고 합니다.

그리고 두 달쯤 지난 후, 빛나 언니는 자신의 청첩장을 '나'의 키보드 밑에 깔아두고 갑니다. '나'는 제대로 된 초대를 하지 않은 것에 기분이 상하지요. 그래서 그녀에게 세상이 돌아가는 원리를 제대로 알려 주려는 계획을 세웁니다. 오만 원을 내야 오만 원을 돌려받는 거고, 만 이천 원을 내면 만 이천 원짜리 축하를 받으며, 새우가 많이 들어간 이유는 가게 주인이 착해서가 아니라 일반 에비동보다 사천 원이 비싼 '특' 에비동을 주문했기 때문이고, 월세가 싼 데는 다 이유가 있으며, 칠 억짜리 아파트를 받았다면 칠억 원어치의 김장, 설거지, 전 부치기 등 그 밖의 종종거림을 다 갖다 바쳐야 한다는 사실을 가르쳐 주려고 하지요.

**성하연:** 결국 '나'는 축의금 대신 먹은 밥값 이만 오천 원에 자신이 청첩장을 주면서 산 밥값 만 삼천 원을 뺀 만 천 원짜리 핸드크림과 천 원짜리 축하 카드를 준비합니다. '나'는 편지를 쓰는 것이 내키지 않아 선물 주는 것을 미루고 미루다가 결혼식 전날에야 빛나 언니에게 선물과 카드를 전달합니다. 빛나 언니는 자신의 프로필 사진에 '나'가 쓴

카드 사진과 '손 편지에 담긴 진심. 나는 사랑받기 위해 태어난 사람'이라는 메시지를 올립니다. '나'는 빛나 언니의 행동에 기분이 상하면서도 언니가 잘 살기를 진심으로 바랍니다. 그 이유는 세 번째 열쇠말에서 찾아볼 수 있습니다.

### 🗝 세 번째 열쇠말_ **유리 천장**

**선생님:** '유리 천장'이란 공식적으로는 차별이 없는 것처럼 보이지만 암묵적으로 존재하는 조직 내 차별을 말합니다. 주로 여성이나 유색 인종 등이 능력과 자격이 충분한데도 고위직으로 올라가지 못하게 가로막는 보이지 않는 장벽을 비유적으로 표현한 용어이지요.

'나'와 결혼하는 상대는 입사 동기인 구재인데요. 회사 내에서 '나'와 구재 사이에도 차별적인 상황이 있었지요?

**박서진:** 신입 사원 연수가 끝나고 부서 배치를 받는 과정에서 주요 부서에는 죄다 남자 동기들이 배치되었고, '나'를 비롯한 대부분의 여자 동기들은 백 오피스 위주로 배치되었죠. '나'는 여자라는 이유로 차별받은 것에 불만을 느꼈지만 어쩔 수 없었습니다. '나'는 원하는 부서에 가기 위해 2년 동안 악착같이 노력했습니다. "너 잘한다는 소리가 여기까지 들려." 이런 말까지 들을 정도였지요. 이런 사실들이 직장 내에서 여성들의 위치를 보여 주는 것 같아 씁쓸했습니다.

성하연: 직장 내 차별은 이것만이 아니었습니다. '나'는 구재와 결혼을 준비하면서 서로가 모아 둔 재산과 연봉을 공개했습니다. 둘이 연봉을 공개하던 순간, '나'는 구재와 '나'가 외치는 숫자의 앞자리가 다르다는 사실을 알게 되었습니다. 정확히 천삼십만 원 차이였죠. '나'는 같은 부서에서 같은 일을 하는데도 구재와 '나'의 연봉 차이가 왜 이렇게 많이 나야 하는지 의문을 품습니다. '구재가 일을 잘해서? 대체 얼마나 잘하길래? 딱 천삼십만 원어치만큼?'

선생님: 이 소설을 읽으면서 아직 우리 사회의 인식과 제도가 여성에게 비합리적이고, 불리하다는 것을 느낄 수 있었습니다. 그래서 '나'는 빛나 언니가 돌린 답례 떡을 먹으며 같은 여성인 빛나 언니가 잘 살았으면 좋겠다고 바라는 거겠죠. 이는 빛나 언니뿐만 아니라 '나' 자신에게도 해당되는 말일 테고요. 더 넓게는, 우리 사회의 모든 여성들에게 해당되는 말이라고 할 수 있습니다.

  지금까지 '총무과 라푼젤과 전체 회신녀', '기브 앤 테이크', '유리 천장'이라는 세 가지 열쇠말로 단편 소설 「잘 살겠습니다」를 살펴보았습니다. 고맙습니다.

 배윤주 (부산국어교사모임)

# 자전거 여행

  작가 김훈은 1973년 한국일보에 입사하여 기자 생활을 하다가 소설로 등단했으며, 『자전거 여행』은 2000년과 2004년에 나온 두 권짜리 수필집입니다.

  워낙 잘 알려진 작가라 책날개에 소개하는 작가의 약력을 더 자세하고 길게 쓸 수 있었을 텐데, 그의 책에는 대부분 작가 이력이 서너 줄만 적혀 있습니다. '1948년 서울 출생. 2000년 전까지 여러 직장을 전전. 자전거 레이서.' 이런 식으로 짧고 간단하게 기록되어 있지요. 그리고 그 내용도 책마다 다릅니다. 유명한 작품이 많음에도 대표 작품 몇 개만 실어 놓았지요.

  김훈 작가는 한 인터뷰에서, 자신이 쓴 글을 다시 보거나 새롭게 유통되는 것을 별로 좋아하지 않는다고 대답한 적이 있습니다. 글을 다루는 작가이면서, 글에 대해서 결벽증에 가까울 만큼 조심스러운 태도를 보이는 사람. 그는 『자전거 여행』에 실린 작가의 말에서 이렇게 말합니다. "살아서 아름다운 것들은 나의 기갈에 물 한 모금 주지 않았다. 그러므로 나는 가장 빈곤한 한 줌의 언어로 그 운명에 맞선다.……중략……새벽 여관방에서 나는 한 자루의 연필과 더불어 말하여질 수 없는 것들의 절벽 앞에서 몸을 떨었다." 작가는 문학, 그리고 언어가 인간사의 여러 문제 중 가장 낮은 곳에 있다고 생각하며 인생을 제대로 설명하기엔 부족한 도구라고 생각합니다.

『자전거 여행』은 작가가 자전거를 타고 우리나라 산천의 곳곳을 누비며 보고 들은 것을 기록한 수필입니다. 언어에 대해서 예를 갖추듯 정갈한 작가의 모습을 보면, 이 글의 성격이 조금 짐작됩니다.

### 첫 번째 열쇠말_ 길

『자전거 여행』의 프롤로그 첫 문장은 이렇게 시작합니다. '자전거를 타고 저어갈 때, 세상의 길들은 몸속으로 흘러 들어온다.' 그리고 중간에는 이런 문장이 나옵니다. '자전거를 타고 저어갈 때, 몸은 세상의 길 위로 흘러 나간다.'

작가는 몸과 길 사이에 엔진이 없는 것이 자전거의 축복이라고 합니다. 살아서 몸으로 바퀴를 굴려 나아가는 일은 복되다고도 표현하지요. 작가는 이렇게 바퀴를 굴려서 여수 돌산도 향일암부터 태백산맥, 소백산, 안면도, 전라남도 등 바다와 숲, 마을과 길을 다닙니다. 자전거를 타고 길을 만난다는 것은 그가 정직하게 길을 만난다는 의미입니다.

페달을 밟아 오르막을 오를 때에는 근육이 터질 듯이 불거져 나오고 내리막을 갈 때는 페달을 밟지 않아도 수월하게 내려갑니다. 그러나 그는 오르막을 오를 때 너무 힘겨워하지 않고, 내리막을 달릴 때 그다지 기뻐하지 않는다고 이야기합니다. 책 속에는 '모든 오르막과 모든 내리막은 땅 위의 길에서 정확하게 비긴다.'고 표현되어 있습니다.

인생을 길에 빗대어 표현하는 것은 너무나 구태의연한 표현이지만, 그가 쓴 글에 나오는 길은 그대로 '인생'이라는 단어로 바꿔도 좋을 정도로 닮아 있습니다.

마치 여행 목적지가 길이기라도 하듯 작가는 길을 만나는 일을 함부로 대하지 않고 성심껏 합니다. 작가가 어느 인터뷰에서 '살아 있는 날 동안 어떤 욕심이 없이 매일매일을 단지 살아 내는 것이 할 일'이라고 한 것처럼, 길 위에 있는 동안에는 길이 그에게 주어진 숙제입니다.

### 🗝 두 번째 열쇠말_ **속도**

작가는 마치 주어진 숙제인 듯, 주어진 우리나라의 길 구석구석을 자전거의 속도로 누빕니다.

작가는 인터뷰에서 기계를 거의 다루지 못한다며, 운전도 못 하고, 사진도 찍지 않는다고 말했습니다. 그가 거의 유일하게 다루는 기계에 가까운 것이 자전거라고 합니다.

교통과 매체가 발달한 요즘의 현대인들은 빠르고 쉽게 여행을 떠나고 여행지의 정보를 수집합니다. 좋다고 알려진 장소에 찾아가서 맛있다고 전해지는 음식들을 먹고 SNS를 통해 여행기를 전합니다.

그런데 이 책의 여행은 그렇지 않습니다. 오로지 자신의 근육과 그로 인한 노동으로 정직하게 한 걸음씩 나아가고, 자신의 시선과 숨결로 풍경을 이해합니다. 몸과 길 사이에 엔진이 없는 것이 자전거의 축복이라고 앞서 밝힌 것처럼, 그는 엔진과 기계의 과속, 또 그 과속으로 인해 생기는 간과를 싫어합니다.

그는 천천히 보고, 깊이 생각하고, 말을 골라 글을 씁니다. 그래서 그의 수필은 가볍게 읽히지 않고 언제나 일생의 무게를 감당하는 비장함으로 다가옵니다. 그의 시선에 걸리면 봄에 꽃이 지는 것도, 냉잇국도, 재첩국도, 앉아 쉬는 농부도, 모두 세상의 이치를 대변하는 징표로, 삶에 대한 상징으로 변신합니다.

이 책이 삶에 대한 진중함을 지닌 글로 가치가 있는 이유는 그가 세상의 풍경을 관찰하는 자신의 위치를 부각하지 않고, 자신의 주관적인 시선을 되도록 배제하고, 원래 그 풍경이 놓여야 할 공간과 시간 속에서 관찰하고 살폈기 때문입니다. 어떤 현상과 인물을 이해할 때 맥락을 먼저 살피는 그 세심함이야말로 대상의 가치와 아름다움을 극대화시킬 수 있는 방법인 것이지요.

세상이 굴러가는 적당한 속도를 알고 조절하는 그의 태도가 문장 안에 알맞게 배어 있어 그의 글이 잘 익은 장과 같은 성숙미를 풍기는 것이 아닐까 합니다.

### 🔑 세 번째 열쇠말_ 몸

자전거는 엔진이 없으므로, 자전거를 탈 때 몸은 언제나 정직하게 지칩니다. 그래서 그는 하루에 정해진 만큼의 거리밖에 움직일 수밖에 없고, 그 속도로 세상을 관찰한다고 했습니다.

작가는 자전거로 이 땅 위의 곳곳을 누비며, 몸으로 세상을 관찰합니다. 그리고 몸들이 이루어 놓은 세상을 봅니다. 그의 말들은 조금이라도 더 정확하고 본질에 가깝도록 육체와 땅의 것들을 전달하기 위해 애쓰는 전령들입니다. 이때 몸은 가장 겸손하고 정직한 땅의 소산이며, 우리 인생들이 가진 한계이며, 플라톤이 말한 이데아에 가닿지 못하는 실물입니다. 그러므로 세 번째 열쇠말 '몸'은 인간의 육체만을 가리키는 것이 아니라 그가 매료되었던 가난한 풍경을 가리키는 말이고, 인간의 몸들이 살아 냈던 흔적을 가리키는 말이며, 그래서 결코 완벽하지 않은 이 땅의 흔적을 묶는 말이라고 할 수 있습니다.

작가가 여행하며 만난 풍경들은 아름답지만은 않았습니다. 몇십 년째 같은 자리에서 봄을 맞이하는 늙은 할머니의 고된 노동이 있고, IMF를 맞은 가장의 무너짐이 있고, 단군 이래 최악의 산불로 무너진 숲이 있습니다. 앞서 말한 간과의 시선, 즉 빠른 속도로 스쳐 가며 보았더라면 결코 아름답지 않았을 낮고 가난한 몸의 것들에 그는 매료

되고, 연민을 품으며, 애정의 시선을 오래도록 남기고 글을 썼습니다.

형용사 '핍진하다'라는 말이 있습니다. 실제와 아주 비슷하다는 뜻인데요. 김훈의 글은 핍진성이 있다고 평가되곤 합니다. 언제나 육체로서의 자기 자신이 가진 한계와 결코 육체에 가닿지 못하는 언어의 한계를 깊이 인지하고 있는 작가이기에 오히려 그의 글은 핍진성을 가질 수 있는 것 같아요.

기자 출신이라서 그런지 되도록 수식어를 배제하고 보이는 그대로를 묘사하는 듯 보이지만, 그의 시선을 따라가면 언제나 삶이 아름답고 낯설게 보입니다. 그것은 그가 언어를 몸의 것으로 낮추어 놓았기에 가능한 일이 아닐까요.

독자 여러분들이 이 작품을 감상하는 데에 조금이라도 도움이 되길 바라면서 세 가지 열쇠말로 여는 문학 이야기 『자전거 여행』 편을 마칩니다.

 박혜신 (대구국어교사모임)

김경욱/ 맥도날드 사수 대작전
윤흥길/ 날개 또는 수갑
장강명/ 알바생 자르기
김학찬/ 풀빵이 어때서?
최일남/ 노새 두 마리
서유미/ 스노우맨
이병승/ 여우의 화원
조세희/ 내 그물로 오는 가시고기
김영현/ 멀고 먼 해후
편혜영/ 20세기 이력서
장류진/ 다소 낮음
이동하/ 모래
김금희/ 조중균의 세계
은유/ 알지 못하는 아이의 죽음

## 2부

# 노동의 나날

# 맥도날드 사수 대작전

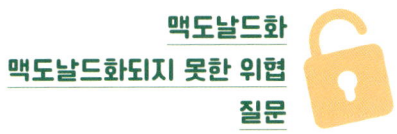

맥도날드화
맥도날드화되지 못한 위협
질문

　소설의 제목이 뭔가 비장한 느낌이 드는데요. 아울러 여러 의문이 따라붙습니다. 맥도날드를 사수하겠다고? 그래서 작전까지 세우고 대처하겠다고? 맥도날드가 그렇게 중요한 가치를 갖고 있나? 혹시 이게 상징이라면 현실의 어떤 면을 풍자한 건가? 등등이요. 이제부터 세 가지 열쇠말로 이런 의문들에 대해 진지하게 접근해 보겠습니다.

　김경욱 작가는 1993년에 등단한 후, 2년에 한 권꼴로 일정한 속도를 유지하며 쉬지 않고 책을 낸다고 하여, '소설 기계'로 불립니다. 소설 기계 김경욱의 단편 소설 「맥도날드 사수 대작전」. 이 작품은 계간지 『창작과비평』 2008년 겨울호에 실렸고, 그의 다섯 번째 소설집 『위험한 독서』에 두 번째로 수록되어 있습니다.

## 🔑 첫 번째 열쇠말_ **맥도날드화**

맥도날드는 알겠는데, '맥도날드화'는 무슨 의미일까요? 그럼 '맥도날드화'의 의미부터 살펴보도록 하겠습니다.

지금껏 살면서 맥도날드 매장에 한 번도 안 가 본 분은 안 계시겠죠? 물론, 세상의 모든 일엔 예외가 있고, 보편이 통용되지 않는 사례가 훨씬 많긴 하죠. 하지만, 맥도날드는 좀 달라 보입니다. 저만 해도 아이들이 어렸을 때 동네 맥도날드에 꽤 자주 갔더랬습니다. 어린이 세트를 구입하면 손안에 들어오는, 고장도 잘 안 나는 캐릭터 장난감을 같이 줬기 때문이기도 했지만, 일단 주말에 가족끼리 간단한 외식을 하기엔 맥도날드만 한 데가 없었기 때문입니다. 아직도 기억에 남는 것은, 항상 똑같았던 메뉴, 언제 다시 먹어도 같은 맛의 햄버거, 설탕을 통째로 붓는지 어느 매장이든 너무 달기만 한 아이스크림 같은 것들이에요.

처음엔 그냥 프랜차이즈 패스트푸드점이 으레 그러려니 했지, 그것이 하나의 표준을 만들고, 그 표준에 사람들의 의식과 행동 방식까지 꿰맞춘다는 생각은 못 했답니다. 어딜 가나 맛이 같아야 하니까 그냥 당연한 과정이라고만 생각했던 것이죠. 그런데, 그건 너무 단순한 생각이었다는 걸 이 소설을 읽고 알게 되었습니다. 똑같은 맛 이면엔 획일화의 또 다른 그림자가 드리워져 있었던 거죠. 김경욱의 「맥도날드 사수 대작전」은 그런 면에서 제겐 신선한 충격, 아니 실은 무서운 전율을 안겨 준 작품입니다. 맥도날드 햄버거가 우리의 입맛만 표준화하는 게 아니라, 그 뒤에 숨어 있는 누군가가, 우리 등 뒤에 연결된 긴 줄로 우리를 조종하는 것 같은 섬뜩한 느낌을 받았다면, 제가 너무 과장하는 걸까요?

이 작품의 주인공 '나'는 맥도날드 매장에서 용돈이나 벌 요량으로 파트타임 일을 하던, 스무 살 여학생이었습니다. 그러다가 아버지의 갑작스러운 실직으로 인해 매장에 매일 출근해야 하는 처지가 됩니다. 퇴직금은 아버지가 주식 하다 날리고 아파트 담보로 대출받아 개업한 통닭집은 조류 독감으로 타격을 입었지요. 그래서 남동생은 군대로, 엄마는 정수기를 팔러, '나'는 학업을 중단한 채 각자 알아서 자기의 미래를 개척할 수밖에 없었습니다.

비정규적 노동에서 본의 아니게 정규적인 노동을 하게 된 '나'는, 이전에는 상상도 할 수 없었던 고강도의 노동에 시달립니다. 아울러 매장을 오픈하기 위해서는 매뉴얼로 정리된 복잡한 과정을 마쳐야만 했는데요. 그 과정은 전 세계가 다 똑같다고 합니다. 세계 어디에서나 균일한 맛을 내기 위해 단일하게 '표준화'된 과정을 거쳐야 하며, 햄버거를 먹고 나서는, 그 누구라도 스스로 쓰레기를 처리해야 하니까요. '맥도날드화'는 바로 이렇게, '표준화된 단일 과정'이라 보면 될 것입니다.

더 나아가 '맥도날드화'는 결국, '예측 가능한', '짜여진 틀 속의 모든 생각과 행동'인 것입니다. 그 안에서 사람들은 각자의 개성을 상실한 채, 똑같은 질서 속에서 움직여야 합니다. 아무 생각 없이 햄버거를 먹어 왔던 제가 충격을 받는 게, 당연하지 않았을까요? 정말 '빅 브라더'라도 있어서 모든 사람의 생각과 행동을 관찰하고, 의식까지도 조종하는 것만 같았습니다.

그런데 작품을 읽으면서 한편으로 드는 생각은, 어쩌면 우리 생활 자체가 맥도날드화된 일상이 아닐까 하는 거였답니다. 교사인 저의 삶만 보더라도 똑같은 시간에 출근하고, 정해진 시간에 맞춰 일을 하고, 일정한 시간이 되면 밥을 먹고, 다시 일을 하고, 퇴근을 하고. 똑같은 일상이 매일매일 쳇바퀴 돌 듯 반복되죠. 그러다 보니 일상 자체가 예측 가능하게 되고, 예측에서 벗어나는 일상은 존재하지 않게 되는 것이죠. 우리의 삶은 어쩌면 한편으론 편하지만, 또 한편으론 사고나 행동이 전부 '맥도날드화'되어 가는지도 모르겠네요. 이렇게 가다간 언젠가 우리의 의식마저 너무나 예측 가능한, 그리고 너무나 뻔하고 단조로운, 자동으로 맞물려 돌아가는 톱니바퀴 안에만 존재하게 될지도 모르겠다는 불안감이 밀려오네요. 불현듯 찰리 채플린이 감독과 주연을 맡았던 영화 <모던 타임즈>가 떠오릅니다.

### 🔑 두 번째 열쇠말_ 맥도날드화되지 못한 위협

이 소설의 처음과 끝 장면은, 평양의 맥도날드 매장에 원인 모를 화재가 발생했다는 설정으로 되어 있습니다. 정확한 화재 원인은 현재 알 수 없지만, '제3세계 해방 전선'이라는 단체가 일련의 화재를 자신들의 소행이라 주장하고 나섭니다. 여기서 '제3세계 해방 전선'이란 조직이 맥도날드 매장에 테러를 일으킨다는 설정은 정말 신선하게 다가옵니다. '맥도날드화'된 일상에 가해지는 새로운 충격이랄까요?

맥도날드 직원들은 테러에 대비하기 위해 경계를 철저히 하게 됩니다. 물론 나중에는 경계하는 과정마저도 '맥도날드화'되어 버리기는 하지만요. 결국 까만 륙색을 멘, 동남아시아 쪽인지 서남아시아 쪽인지 분간이 안 되는 외국인을 테러리스트로 오해해서 벌어지는 해프닝은, 자동화된 시스템에 날리는 돌직구인 것만 같아 재미가 쏠쏠합니다. 외국인이 륙색에서 꺼내려 한 것이 무엇이냐고 묻는 '나'에게 매니저는, 인도 사람인 외국인은 폭탄이 아니라 사전을 꺼내려 한 것이었다면서, '제3세계 해방 전선'을 상대하기에는 너무나도 부족한 '나'의 어수룩한 상황 판단력을 질타하며 흥분하기까지 하죠. 보고 또 봐도 재미있는 장면입니다.

이 소설 곳곳엔 이렇게 재미를 주는 장치들이 꽤 많이 있습니다. 앞서 주인공 '나'가 갓 취직해 오리엔테이션을 받을 때의 일입니다. 매니저가 백이십여 나라에서 삼만 개가 넘는 맥도날드 매장을 거느리게 되기까지의 '신화'를 자랑스럽게 이야기하고, 맥도날드가 들어간 나라끼리는 전쟁을 한 적이 없다며, 맥도날드는 세계 평화에도 기여한다고 말했을 때의 일이죠. 함께 교육을 받던 여드름쟁이 남학생이 불쑥 끼어들며 '1999년에 나토가 유고슬라비아를 폭격했을 때, 그곳에는 맥도날드 매장이 열 개나 있었다'며 아는 체를 합니다. 그 후로 매니저는 여드름쟁이에게 집요하게 보복을 했고, 그는 결국 한 달도 못 가 그만두고 말죠. 그만두면서 입사 동기인 '나'에게 여드름쟁이는, 자기가 틀렸다며 유고슬라비아에는 1997년에 이미 맥도날드 매장이 열한 개 있었다고 대단한 비밀을 털어놓는다는 투로 말하는데요. 이 부분은 마치 블랙 코미디의 한 장면을 보는 듯한 느낌이 들게 합니다. '맥도날드화'된 질서를, 너무나 진지해서 상황과 전혀 들어맞지 않는 말들로 부정하는, 어쩌면 이 작품에서 정말 압권이라 할 수 있는 장면이죠.

바로 이런 위협들이 곳곳에서 '맥도날드화'에 도전장을 내밀면서 독자들에게 웃음을 선사합니다. 이른바 '맥도날드화되지 못한 위협'이랄까요?

### 🔑 세 번째 열쇠말_ **질문**

과연 맥도날드는 이런 위협들 앞에서 끝까지 사수될 수 있을까요? 두 번째 열쇠말에 등장했던 외국인 기억하시죠? 그는 테러리스트도, 거동 수상자도 아니었고, 다만 외국계 컴퓨터 회사에 근무하는 프로그래머였을 뿐이지만, 그와의 해프닝을 통해 주인공 '나'는 질문을 하게 됩니다. 바로 이 지점이 중요합니다. 맥도날드화된 일상에서 벗어나려면 어떻게 해야 하는가? 바로, 질문을 던져야 한다는 것이죠. 그것은 결코 단순한 질문이 아닙니다. 나는 과연 누구인가를 묻는, 존재론적 성찰이죠. 특별 수당 인상 대상에서 유일하게 제외된 '나'가 문득 사로잡히게 되는 의문. 아무리 주위를 둘러봐도 풀리지 않고 오히려 증폭되는 의문. '나'가 생각할 때, '맥도날드화된 위험에 대처하는 것보다 더 화급한 것은 전혀 맥도날드적이지 않은 바로 그 의문에 답을 구하는 것'이었다는 그 의문. "왜 하필 우리인가?……중략……매일 감자를 튀기고 햄버거를 조립하고 카운터를 지키며 바닥을 쓸고 닦는 우리는 과연 누구인가?" 어쩌면 우리 모두 살면서 한 번씩 던지게 될 그 의문 말입니다.

 이런 의문이 들었다는 건 '맥도날드화'된 시스템에서 빠져나올 수 있는 힘을 스스로 찾았다는 얘기입니다. 이런 의문들이, 늘 똑같이 반복되고, 그러기에 변화가 없고, 결국 자동화, 표준화된 시스템에 우리 스스로를 가두는 '맥도날드화된 일상'에 던지는 짱돌이 아닐까요? 이런 짱돌 몇 개만 가지고 있으면, 매너리즘에 빠지거나, 개인은 사라지고 시스템만 남은 우리의 비인간화된 일상에도 변화가 생기고, 궁극에는 그런 삶에서 탈출할 수도 있지 않을까요? 그건 어쩌면 너무나 당연하다고 생각하고 받아들이며 사는 것들을, 살아 있는 우리가 비트는 일이기도 할 것 같습니다. 독자 여러분, 이제 이렇게 한 번 외쳐보는 건 어떨까요? "무의미하게 반복되는 일상은 이제 필요 없다. 저리 가라!"라고요. 또 이렇게도요. "맥도날드, 이제부터 각오해라!!!"

 문득 이런 생각이 듭니다. '맥도날드화된 일상에, 전혀 맥도날드적이지 않은 의문을 제기하고 그 의문에 해답을 찾다 보면 세상과 화해하지 못할 수도 있겠지만, 바로 그것이 내 존재 이유를 더 열심히 파고드는 일이 되고, 결국엔 진정으로 세상과 화해하는 일이 아닐까?'

하는 생각 말입니다. 우리 각자가 시스템의 일부로 남는 것을 거부하고 고유한 인간으로 살려고 몸부림친다면, '맥도날드화된 일상'은 크게 요동치고, 결국엔 제자리로 돌아가게 되지 않을까요?

　지금까지 김경욱의 「맥도날드 사수 대작전」을 '맥도날드화', '맥도날드화되지 못한 위협', '질문', 세 가지 열쇠말로 살펴보았습니다. 독자 여러분들이 이 작품을 감상하는 데에 도움이 되었길 바랍니다. 그리고 시간이 있으시면, 꼭 한 번씩 읽어 보셨으면 좋겠습니다. 아마 작품이 전해 주는 죽비 소리를 피부로 느끼실 수 있을 것입니다. 독자 여러분 모두, 맥도날드화되어 틀에 박힌 일상에 짱돌을 던질 수 있었으면 좋겠습니다. 아니면 자갈이나 모래, 바늘이라도 말이죠. 고맙습니다.

 장성렬 (인천국어교사모임)

# 날개 또는 수갑

「장마」, 「아홉 켤레의 구두로 남은 사내」, 「종탑 아래에서」. 혹시 이 중 한 번이라도 들어본 적이 있는, 또는 익숙한 제목이 있나요? 윤흥길 작가는 이번 시간에 다룰 「날개 또는 수갑」뿐만 아니라 앞에서 제시한 작품들을 통해 이미 많은 독자에게 가깝게 느껴지는 작가입니다. 1968년 한국일보 신춘문예에 소설 「회색 면류관의 계절」이 당선되어 문단에 데뷔한 작가는 1973년 「장마」를 발표하면서 문단의 주목을 받습니다. 이어 70년대 후반에는 「아홉 켤레의 구두로 남은 사내」, 「직선과 곡선」 등의 작품을 통해 산업화가 낳은 사회의 부정적인 모습을 제시하고, 80년대에는 『완장』, 『에미』와 같은 장편 소설을 통해 사회적 산물에 대한 비판적 시각을 견지합니다. 작가는 역사적 현실과 그로 인해 나타나는 삶의 부조리함, 그리고 이에 대응하는 인간의 모습을 통해 '시대'를 이야기합니다. 「날개 또는 수갑」에서도 마찬가지입니다.

세 가지 열쇠말로 작품을 이야기하기에 앞서, 작품의 내용을 간단히 살펴볼까요?

어느 날, 동림산업에는 창업 기념일을 맞이하여 사원 간의 단결력을 공고히 하고자 회사 제복을 맞추려고 한다는 회람이 돕니다. 회람을 본 민도식과 우기환은 제복을 입는 순간 개인은 사라진다며 반발심을 갖습니다. 사실, 제복을 맞추려는 회사의 입장은 소수의 경영자, 그것도 사장의 일가 친척들이 차지하고 있는 몇몇 임원들에 의해 이미 결정된 사항입니다. 그러면서 사원 중 한 명인 장상태를 사원 대표로 지목해, 준비 위원회에 참여시킵니다. 형식적으로는 사원의 의견을 반영한 것처럼 보이려는 것이지요.

민도식과 우기환을 비롯한 사원들은 찻집에 모여 제복을 입게 되면 개성과 자유가 상실되고, 평생을 조직의 일원으로만 존재하게 되지 않을까 걱정을 나눕니다. 그들은 준비 위원회에서 자신들의 의견을 전달할 것을 다짐하고 헤어집니다. 그러나 준비 위원회는 허울뿐이었고, 제복을 맞추는 것으로 결정이 납니다. 준비 위원회에서 사원들의 의견을 입 밖에 낼 수조차 없었던 상황에 답답함을 느낀 장상태는 찻집에서 자신들의 이야기를 듣고 있던 같은 회사 생산부 잡역부인 권씨에게 화풀이를 합니다. 권씨는 자신들은 작업 중에 팔이 잘려 나가 그 팔을 찾기 위해 투쟁하는 사람들이라며, 몸에 걸치는 옷 때문에 인생을 걸고 투쟁하는 사람들이 있다는 사실을 보고 지나칠 수 없었다고 말합니다. 그리고 옷도 팔도 모두 중요한 것이니, 부디 팔을 찾으려는 사람들을 함부로 대하지 말라고 하지요. 생존을 위해 절박하게 투쟁하는 사람들이 있음을 알게 된 민도식은 자신들이 찾으려는 자유에 대한 절박함에 회의를 품습니다.

제복을 제작하기 위해 재단사들이 사무실을 바삐 돌아다니던 날, 우기환과 민도식은 자신의 차례가 오기 전에 슬그머니 사무실을 빠져나옵니다. 제복 입기를 거부한 것이지요. 사장이 우기환과 민도식을 불러 제복 착용을 강요하자, 우기환은 자리를 박차고 회사를 나갑니다. 그 순간 찻집에서 만났던 권씨가 사장실로 들이닥쳐 면담을 요구하고, 민도식은 더 사정이 절박해 보이는 권씨를 위해 사장실에서 물러납니다.

창업 기념일 아침, 민도식은 출근하지 않겠다고 고집을 피우다가, 결국 회사로 향합니다. 제복을 입은 사원들로 가득 찬 운동장을 보며 그는 이질감과 외로움을 느끼고 혼란스러워하며 작품은 끝이 납니다.

이 소설의 내용을 보며 어떤 생각이 들었나요? 학창 시절 친구들과 한 번쯤 가볍게 이야기 나누었던 교복 착용의 문제, 또는 아르바이트나 취업을 하면서 아무 생각 없이 입었던 유니폼이 생각나지는 않았나요? 사실 우리는 알게 모르게 제복을 많이 착용하고 있습니다. 그런데, 이 작품에서 동림산업의 사원들은 왜 그토록 제복을 거부한 걸까요? 반대로, 동림산업의 경영진들은 왜 제복을 강요한 걸까요? 지금부터 세 가지 열쇠말을 중심으로 그 이유를 살펴볼까 합니다.

## 🔑 첫 번째 열쇠말_ **제복**

'제복'은 이 소설의 중심 소재이자, 주된 갈등의 원인입니다. 이 소설에서 제복은 단순히 옷이라는 의미만 있는 것이 아닙니다. 혹시 동림산업의 경영진이 제복을 맞추려고 한 이유를 아시나요? 회람에는 사우 간에 일체감을 조성하여 단결력을 공고히 하기 위해 제복이 필요하다고 적혀 있습니다. 즉, 제복을 통해 회사에 대한 소속감을 고취하고, 회사의 일원으로서 마땅히 해야 할 역할에 더욱 충실하도록 하는 것에 목적이 있지요. 반면, 사원들은 이러한 제복이 개성을 위축시키고, 창의력을 퇴보시키며, 자유를 빼앗게 될 것을 염려합니다. 이러한 측면에서 보면, 제복은 사원들에게 수갑이 되는 셈이지요. 소설 제목에서 '수갑'은 바로 제복을 가리키는 말이었음을 알 수 있습니다.

그런데 제목에는 '수갑'뿐만 아니라 '날개'도 있습니다. 여러분은 '옷이 날개'라는 말을 들어본 적이 있나요? 우기환은 색깔 다르고 디자인 다른 사복 차림이 각각 그 사람의 개성을 나타낸다고 말합니다. 그러면서 '조직의 일원으로 봉사할 때는 유니폼, 조직에서 벗어나 개인이고자 할 때는 사복'을 입으며 이중생활을 할 수 있을 것이라고 하지요. 옷이 '수갑'이 될 수도 있으며, 동시에 '날개'가 될 수도 있음을 이해하게 해 주는 대목입니다. 즉, 작가는 이 소설의 핵심 소재인 제복을 통해 옷은 '수갑'이 아닌 '날개'이기를 소망한 것은 아닐까요?

## 🔑 두 번째 열쇠말_ **저항**

이 소설 속에서는 두 가지의 저항 양상을 볼 수 있습니다. 먼저, 제복에 대한 사원들의 저항이 있습니다. 사실 이들은 제복을 입지 않기 위해 끝까지 격렬하게 저항하지는 못합니다. 작품 말미에 우기환이 끝내 제복을 거부하며 회사를 나간 것이 가장 적극적인 저항이라고 볼 수 있지요.

개성과 자유를 억압하려는 쪽과 개성과 자유를 지키고자 하는 쪽의 대립 상황에서 개성과 자유를 지키고자 하는 쪽의 저항. 이를 통해 작가는 무엇을 말하고 싶었던 걸까요? 이 작품이 발표된 시대이자 작가가 살았던 시대인 1970년대는 군사 독재로 인한 획일적인 군사 문화가 일반 국민을 속박했던 시기입니다. 윤흥길 작가가 역사적 현실과 그로 인한 삶의 부조리함, 그리고 이에 대응하는 인간의 모습을 통해 시대를 이야기하는 작가인 만큼, 군사 독재 시절의 부조리함과 획일성을 비판하고 싶었던 것이 아닐까 생각됩니다.

또 하나의 저항은 작품 속에서 비중이 그리 크지 않지만, 결코 그냥 지나칠 수 없는 권씨의 저항입니다. 권씨가 저항하는 모습은 소설 속에서 구체적으로 그려져 있지는 않습니다. 그러나 권씨의 말에서 '팔'로 표현되는, '생존'을 위해 저항하고 있음을 금방 알아차릴 수 있습니다. 이 또한 작가가 살았던 시대는 물론이고, 오늘날에도 우리 주위에서 쉽게 볼 수 있는 모습이지요.

앞서 말한 자유를 위한 저항도 마찬가지입니다. 1970년대에 비해 우리에게 많은 자유가 주어진 것은 사실이지만, 속속들이 살펴보면 지금도 어떤 곳에서는 자유를 지키기 위해 힘겹게 저항하고 있는 누군가가 존재합니다.

작품 속의 두 저항은 역사적인 측면에서도 그렇지만, 현재를 살아가는 우리의 삶에서도 충분히 보여지는 문제라고 할 수 있습니다. 소설이 본질적으로 인간의 문제를 담고 있다는 말은 이런 측면에서 나온 것이 아닐까요?

### 🔑 세 번째 열쇠말_ **대응 방식**

회사의 제복 제정이라는 사건에 대응하는 중심인물은 장상태, 우기환, 민도식, 이 세 명입니다. 세 인물은 제복 제정에 대해 반대한다는 점에서는 같으나, 대응 방식은 서로 다릅니다. 각기 다른 세 사람의 대응 방식을 통해 작가가 우리에게 전달하고자 하는 것은 무엇인지 생각해 보기로 하겠습니다.

회사의 강압에 의해 준비 위원회의 사원 대표가 된 장상태는 제복 제정에 찬성하지는 않지만, 무력한 모습으로 회사의 결정에 따릅니다. 현실에 순응하는 인물이지요.

반면 우기환은 작품 내내 제복 제정에 대한 비판적인 의견을 적극적으로 제시합니다. 사장 앞에서도 제복 제정 반대 입장을 분명히 밝히고, 그것이 받아들여지지 않자 회사를 박차고 나가 버리지요. 한마디로, 현실에 순응하지 않고 적극적으로 대응하는 인물이라고 볼 수 있습니다.

　민도식은 그 어떤 쪽이라고도 보기 어렵습니다. 재단사들이 제복 제작을 위한 측정을 하려고 사무실에 왔을 때, 그는 측정을 하지 않고 우기환과 함께 회사를 빠져나갑니다. 그리고 사장 앞에서도 우기환과 함께 끝까지 제복 제정에 대한 반대 입장을 관철하지요. 창립 기념일 아침에도 제복을 입는 회사에는 가지 않겠다며 아내와 실랑이합니다. 이런 모습을 보면 제복을 거부하는 입장임은 분명해 보입니다. 하지만, 그의 생각은 실천으로 이어지지 못합니다. 못내 회사로 향하여, 이대로 현실에 순응하는 듯한 모습을 보이지요. 그러다가 제복을 맞춰 입은 사원들의 모습을 보고는 더 나아가지 못한 채 그 자리에 멈춰 섭니다.

　세 인물의 신념이 모두 같았음에도 불구하고 누구는 그것을 끝까지 지키고, 누구는 버리고 맙니다. 또 누구는 갈등을 안은 채 결정을 내리지 못하지요. 이러한 여러 가지 양상이 나타난 것은 자신의 견해를 꿋꿋하게 관철하기 어려운 현실의 탓도 있을 것이고, 개인의 부족한 의지 탓도 있을 것입니다. 작가는 부조리한 현실과 적극적이지 못한 대응 방식 모두를 비판하고 있는 것처럼 보입니다.


　지금까지 나누었던 이야기를 한번 정리해 보겠습니다. 작가는 '제복'이라는 소재를 통해 억압과 통제로 가득 찼던 독재 시대에 대해 이야기하고자 했습니다. 짓눌린 자유와 개성을 찾기 위한 저항, 그리고 생존을 위한 인물의 저항을 그림으로써 당시의 시대 상황, 그리고 오늘날의 모습까지도 생각해 볼 수 있게 하는 작품이지요. 같은 상황과 입장 속에서 각기 다른 대응 방식을 보이는 세 명의 중심인물들을 통해 왜 그들은 그런 선택을 해야 했을까, 그리고 나아가 우리는 어떻게 살아가야 할지를 생각해 보게 하는 작품이었습니다.

 김윤지 (부산국어교사모임)

# 알바생 자르기

　작가 장강명은 기자로 일하다가 전업 소설가가 된 이력 때문인지 '청년 문제의 사회화'라는 문제의식을 밀고 나가는 가장 대표적인 작가라는 평가를 받고 있습니다. 그의 작품 속 주인공들은 타인 혹은 개인의 내면과 갈등을 빚는 대신, 그가 속한 세계와 담론을 상대로 끈질기게 싸우는 모습을 보여 줍니다.

　장강명은 2016년 문학동네 젊은작가상을 받았으며, 오늘 소개할 단편 소설 「알바생 자르기」 외에도 『표백』, 『뤼미에르 피플』, 『그믐, 또는 당신이 세계를 기억하는 방식』, 『열광금지, 에바로드』 등 장편 소설을 여럿 발표하였습니다. 그의 작품 중 『한국이 싫어서』, 『댓글부대』는 영화로 제작되기도 하였지요.

　여러분은 '알바생 자르기'라는 제목을 들었을 때 어떤 내용이 펼쳐질 것이라고 추측했나요? 성실히 일하지 않는 알바생을 사장이 해고하는 이야기일 것 같은가요? 네, 어떤 면에서는 맞고 어떤 면에서는 틀리다고 할 수 있습니다. 일반적으로 알바생이 을, 고용주가 갑의 위치에 있다고 볼 수 있는데요. 이 작품에서는 그 입장이 어떻게 받아들여지는지, 세 가지 열쇠말로 알아보겠습니다.

### 🗝 첫 번째 열쇠말_ 을질

여러분의 생각에, 을의 태도는 어떠해야 할 것 같은가요? 알바생이라면 응당 고용주의 입맛에 맞춰 행동해야 한다고 생각하나요? 이 작품에 등장하는 을, 알바생 혜미는 보통의 을과 다릅니다. 을의 권력을 휘두르는 '을질'을 보여 주지요.

작품에 등장하는 알바생 혜미는 20대 여성입니다. 혜미는 주유소, 식당, 편의점, 패스트푸드점, 피시방, 놀이공원에서 일했고, 호텔에서 서빙과 하객 대행도 해 본 프로 알바러라고 할 수 있습니다. 작품의 배경이 되는 회사는 10명 남짓의 직원이 근무하는 외국계 기업입니다. 혜미는 손님 접대, 자료 정리, 부품 배송, 청소 관리, 직원 교육용 교재 제본, 사무실 음료 관리 등의 일을 합니다. 사무실 문 앞이 혜미의 자리인데, 직원들을 보고 먼저 인사하는 법도 없고, 늘 뚱한 표정으로 앉아 있습니다. 근무 시간에는 자주 뮤지컬 사이트나 일본 여행 사이트를 찾아보기도 합니다. 지하철 고장을 핑계로 잦은 지각을 하며, 점심 먹고 근무 시간 중에 개인 질병을 치료하기 위해 한의원에 다니는 등 근무 태도도 좋지 않습니다. 또한, 불법 파업 규탄 대회에 참석하라는 최은영 과장의 말에 여의도 공원이 어디인지 모른다고, 다리가 아프다고 핑계를 댑니다. 상사의 업무 지시를 거절한 셈이죠.

이런저런 일들이 쌓이고 쌓여서 마침내 혜미는 해고당하게 됩니다. 그런데, 여기서 본격적으로 혜미의 을질이 시작됩니다. 혜미에게 인간적으로 동정을 느낀 은영이 패밀리 레스토랑에서 비싼 저녁을 사 주고, 명품 스카프를 선물하면서 전달한 해고 통지는 혜미에게 정식 해고가 아니었습니다. 동네 편의점에서도 해고를 할 때는 서면으로 예고를 하고, 퇴직금도 정산되어야 하는데, 그런 정식 절차를 밟지 않았으니 정식 해고로 받아들이지 않았다고 혜미는 얘기하죠.

은영은 뒤통수를 맞은 기분입니다. 분명히 이달 말까지만 나오라고 얘기했건만 혜미는 못 들은 척하다가, 고용주가 해고 30일 전 서면 통보를 하지 않은 것을 문제 삼아 석 달 치 임금을 퇴직금으로 받고 사직서를 씁니다. 그리고 출근하지 않죠. 아주 영악합니다. 이제 혜미가 회사를 그만뒀으니 사태가 해결된 걸까요? 아닙니다. 두 달이 지난 뒤 혜미는 은영에게 메일을 보냅니다. 혜미가 회사에 다니는 동안 4대 보험에 가입이 되어 있지 않았다며, 그건 엄연히 불법이니 보험 취득 신고 미이행으로 회사를 상대로 고소할 수 있다고 하지요. 그러면서 회사가 부담하지 않았던 4대 보험료만큼을 따로 지급해 달라고 요구합니다.

이쯤 되면 정말 어이가 없어집니다. 은영은 부아가 치밀어 얼굴이 벌게집니다. 결국 혜미는 은영에게 150만 원을 받아 냅니다. 혜미는 돈을 받고 나서도 경력 증명서 5부를 발급해 달라고 합니다. '스태프 어시스턴트'라고 적힌 부분을 본인 취업에 유리하게 '어드미니스트레이터'로 바꿔 달라고, 아주 구체적으로 요구하면서 말입니다. 자신에게 개인적인 호의를 베푼 과장님을 이렇게까지 배신할 수 있는 걸까요?

## 두 번째 열쇠말_ 갑질

'갑질', 우리에게 익숙한 말이죠? 아까 했던 질문을 다시 던져 보겠습니다. 을은 당연히 갑에게 고개를 숙여야 하는 걸까요? 혜미는 회사에서 가장 낮은 임금을 받는 알바생, 을이기 때문에 항상 다른 직원들에게 생글생글 웃어야 하고 붙임성 있게 굴어야 하나요? 그리고 외모를 평가당해야 하나요? 고용주와 근로 계약서를 쓸 때, 노동자가 임금을 받는 대가로 고용주 비위를 거스르지 않기 위한 태도까지도 제공해야 하는 것인가요?

혜미가 자주 지각하는 것도 멀리 인천에서 출퇴근하는데, 지하철이 자주 고장 나기 때문입니다. 지하철이 고장 나는 것은 혜미의 힘으로 어쩔 수 없는 상황인데도 갑들은 그것을 인정하지 않습니다. '지하철이 고장 나는 거야 고장 나는 거고, 회사는 제시간에 와야지. 그리고 그게 진짜 지하철 고장 때문인 거 맞아?' 이런 말들이 을인 혜미가 갑들에게 듣는 말입니다. 혜미에게는 피치 못할 사정이지만, 고용주인

갑에게는 의심의 명분을 제공할 뿐이지요.

근무 시간에 한의원을 다니는 것도 못 미더워서 한의원에 전화해 언제 문을 열고 닫는지, 점심시간은 언제인지 꼬치꼬치 캐묻습니다. 지하철이 고장 나는 것도, 교통사고로 다리를 다쳐서 아픈 것도 내 힘으로 어찌할 수 없는 일인데, 상사는 끊임없이 의심하니 정말 갑갑한 노릇입니다.

또한, 혜미가 정규직으로 전환되어 회사의 인건비가 상승하는 것을 막기 위해 정규직 전환 직전에 해고하는 것 역시 갑질입니다. 사장은 은영에게 혜미가 몇 달 더 있으면 회사에서 일한 지 이 년이 되고, 그러면 정규직으로 고용해야 하니 미리 해고하라고 합니다. 은영이 혜미에게 해고 통보할 때도 이런 이야기를 합니다. 근무 기간 이 년을 채워서 정규직으로 만들 수 없다고. 그건 우리로서도 너무 큰 부담이라고.

어떤가요? 우리 주변에서도 흔히 목격되는 모습 아닌가요? 2007년 이랜드 홈에버가 계약 기간이 끝나지 않은 비정규직 700여 명을 무더기로 해고하고 외주 용역으로 전환한 사건이 있었습니다. <카트>라는 영화로 만들어지기도 했지요. 이 사건이 바로 비정규직 보호법 시행을 앞두고 벌어진 일입니다. 약자를 보호하기 위해 만든 법이 기업의 꼼수 때문에 원래 의도와는 다르게 악용된 경우지요.

마지막 갑질은 대기업의 '파업 반대 시위'에 거래 관계인 중소기업이 직원을 보내는 것입니다. 본래 파업은 법에 보장된 노동자의 정당한 권리입니다. 그런데 대기업은 노동자의 정당한 권리 행사에 '불법'이라는 딱지를 붙여 나쁜 것으로 보이게 만듭니다. 그러고는 자발적으로 참여하는 노동자의 파업과는 달리, 강제적으로 인원을 동원하여 파업 반대 시위를 합니다. 이 반대 시위를 위해 대기업이라는 갑의 위치를 이용하지요. 을인 중소기업의 입장에서는 또 다른 불이익을 받지 않으려면 직원을 동원하라는 대기업의 요구에 응할 수밖에 없습니다. 소설에서도 파업 중인 A 자동차 회사로부터 '긴급'이라는 공문이 날아옵니다. 내용은 불법 파업 규탄 대회를 여의도 공원에서 열 예정이니 협력 업체에서도 직원을 한 명씩 보내라는 것이지요. 게다가 현장에서 참석 확인증을 발급한다고 합니다. 직원을 보내지 않는 중소기업에는 불이익이 있을 수 있다는 의미지요. 그러자 사장은 '여자아이'를 보내라고 합니다.

이쯤 되면, 과연 누가 더 나쁜 건지 분간이 되지 않는 지경에 이릅니다. 개인적으로 악착같이 자기 것을 챙기는 을과, 권력의 힘으로 을을 억누르는 갑, 과연 누가 선이고 누가 악일까요?

### 🔑 세 번째 열쇠말_ **반전**

소설을 읽다 보면, 시종일관 은영의 입장에서 혜미가 정말 영악한 아이라는 것에 공감하게 됩니다. 그러다 보니 작가가 말한 것처럼 '교활한 서민층 어린애한테 걸려 고생하는 착한 중산층 여자 이야기'로 독자들이 파악할 우려가 있지요. 그래서 작가는 초고를 수정하면서 마지막 한 문단을 추가했다고 합니다.

엘리베이터를 기다리면서 하는 혜미의 생각을 넣은 것이지요. 봉투를 땅에 떨어뜨리고 돈을 잃어버릴까 봐 걱정하는, 돈으로 주지 말고 계좌로 바로 부쳐 줬으면 좋았을 것이라는, 건물을 나서자마자 은행을 찾아가 독촉을 받고 있는 학자금 대출금부터 갚아야겠다는, 인대 수술을 받느라 퇴직금을 다 써 버린, 그럼에도 별로 나아진 게 없어 여전히 아픈 발목 때문에 힘들어하는, 혜미의 생각을 추가로 넣은 것입니다.

혜미는 원하는 것을 다 얻었으니 행복해질까요? 돈을 잃어버릴까 봐 겁이 나고, 빚 독촉에 시달리고, 발목이 아프고, 위로해 줄 사람이 주위에는 아무도 없습니다. 여기서 혜미의 상황이 드러납니다. 악착같이 내 것을 챙기고자 한 영악한 면모는 어쩌면 살기 위한 불가피한 선택이었는지도 모릅니다. 여러 가지 아르바이트를 전전하면서 부당한 노동 환경에 내몰린 비정규직 청년들이 어쩔 수 없이 체득한 생존 기술에 가까운 것이지요. 이제 혜미에 대한 생각이 조금 바뀌었나요?

아직도 누군가는 고개를 갸웃거릴지 모르겠습니다. 혜미가 꼭 그렇게까지 했어야 할까, 직장에 다닐 때 다른 사람들에게 좀 더 싹싹하게 굴었더라면 해고되지 않고 더 오래 일할 수 있었을 텐데, 하는 아쉬움을 가질 수도 있겠지요. 하지만, 한 개인의 인성이 나쁘다거나 능력이 부족하다는 이유로 '쉬운 해고'가 선진적인 노동 유연화 정책으로 둔갑한 건 아닌지 생각해 볼 필요가 있습니다.

우리나라에는 모난 돌이 정 맞는다는 정서가 지배적이기 때문에, 퇴사할 때 혜미처럼 자기의 권리를 다 챙기는 사람이 드물지요. 대부분의 사람들이 이직할 때 안 좋은 소문이 날까 봐, 혹은 법적 다툼이 번거로워서, 회사와 충돌하는 것을 피하고 싶어서, 정당한 권리조차 요구하지 않는 것이 당연시되는 문화가 널리 퍼져 있지요. 이런 분위기 때문에 혜미를 영악하다고 판단하는 건 아닐까요?

지금까지 '을질', '갑질', '반전'이라는 세 가지 열쇠말로 장강명의 소설 「알바생 자르기」를 살펴보았습니다. 고맙습니다.

 김주미 (경기국어교사모임)

# 풀빵이 어때서?

대학에 안 가면 어때서?
스승은 있다
출생의 비밀

　심사 위원들로부터 '청년 세대의 고통과 혼란을 경쾌한 화법과 발랄한 유머 감각으로 담아'냈다는 평가를 받은 장편 소설 『풀빵이 어때서?』를 소개하고자 합니다. 소설은 주인공 '나'에게 벌어지는 일들을 작가 특유의 재치 있는 화법으로 풀어내고 있습니다.

　작품을 쓴 김학찬 작가는 1983년 경북 고령에서 태어나, 2013년 장편 소설 『풀빵이 어때서?』로 제6회 창비 장편소설상을 수상했습니다. 주요 작품으로는 장편 소설 『상큼하진 않지만』, 『굿 이브닝, 펭귄』, 청소년 단편 소설 「①②③④⑤」 등이 있고, 최명희청년문학상, 전태일문학상 등을 받았습니다.

　『풀빵이 어때서?』의 주인공인 '나'는 어느 대학교 앞에서 타꼬야끼를 구워 파는 청년으로, 고등학교 졸업 후 대학에 가지 않고 바로 붕어빵 장사를 시작합니다. 그러다가 타꼬야끼로 품목을 바꾸면서 아버지와 끊임없이 갈등하고, 그 과정에서 벌어지는 이야기들을 담고 있습니다.

### 🔑 첫 번째 열쇠말_ 대학에 안 가면 어때서?

앞서 말했듯이 '나'는 고등학교를 졸업하고 대학교에 진학하지 않았습니다. 주인공은 고교 시절 공부를 곧잘 했습니다. 특별히 공부가 재미있어서는 아니었고, 붕어빵을 굽는 데에 필요하다고 생각했기 때문입니다. 고3 담임은 붕어빵을 굽는 '나'를 찾아와 왜 대학에 가지 않느냐, 돈 때문에 그러느냐고 묻지만 '나'는 하고 싶은 일이 있어서 그런 거라며 대학에 가지 않겠다는 생각을 명확하게 밝힙니다.

'나'가 하고 싶은 일은 바로 붕어빵을 굽는 일이었습니다. '나'는 어릴 때부터 붕어빵 명인인 아버지에게 붕어빵 굽는 기술과 철학을 전수받았습니다. 아버지는 '나'가 가업을 물려받을 것이라 믿어 의심치 않았고, '나'도 붕어빵을 구워 파는 것이 천직이라고 생각합니다. 수능을 마치자마자 붕어빵 장사를 시작했는데, '나'를 본 사람들은 어린아이가 기특하다고 생각하거나 불쌍하다고 생각합니다. 대학 갈 나이가 되었는데 붕어빵을 팔고 있으니 복잡한 사연이 있거나 집안 사정이 나쁘다고 생각한 거겠죠. 그러나 '나'는 주변의 부정적인 시선에도 아랑곳하지 않고 꿋꿋하게 자기 뜻을 펼쳐 나갑니다. 이런 '나'와는 다르게 초중고 동창인 '철규'는 뻥튀기 장사를 하는 아버지를 부끄러워하고, 그곳에서 벗어나기 위해 열심히 공부하여 명문대에 진학합니다. 어느 날 '나'를 찾아와 자신은 꼭 성공하겠다는 말도 합니다.

　우리 사회는 언제부터인가 대학에 진학하는 것이 당연한 것이 되었습니다. 고등학교를 졸업하고 대부분 대학교에 진학하려고 애쓰죠. 대학 공부에 특별한 뜻이 있지 않은데도 학벌을 중시하는 사회적 분위기 때문에 가는 경우도 많습니다. 안 가면 이상한 사람이 되거나, 부족한 사람이 되니까요. 그런 면에서 이 소설의 '나'는 자신에 대한 신념이 확실한 사람입니다. 남들의 시선이나 평가에 신경 쓰지 않는 모습에서 뚜렷한 주관이 있는 사람으로 느껴집니다.

　그런 '나'에게도 시련이 닥쳐옵니다. '나'는 군대에서 소위 말하는 '고문관'이었습니다. 어떤 일을 해도 어설펐고, 사고에 실수 연발이었습니다. 그러던 어느 날 행정 보급관이 붕어빵 기계를 가져와서 전역할 때까지 '나'에게 붕어빵만 굽게 합니다. 입대 전까지 해 왔던 일이고 잘했던 일이니 '나'의 능력을 보여 줄 좋은 기회였습니다. 그리고 곧 '나'의 부대를 방문하는 사람들은 꼭 먹고 가는 부대의 명물이 되었습니다. '나'는 아침부터 저녁까지, 더워 죽는 여름에도 전투복을 갖춰 입고 계속 붕어빵을 구워야 했지요. 이쯤 되니 잘할 수 있는 일이라서, 재미있어서 붕어빵을 굽는 게 아니라 나중에는 밀가루 냄새도 맡기 싫어질 만큼 완전히 붕어빵에 질려 버렸죠. 그래서 전역 후에는 아버지에게 붕어빵을 굽지 않겠다고 선언합니다. 붕어빵 장사가 천직이라고 믿었던 신념이 와르르 무너져 버린 것이죠. 하는 일 없이 집에 누워만 있던 '나'를 보다 못한 아버지가 100만 원을 주며 바람이나 좀 쐬고 오라고 합니다. 그 돈으로 간 곳이 일본이지요. '나'는 일본에 가서 타꼬야끼를 접하게 됩니다.

### 🔑 두 번째 열쇠말_ 스승은 있다

'나'는 일본에 도착하여 숙소로 가는 도중 길을 잃어버립니다. 한참을 헤매서 배도 고프고 힘이 빠졌을 무렵, 좋은 냄새에 이끌려 간 곳이 타꼬야끼를 파는 가게였습니다. 여러분은 여행지에서 길을 잃고 헤매 본 적이 있나요? 말도 안 통하는 타국에서 길을 잃어 본 적은요? 주인공은 매우 당황스럽고 무서웠을 것입니다. 그렇게 몇 시간을 헤맨 뒤에 먹은 첫 식사가 타꼬야끼였습니다. 과연 이 타꼬야끼는 주인공에게 어떤 의미로 다가왔을까요?

운명처럼 타꼬야끼를 만난 '나'는 그 후 이곳저곳을 다니며 타꼬야끼를 먹어 봅니다. 하지만 첫날 먹었던 타꼬야끼만큼 맛있는 것을 찾지 못하지요. 타꼬야끼 만드는 법을 배워야겠다고 결심한 '나'는, 귀국하자마자 짐을 싸서 다시 일본으로 갑니다. 무작정 그 가게로 다시 찾아가 긴 기다림 끝에 스승님을 만납니다. 스승님도 '나'가 왔으면 좋겠다는 생각을 했다며 '나'를 환영해 줍니다. 이런 것이 이심전심이겠지요? 그렇게 1년 8개월 동안 일본의 스승님에게 타꼬야끼에 대한 많은 것들을 전수받고 귀국합니다. 타꼬야끼에 대해 많은 것을 배우긴 했지만, 전부를 다 배우고 온 건 아니었습니다.

왜 타꼬야끼 스승님은 모든 것을 다 가르쳐 주지 않고 여지를 남겼을까요? 아마도 스승이라고 해서 모든 것을 가르쳐 줄 수는 없었기 때문이 아닐까요? 기본 원리나 기술은 가르쳐 줄 수 있지만 말로 가르쳐서는 깨달을 수 없는 것들도 많으니까요. 질문이나 고민을 던져 주고 그에 대한 답을 스스로 찾아가고 깨달을 수 있도록 하는 것도 스승의 중요한 역할이라고 생각합니다. 단순히 남의 것을 흉내 내는 것이 아니라 온전히 자기의 것으로 만들어 갈 수 있도록 도와주는 것이지요. 또 어떻게 보면 스승도 인간인지라 완벽할 수 없고, 스승도 답을 찾아가는 과정에 있을 수 있습니다. 타꼬야끼 스승님은 말로만 가르치지 않았고, 질문을 던져 고민하게 하고, '나'가 스스로 깨달을 수 있도록 여러 수행 과제를 줍니다.

그리고 '나'의 아버지도 타꼬야끼 스승님 못지않은 스승이었지요. 타꼬야끼 스승님이 '나'에게 타꼬야끼를 만드는 직접적인 가르침을 주었다면, 아버지는 장삿속만 챙겨서는 안 된다며 장사에 대한 나름의 철학과 신념을 가르쳐 주셨으니까요.

사실 우리가 배우려는 의지만 있다면 스승은 어디에나 있습니다. 학생은 교사에게 배우고, 때로는 교사도 학생에게 배우지요. 이렇게 서로 배우면서 성장하는 것을 '교학상장(教學相長)'이라고 합니다. 이 소설을 읽으면서 가르치고 배우는 것의 의미를 다시 한번 생각해 보기도 했습니다.

### 🔑 세 번째 열쇠말_ **출생의 비밀**

한동안 막장 드라마가 유행했었습니다. 어릴 때부터 온갖 시련에 고통받던 주인공이 알고 보니 대기업 회장님의 자식인데, 우연한 일로 헤어졌다가 시간이 흘러 다시 만나 친자식임이 밝혀지고, 주인공은 하루아침에 부자가 되거나 신분 상승을 이루는 얘기들이 그중 하나죠. 이 막장 드라마의 대표적인 모티브가 '출생의 비밀'입니다. 하지만 안타깝게도 이 작품은 그런 내용이 아닙니다. 이 소설 속 '출생의 비밀'에 대한 전말은 이렇습니다.

'나'가 한국으로 와서 장사할 때 '현지'라는 여성이 손님으로 왔다가 '나'에게 타꼬야끼 만드는 법을 배우고 싶다고 합니다. '나'는 그녀를 제자로 받아들입니다. 그러다 원래는 붕어빵을 만들어 팔고 싶었다는 현지의 말에 현지를 데리고 아버지를 만나러 갑니다.

몇 년 만에 만난 아버지는 '나'가 타꼬야끼를 그만두고 붕어빵으로 돌아오길 여전히 바라고 있었지요. 현지를 며느릿감으로 착각한 아버지는 현지가 붕어빵을 잘 구울 것 같다고 말합니다. 그 말을 듣고 '나'는 아버지가 붕어빵에 미쳐 있지 않았으면 엄마도 집을 나가지 않았을 거라며 화를 냅니다. 그런 '나'에게 아버지는 네 엄마는 집을 나간 적이 없다며, 사실은 어떤 여자가 '나'를 잠깐 맡겨 두었다가 찾으러 오지 않았고, 그 뒤로 '나'를 키웠다고 합니다. 언젠가 말하려고 했으나 그럴 기회를 찾지 못했다고 하죠.

친아버지가 아니라는 말에 '나'는 충격과 혼란에 빠집니다. 그리고는 홧김에 이렇게 말합니다. 붕어빵은 일제 강점기에 들어온 일본의 타이야끼 빵, 즉 도미빵이 원조다, 우리나라에서 붕어 모양으로 바꿨을 뿐이다, 아버지는 할아버지의 국화빵을 두고 일본이 어쩌고 민족 자존심이 어쩌고 하지만 결국 붕어빵도 일본에서 들어온 거나 마찬가지다, 하고요. 붕어빵 출생의 비밀을 알게 된 아버지도 충격이 꽤 컸을 겁니다. 그동안 붕어빵은 우리 것이고, 할아버지의 국화빵이나 '나'의 타꼬야끼를 일본 것이라며 무시해 왔는데 말이죠.

멍하니 있는 아버지와 현지를 뒤로 하고 '나'는 집으로 도망와 버립니다. 그리고 열흘을 집에만 틀어박혀 지냅니다. 그러다 장사하는 곳에 깡패들이 와서 행패를 부린다는 현지의 전화를 받고 집 밖으로 나오죠. 그날 저녁 현지와 술을 마시며 누가 더 불행한가에 대해 경쟁하듯 이야기를 나눕니다. 그러면서 '나'는 마음이 누그러지고 소소한 행복을 느끼며 출생의 비밀로 인한 상처를 극복해 갑니다.

이렇게 해피엔딩이 되는 걸까요? 이어지는 또 다른 이야기는 독자 여러분이 작품을 직접 읽으면서 찾아볼 기회를 드리겠습니다.

우리는 과연 진학이나 직업 선택에 있어서 타인의 시선이나 기대에 휘둘리지 않고 주체적인 삶을 살고 있는지 돌아보며 이 작품을 읽어 보았으면 합니다.

 임수진 (교육과정모임)

# 노새 두 마리

노새
아버지
화자

    최일남은 언론인이면서 작가입니다. 1952년 『문예』에 「쑥 이야기」를 발표하면서 등단하고 작품 활동을 했으나 1960년대부터는 언론인 역할에 집중했습니다. 오랫동안 경향신문, 동아일보 등 언론사에서 기자로 활동했으며, 칼럼니스트로 명성을 떨쳤습니다.

    그러다 그는 1980년 동아일보에서 해직되었습니다. 12·12 쿠데타를 통해 권력을 장악한 신군부는 '언론 보도 지침'이라는 걸 내세워서 모든 신문 잡지는 발행 전에 기사 내용을 검열받도록 했습니다. 그리고 언론인들이 이 방침에 저항하자 '언론 정화'라는 명목으로 대규모 해직을 감행합니다. 이때 최일남에게 붙은 죄명은 '제작 거부'였습니다. 검열에 저항하는 방식으로 제작을 거부해서 해직된 거죠. 1980년을 전후해서는 지금으로서는 상상할 수 없는 일들이 많이 일어났습니다.

  최일남은 언론인으로 활동하면서 드문드문 작품을 발표하다가 해직된 이후 본격적으로 집필에 몰두했습니다. 최일남의 소설은 표현상 토착어를 풍부하게 구사하면서 해학성을 갖췄으며, 내용상으로는 도시 하층민들이나 근대화 앞에서 고통스러워하는 농민들의 아픔을 통해, 산업 사회를 비판적으로 그리고 있다는 평가를 받습니다. 「노새 두 마리」는 기자 생활을 하던 1975년 『문학사상』에 발표한 작품으로, 국어 교과서에 많이 실렸던 소설이기도 합니다.

### 🔑 첫 번째 열쇠말_ 노새

  우선 노새가 무엇인지 알아볼까요? 노새는 암말과 당나귀 수컷 사이에서 태어난 잡종입니다. 말과 당나귀의 특징이 섞여 있는데, 귀는 당나귀처럼 길지만 몸집은 말보다 작습니다. 체력이 강해서 농사짓는 일에 많이 이용되었는데, 특히 지구력이 강해서 짐을 운반하는 역할을 많이 했습니다.

  아버지는 원래 말을 소유하고 있었는데 2년 전쯤 누군가의 제의로 노새와 바꾸게 되었습니다. 다른 가족들은 차라리 말이 낫다며 바꾸지 말자고 했으나 아버지는 잔병치레가 잦은 말을 주고 노새를 데려온 겁니다. 그런데 막상 바꾸고 보니까 정말 비리비리한 게 힘이 하나도 없어 보였습니다.

  '나'가 사는 동네는 구동네와 새 동네로 나뉘는데, 특히 새 동네 사람들이 노새를 신기한 구경거리로 여깁니다. 아주머니들도 노새를 보면 입가에 미소를 머금었고, 귀엽다거나 이쁘게 생겼다거나 하는 식으로 한마디씩 했습니다. 새 동네 아이들도 노새를 보면 하던 놀이를 멈추고 따라오기도 했지요. 이때 서술자인 '나'는 어깨가 으쓱해지기도 했습니다. 윤동주 시인의 「별 헤는 밤」에도 추억의 대상으로 노새가 등장하는데, 사람들도 그 비슷한 생각을 했던 것 같아요.

하지만 이 작품에서 노새는 너무 힘든 일을 합니다. 작품에 등장하는 동네는 흔히 달동네라고 부르는, 가파른 골목길을 올라가야 하는 허름한 마을입니다. 언덕이 가팔라서 골목길 전부터 미리 세게 달려 그 힘으로 올라가야 합니다. 중간에 멈추면 뒷다리를 바둥거리며 안간힘을 써도 오히려 마차가 뒤로 밀리는 곳이죠. 노새는 그런 비탈길에서 연탄 실은 마차를 끄는 일을 합니다. 이미 동네 골목길에서 짐을 나르는 건 자동차가 대세였지만, '나'의 아버지는 노새로 짐을 나르면서 고생을 하고 있습니다.

그래도 그동안 잘 버텼는데 어느 날 노새는 연탄을 싣고 골목길을 올라가다가 못 올라가고 미끄러지고 말았습니다. 마차가 뒤로 밀려서 처박히고, 노새도 질질 끌려가죠. 그런데 마차가 처박히면서 노새를 결박하고 있던 무엇인가가 부러졌는지, 결박에서 풀려난 노새는 벌떡 일어서서 이쪽을 한번 힐끔 쳐다보고는 이내 뛰기 시작합니다.

노새가 뛰니까 골목은 난장판이 됩니다. 여기저기서 비명 소리가 들리고, 사람들이 어쩔 줄 몰라 허둥대고, 골목에서 나오던 택시가 급

정거를 합니다. 그런가 하면 수많은 사람들이 골목으로 쏟아져 나와 구경을 하며 웅성대기도 합니다. 아버지와 '나'가 뒤쫓았지만 큰길로 나간 노새는 더 이상 보이지 않습니다.

노새는 방향을 가늠하고 뛴 것은 아닙니다. 자신을 묶고 있던 굴레가 풀리니까 그냥 달리는 거지만, 굴레에 묶여 있든 자유롭든 도시는 노새가 존재할 공간은 아니죠. 사람들이 기겁을 하며 놀라지만 사실 노새도 마찬가지로 놀라고 있을 겁니다. 수많은 사람들과 빠른 속도로 오가는 차량들 때문에 노새는 갈피를 못 잡고 있는 겁니다.

### 🔑 두 번째 열쇠말_ **아버지**

아버지는 시골에 살 때부터 말 마차를 끄는 마부였습니다. 아버지는 서울에 와서도 마차에 연탄을 싣고 배달을 합니다. 그러나 연탄 대리점을 운영할 정도의 밑천은 없었기 때문에 연탄 공장에 주문 들어온 연탄을 배달하고 그 개수만큼의 보수를 받습니다. 연탄은 아파트가 집중적으로 들어서고 도시가스가 일반 가정의 연료로 자리 잡기 전인 1970년대와 1980년대에 서민들의 주요 난방 연료였습니다. 특히 겨울이 닥치면 집집마다 연탄을 사들이는 것이 중요한 월동 준비였죠.

'나'가 사는 마을은 워낙 변두리고 가난한 사람들이 모여 사는 곳이라 연탄을 배달시키기보다는 몇 장씩 직접 들고 다니는 형편이어서 일거리가 많지 않았습니다. 그런데 새 동네에 문화 주택들이 들어서

고 연탄을 몇백 장씩 들여놓을 수 있는, 형편이 좀 나은 사람들이 살게 되면서 아버지의 일감이 좀 많아졌지요. 물론 연탄을 한꺼번에 몇백 장씩 들여놓으면 오래 쓰니까 벌이가 많이 늘었다고 하기는 어렵습니다. 하지만 멀리 떨어진 동네까지 배달 가는 일이 줄어서 좋았지요.

살얼음이 깔려 있는 오르막길에서 노새가 마차를 끌어올리지 못하고 마차가 뒤로 밀리자, 아버지는 마차를 따라 밀려 내려가더니 물구나무서는 꼴로 나자빠졌습니다. 하지만 그 경황에도 노새가 도망가는 모습을 쳐다보더니 아버지는 얼굴이 새하얘져서 노새가 달려간 곳으로 뛰어갔습니다. 노새보다도 아버지가 더 걱정이라고 생각될 정도로 실망과 낭패감이 가득한 얼굴이었죠.

아버지와 '나'는 밤늦도록 노새를 찾아다녔지만 흔적도 알 수 없었죠. 다음 날은 이른 아침부터 무작정 노새를 찾아 나섭니다. 거리를 헤매다가 아무 생각 없이 동물원에 들어가 얼룩말 우리 앞에 멈춰 섰는데, 그때 '나'는 아버지의 모습이 말을 닮았다는 생각을 합니다. 외모도 닮았지만 초라하고 볼품없는 행색이며, 자동차가 도로를 점령한 시대에 마차를 끈다는 점에서도 닮았죠.

그런데 노새마저 사라진 지금, 아버지는 이제 자신이 노새가 되겠다고 합니다. 노새를 찾아서 동물원까지 갔다가 돌아오는 길에 아버지는 마을 근처의 대폿집으로 '나'를 데려갑니다. 술과 안주를 시켜서 안주는 '나'에게 주고, 아버지는 술을 마십니다. 술이 약한 아버지는 거푸 술만 마시다가 이제부터는 자기가 노새라고 합니다. 그놈이

도망쳤으니 이제 자신이 노새가 되어야 한다는 거죠.

집에 들어갔을 때 어머니는 경찰서에서 아버지를 부른다는 소식을 전합니다. 사라진 노새가 여기저기 다니면서 피해를 입히고, 사람을 다치게 했기 때문이라고 했습니다. 한동안 멍하게 서 있던 아버지는 대문 밖으로 걸어 나갑니다. 경찰서로 가는 거겠죠.

### 🔑 세 번째 열쇠말_ 화자

이 소설의 화자는 어린 소년인 '나'입니다. 어린아이의 시점으로 사건이 제시되고 있죠. 소설에서는 어떤 시점에서 사건을 보는가 하는 점이 매우 중요합니다. 어린아이들은 대체로 현상의 이면이나 본질보다는 겉으로 드러난 모습만을 보는 경향이 있죠.

'나'는 노새를 보살피고 아버지를 돕는 소년인데, 친구들은 '까마귀 새끼'라고 놀립니다. 아버지가 온통 까맣게 연탄재를 뒤집어쓰고 다녀서 별명이 '까마귀'인데, 아버지한테 함부로 까마귀라고 부를 수 없으니까 '나'를 까마귀 새끼라고 부르는 것입니다. '나'는 뻥튀기 장수 아들을 '뻥'이라 부르고, 번데기 장수 동생을 '뻔'이라 부르듯이 자신을 '까마귀 새끼'라고 부르는 건 당연한 거라고 생각합니다.

'나'의 가족이 사는 곳은 원래 있던 구동네와 새 동네가 구분되어 있습니다. 새 동네 사람들은 구동네 사람들과 어울리는 법이 없이 자기들만의 세상을 만들고 있었는데, 아이들마저도 같이 어울려 놀지 않습니다. 그렇다고 해서 구동네 아이들이 새 동네 아이들에게 적대감을 가지거나 하지도 않습니다. 다만 평소 데면데면하던 새 동네 아이들이 노새를 좋아하는 걸 보면서 '나'는 자신의 시커먼 몰골은 잊고, 어깨가 으쓱해지기도 하죠.

'나'는 아이답게 비교적 현상을 왜곡시키지 않고 순수하게 받아들입니다. 노새가 도망갔을 때, '나'는 매일매일 시커먼 연탄을 가득 실은 무거운 마차를 끄는 일이 지겨워서 노새는 영 떠나 버린 것인가 하고 생각하죠. 노새를 찾아다닐 때, 걸음걸이 속도가 달라서 아버지 손을 잡고 끌려가듯이 따라가면서도 아버지의 손을 잡고 걷는다는 사실 때문에 우쭐한 기분이 들기도 합니다. 대폿집에서 술을 마신 아버지가 이제부터 자신이 노새라고 했을 때도 우리는 노새 가족이 되는 건가 하고 생각하면서, 세상에 노새 가족은 우리밖에 없을 것이라며 턱없이 좋아하기도 하죠. 그리고 경찰서로 오라는 연락을 받고 나가는 아버지의 뒷모습을 보며, 또 한 마리의 노새가 집을 나가는 것 같은 착각을 합니다.

노새가 집을 나간 날 밤에 '나'는 꿈속에서 도망간 노새가 제멋대로 거리를 활보하는 모습을 봅니다. 꿈속에서 노새는 가파른 언덕도 없고, 채찍질도 없고, 연탄 짐을 메지 않은 몸이어서 훨훨 날 것처럼 보였습니다. 시장에 뛰어들어서 난장판을 만들고 나중에는 고속도로로 질주하죠. 그런데 꿈에서 깬 뒤 종일 노새를 찾아다니다가 집에 들어왔을 때, 실제로 노새가 사람들을 다치게 하고 물건들을 박살 냈다는 소식을 듣습니다. 경찰이 전하는 내용이 사실이라면 아버지는 노새가 다른 사람들에게 입힌 피해를 배상해야 할 텐데 아버지에게는 그럴 능력이 없습니다.

  이때 어린 화자는 뭔가 뒤통수를 때리는 느낌을 받습니다. 자신들과 같은 노새는 이렇게 비행기가 붕붕거리고, 헬리콥터가 앵앵거리고, 자동차가 빵빵거리는 도시에서는 발붙이기 어려운 것인가 하는 생각을 했던 겁니다. 지금이 어느 시대인데 노새를 부리느냐고 하던 이웃 아주머니의 말을 통해서도 알 수 있듯이, 아버지의 직업은 더 이상 생존 수단이 되기 어려운 시대가 되었습니다. 화자인 '나'는 자신들이 어떤 처지에 놓여 있는지를 깨닫게 된 것입니다.

「노새 두 마리」는 문명이 발달하고 도시화가 진행되고 있는데도, 그 흐름에 자연스럽게 발맞추지 못하고 밀려난 사람들의 고단한 삶의 모습을 어린 서술자의 시선으로 만날 수 있는 작품입니다.

 고용우 (울산국어교사모임)

# 스노우맨

스노우맨
출근
눈

선생님: 안녕하세요? 이번 시간에는 2012년 출간한 서유미의 첫 소설집 『당분간 인간』에 실려 있는 단편 소설 「스노우맨」에 대해서 이야기해 보려고 합니다. 이 소설은 기록적인 폭설로 온 도시가 파묻힌 재난 상황에서도 직장에서 뒤처질 것 같은 불안에 떠밀려 출근을 하기 위해 고군분투하는 남자의 이야기를 다루고 있지요.

먼저 서유미 작가에 대해서 알아보도록 하겠습니다.

박성빈: 서유미 작가는 1975년 서울에서 태어나, 단국대학교 국어국문학과를 졸업했습니다. 2007년 제5회 문학수첩 작가상에 『판타스틱 개미지옥』이 당선되며 등단하였고, 같은 해 제1회 창비 장편소설상에 『쿨하게 한걸음』이라는 작품이 당선되어 주목을 받았습니다.

**배병준:** 서유미 작가는 시대적인 인물들을 주인공으로 내세워 힘 있게 이야기를 끌고 나갑니다. 또한 세상을 향한 날카로운 시각과 세상을 향해서 전진하고자 하는 메시지를 주로 담고 있습니다. 더불어 단순히 읽는 재미에 그치지 않고 세상을 바라보는 농밀한 시선으로 생각하는 재미를 더해 줍니다.

**선생님:** 그러면, 「스노우맨」의 줄거리에 대해 알아볼까요?

**박성빈:** 남자는 새해 첫 출근에 얼굴도장을 제대로 찍어 두기 위해 다른 날보다 서둘러 출근을 합니다. 그러나 간밤에 내린 폭설로 자신이 사는 빌라의 출입문이 열리지 않습니다. 문 앞에서 꼼짝 못 하던 남자는 과장도 출근하지 못했다는 전화를 받고 다음 날까지 집에서 아내의 눈치를 보면서 휴일을 보낸 뒤, 다시 출근하기 위해 길을 나섭니다. 빌라의 출입문 앞으로는 눈이 치워져 있었습니다. 그러나 갈림길에서 남자의 회사와는 반대 방향으로 길이 나 있고, 자신이 가야 할 방향의 길은 끝나 버리고 맙니다. 눈을 파내다 지친 남자에게 다른 사람과 협력하지 않고 혼자 눈길을 헤쳐 오냐고 질책하는 과장의 전화가 옵니다. 그제서야 남자는 다른 사람들이 출근을 위해 지난밤부터 눈길을 팠다는 사실을 깨닫습니다. 남자는 자신처럼 눈을 열심히 파고 있던 젊은 남자를 만나 이야기를 나누지만 그가 대기업에 다닌다는 사실을 알고는 초라해지는 자신을 느낍니다.

**배병준:** 남자는 같은 회사에 다니는 유 대리 역시 아직까지 출근하지 않았다는 사실이 의아합니다. 유 대리는 지난여름 폭우 때문에 회사 사람들이 모두 지각하는 와중에도 지각하지 않은 유일한 사람이었기 때문입니다. 남자는 유 대리와 함께 회사에 가기 위해 그의 집으로 가 보지만 만나지 못합니다. 삽질을 하던 도중 중국집 광고지를 발견하고 배가 고파진 남자는 설마 하는 마음에 배달을 시키는데, 정말 배달이 옵니다. 허겁지겁 짜장면을 먹은 뒤 회사로 가는 길에, 편의점 앞에서 웃는 얼굴을 한 눈사람과 마주칩니다. 눈이 재앙이 되고 눈 때문에 일상이 무너진 곳에 서 있는, 웃는 얼굴의 눈사람은 김새는 농담처럼 느껴집니다. 발걸음을 재촉하던 남자는 희미하게 들리는 익숙한 벨 소리를 따라 눈을 파냅니다. 눈 속에 파묻혀 있는 존재가 모습을 드러내자 남자는 바닥에 주저앉고 말았습니다. 화석처럼 보이던 그 형태는 바로 유 대리였습니다.

**선생님:** 회사에 출근하기 위해 폭설을 파헤쳐 가는, 또 파묻혀 버린 남자의 이야기네요. 이러한 이야기를 통해서 작가는 어떤 말을 하고 싶었던 걸까요? 소설의 구성 요소인 인물, 사건, 배경을 중심으로 「스노우맨」을 이해하기 위한 열쇠말을 찾아보겠습니다.

**박성빈:** 저는 인물에서 '스노우맨'과 '다른 등장인물들'을 꼽아 봤습니다. '스노우맨'은 외부로부터 압력을 받는 인물인 김 대리와 유 대

리를 의미하고, 그 밖의 '다른 등장인물들'인 아내와 회사의 상사들은 '스노우맨'에게 압력을 주는 인물이라고 생각했습니다.

**배병준:** 저는 사건에서 '출근'과 '짜장면 배달'을 꼽아 봤습니다. 모든 일이 회사에 출근하기 위해서 발생한다는 점에서 '출근'을 뽑았구요. 눈으로 뒤덮인 길에서 짜장면을 배달시켜 먹는 것이 비현실적이지만 남자의 처지를 위로해 주는 사건이라고 생각해 '짜장면 배달'을 꼽았어요.

**박성빈:** 배경에서는 시간적 배경인 '새해'와 공간적 배경을 이루는 '눈'을 선택했습니다. 모두가 새로운 기대와 설렘으로 시작하는 새해 첫날을 배경으로 사건이 펼쳐진다는 점이 인상 깊었습니다. 그리고 세상을 뒤덮은 차갑고 딱딱한 '눈'은 남자의 인생에 가해지는 피할 수 없는, 무거운 삶의 압력을 상징하는 소재라는 생각이 들었습니다.

**선생님:** 그러면 친구들이 뽑은 열쇠말 중, 인물에서 '스노우맨', 사건에서 '출근', 배경에서 '눈'을 선택하여 자세하게 살펴보겠습니다.

🔑 첫 번째 열쇠말 _ **스노우맨**

**박성빈:** 첫 번째 열쇠말은 '스노우맨'입니다. 저는 '스노우맨'은 눈사람, 김 대리, 유 대리를 의미한다고 생각합니다. 먼저, 남자가 회사에

출근하던 중 만난 눈사람은 동그란 눈과 웃는 입 모양을 하고 웃고 있었습니다. 폭설을 뚫고 상사의 질책을 견디며, 또 그런 질책을 들으러 회사로 출근해야 하는 남자의 상황과는 대조적입니다. 직장에 출근하느라 편의점 앞에서 웃으며 서 있을 여유도 없는 현대인들의 모습을 반어적으로 표현한 게 아닐까 생각합니다.

  유 대리는 회사에서 완벽하다고 평가받는 인물로, 다음 날 정시 출근을 위해 아예 퇴근하지 않았다는 소문이 돌 정도로 회사 일에 열정적입니다. 하지만 그는 눈 속에서 주검으로 발견되고, 결국 스노우맨이 되어 버렸습니다. 주인공인 김 대리도 승진을 위해, 상사의 압력과 아내의 눈치에, 억지로 눈 속을 헤치며 출근을 합니다. 하지만 싸늘하게 누워 있는 유 대리를 발견하고는 기운을 잃어버립니다. 그렇게 김 대리 역시 차가운 눈 속에서 정신을 잃어 가는 또 다른 스노우맨이 되지 않을까 하는 생각이 들었습니다.

**선생님:** 작품 속 인물들은 이름이 아닌 직급으로만 불리는데요. 그 모습에서, 현대 사회에서 회사의 부품으로만 존재하는 그들의 정체성을 확인할 수 있었습니다. 이름이 없다는 것은 개인으로서의 고유한 정체성을 갖지 못한다는 뜻으로, 우리 모두 그러한 인물이 될 수 있다는 의미일 것입니다. 결국 노동에서 벗어날 수 없어 인간성을 상실한 현대인의 모습을 스노우맨으로 표현한 것이 아닐까 생각됩니다.

## 🔑 두 번째 열쇠말_ 출근

**배병준:** 두 번째 열쇠말은 '출근'입니다. '출근'은 모든 일이 시작되는 지점입니다. 폭설로 인해 눈이 가슴 높이까지 쌓이고 현관문조차 제대로 열리지 않는 상황이지만 소설 속에서는 남자뿐만 아니라 모든 사람들이 미약한 삽질로 눈을 파내고, 상사에게 욕을 먹으면서, 기어코 회사에 출근을 합니다. 사람들이 이렇게까지 출근을 하는 이유는 무엇일까요? 회사에 출근하지 않으면 생계가 막막해지기 때문일 것입니다. 인간으로서의 최소한의 삶을 유지하기 위해 사람들은 노동을 합니다. 또한, 출근을 하기 위해 '삽질'로 눈을 파내고 앞으로 전진하는 행위는, 미약한 '삽질'로 눈앞의 큰 장애물을 제거하며 삶을 살아가는, 고군분투하는 인간의 모습을 연상시킵니다.

**선생님:** 마르크스는 인간을 '노동하는 동물'로 정의하며, 인간에게 노동이란 생계를 유지하기 위한 수단일 뿐만 아니라 자아를 실현하기 위해 필요한 것이라고 했습니다. 토머스 모어가 그리고 있는 이상적인 사회, '유토피아'에서도 인간은 8시간의 노동을 하는 모습으로 그려지고 있지요. 그러나 현대인들의 모습은 인간으로 살아가기 위해 노동을 하는 것이 아니라 노동을 하기 위해 살아가는 것처럼 보입니다. 노동과 삶이 주객전도된 모습이지요. 이 작품은 작가가 노동하는 인간만이 존재하는 현대 사회에 전하는 일종의 메시지가 아닐까요?

도시가 온통 눈 속에 파묻힌 재난에도, 교통이 마비될 정도의 물난리에도 정시에 출근하고, 출근을 못할 것 같으면 전날 회사에서 퇴근을 하지 않아야 사회에서 인정받는 존재가 된다니. 결국 출근을 위해 길을 나선 인물들은 어떤 결말을 맞았나요?

### 🔑 세 번째 열쇠말_ 눈

**박성빈**: 세 번째 열쇠말은 '눈'입니다. 눈은 남자를 사방에서 짓누르는 압력으로 작용합니다. 이런 압력에도 불구하고 남자는 생존을 위해, 자신이 부양하는 가족을 위해, 눈을 헤치고 회사로 가야만 합니다. 하지만 보드랍게 보이는 눈은 매우 차갑고 단단해서 남자를 상처 입히고 주저앉게 만듭니다. 남자의 인생에 쏟아져 내리는 눈은 남자에게 가해지는 삶의 압력을 의미할 것입니다.

남자는 자신이 파고 온 눈길을 돌아보고 '앞으로 나아가기에도 다시 돌아가기에도 만만치 않은 거리'라고 합니다. '앞으로 나아가기' 힘들다는 것은 회사에서 상사의 질책과 비교를 견디며 사회생활을 하기 힘들다는 뜻이고, '뒤로 돌아가기'도 만만치 않다는 것은 집에서 자신만 바라보고 있는 가족들 때문에 일을 그만둘 수도 없다는 뜻일 것입니다.

**선생님**: 작품의 배경을 이루면서, 동시에 제일 중요한 소재가 세 번째 열쇠말로 꼽은 '눈'입니다. 따뜻한 집안에서 바라보는 눈은 포근하고 동화 같아 보이지만 실제로 길 위에서 마주한 눈은 콘크리트처

럼 단단하게 막아서서 남자의 출근을 방해하고 인생을 짓누릅니다. 처음에는 남자도 뜨거운 땀을 흘려 가며, 온기 있는 짜장면을 먹으면서, 차갑고 단단한 눈을 헤치며 출근을 하려 합니다. 그러나 결국 남자는 그 눈에 모든 힘을 빼앗기고, 눈을 마치 안락한 벤치처럼, 솜이불처럼 포근하게 느끼며 눈과 같이 차가워져 갑니다. 먼저 눈에 동화되어 버린 유 대리는 눈 속의 주검으로 발견되었지요. 비현실적으로 새하얗고 차가운 눈은 결국 인물들에게 가해지는 차갑고 비정한 생활의 압력과 무게를 의미하고 있습니다.

　지금까지 '스노우맨', '출근', '눈'이라는 세 가지 열쇠말로 학생들과 함께 「스노우맨」을 살펴보았습니다. 정리하자면, 「스노우맨」은 '눈'처럼 차갑고도 비정한 생활의 압력 아래에서 생존을 위해 '출근'을 감행하다가 '스노우맨'처럼 인간성을 상실하는 현대인의 모습을 상징적으로 나타낸 소설이라고 이해할 수 있겠네요.
　독자 여러분이 이 작품을 감상하는 데에 조금이라도 도움이 되길 바라면서 세 가지 열쇠말로 여는 문학 이야기를 마치겠습니다. 수고해 준 친구들도 모두 고맙습니다.

 박은영 (부산국어교사모임)

# 여우의 화원

**차이**
**쌍용차 해직 사태**
**민수의 변화**

'여우의 화원'이라고 하면, 여러분은 어떤 이미지가 떠오르나요? 여우의 화원이라…… 마치 아름다운 동화 한 편이 펼쳐질 듯한 제목 아닌가요? 하지만, 이 소설은 우리 시대 가장 그늘지고 아픈 노동자들의 해직 문제를 소재로 하고 있습니다. 이 소설은 불편한 진실을 드러내면서도 끝내 희망을 잃지 않는, 사람을 품어 주는 따뜻하고 아름다운 문학을 쓰고 싶다는 이병승 작가의 가치관이 잘 반영된 작품입니다. 『여우의 화원』이 우리에게 던지는 묵직한 질문에 대해 알아봅시다.

### 🔑 첫 번째 열쇠말_ **차이**

이 소설은 두 주인공의 '차이'에서 출발합니다. 첫 번째 주인공 민수는 지방에서 서울로, 다시 중국과 미국으로 부모님이 짜 놓은 조기 유학 코스를 돌다가 돌아온 '금수저'입니다. 어렸을 때부터 최고가 되어야 한다, 강해져야 한다, 사자는 새끼를 벼랑에서 굴리는 법이라는 말을 들으며 자랐습니다. 지금은 크고 멋진 빨간 지붕이 있는 2층 집에 사는, 장차 미래 자동차의 후계자가 될 인물입니다.

이에 반해, 두 번째 주인공 강륜(억삼이)이는 '흙수저'입니다. 억수로 싸움을 잘해 '억삼이'라는 별명을 가졌으며, 오래된 아파트에 삽니다. 검은 피부에, 상표 없는 목이 늘어진 셔츠를 입고 구부정한 자세로 다니는 강륜. 게다가 강륜이의 아버지는 바로 민수의 아버지가 사장으로 있는 미래 자동차에서 해직된 노동자입니다.

이 소설의 갈등은 부모의 경제적 차이, 사용자와 노동자라는 입장 차이로 인해 벌어진 일임을 우리는 주목해야 합니다. 민수 아버지는 아들에게 '해고'에 대해 잔디밭과 잡초를 비유로 설명합니다. 잔디밭을 자세히 보면 잔디와 비슷하지만, 잔디가 아닌 잡초들도 있다고. 잔디밭이 회사고 공장이라면, 아빠의 목표는 멋진 잔디밭을 가꾸는 것이니, 잡초가 점점 많아지는 상황이 오면 잡초를 뽑아야 한다고. 바로 그게 해고라고 말이지요. 이에 반해, 강륜이의 아버지는 '해직'에 대해 민수에게 사과나무를 비유로 말합니다. 공장 안에는 아주 커다란 사과나무들이 있다고. 십여 년 전 입사했을 때부터 있었고, 정말 멋지고 근사한 나무들로 자랐다고. 그런데 누군가 그 멋진 나무들을 어느 날 갑자기 무작정 뽑아서 공장 밖으로 던져 버리려 한다고. 아마 그렇게 되면 바로 말라 죽을 거고, 여기 있는 아저씨들도 마찬가지라고. 절대로 그런 일은 없을 거라고 철석같이 약속해 놓고 아저씨들이 어느 날 갑자기 뿌리째 뽑혀 길거리에 버려졌다고. 그래서 이렇게 말라 죽어 가고 있는 거라고 말입니다.

 이 이야기를 제대로 이해하기 위해서는 극명하게 대립하며 평행선을 달리는 두 입장의 '차이'에 대해 깊이 생각해야 합니다. 이러한 차이의 뿌리는 어디이며, 이 차이는 어떻게 다시 차별로 이어지고 있는지, 더불어 살아가는 노사 문제의 해법은 없는 것인지, 더 나아가 대한민국이 나아갈 '공정과 정의'의 가치는 무엇이어야 하는가에 대해. 작가는 이 두 입장을 소설 속 인물의 입을 빌려 우리에게 묻고 있는지도 모릅니다.

### 🔑 두 번째 열쇠말_ 쌍용차 해직 사태

 작가 인터뷰와 소설 배경이 자동차 회사 노동자들의 해직인 점을 종합해 보면, 이 소설은 평택 쌍용 자동차에서 있었던 실제 노동자들의 해직 사태를 구체적 배경으로 설정하여 집필하였음을 알 수 있습니다. 이런 이유로 책 뒷면 표지에도 '이 책 수익금의 일부는 쌍용차 해고 노동자와 가족들을 위한 심리 치유 센터 <와락>에 기부됩니다.'라고 적혀 있습니다.

 쌍용차 해직 사태란 자동차 노조원들이 회사 측의 구조 조정 단행에 반발해 2009년 5월 22일부터 8월 6일까지 77일간 평택 쌍용차 공장을 점거하고 농성했던 사건으로, 이에 대해 회사 용역과 함께, 테러 사건에나 투입되는 경찰 특공대 등 공권력이 들어와 노동자들을 강제로 해산시킨 사건을 말합니다. 이 과정에서 많은 노동자들이 다쳤으며, 경찰이 의식을 잃은 노동자까지 곤봉으로 때리는 등 과잉 진압 논란이 있었습니다. 쌍용차 해직 사태는 노동자와 회사 간의 노사 갈등 문제였음에도, 당시 정권이 필요에 의해 의도성을 갖고 계획적이고 폭력적으로 진압했다는 사실들이 최근에 새롭게 밝혀지면서, 그 비극이 다시 조명되고 있습니다.

소설에서도 해직 이후, 억삼이 엄마에 대한 구체적인 묘사가 나옵니다. 소파에 모로 길게 누워 있으며, 잠이 든 것 같지는 않고 눈도 반쯤은 뜨고 있지만, 한 팔은 소파 밑으로 축 처져 있는 모습. 켜져 있는 텔레비전에서 개그맨들과 방청객의 웃음소리가 요란했지만 엄마는 웃지도 않고, 죽은 매미 껍데기처럼 톡 건드리면 부서질 것만 같은 모습으로 묘사되고 있습니다. 억삼이 엄마는 결국 손에 붕대가 칭칭 감긴 채 입원하게 됩니다. 아마도 '좋지 않은 선택'을 했음을 추측해 볼 수 있는 장면입니다.

'해직'은 단순히 어느 노동자 한 명이 터전을 잃는 문제가 아닙니다. 멀쩡했던 아빠와 남편이었던 가장이 하루아침에 경제적인 빈곤으로 내몰리는 동시에, 그 가족에게도 큰 상처를 남기지요. 실제 쌍용차 해직 사태 때, 용역과 공권력에 의한 무차별적인 폭력적 진압 과정을 온전히 목격한 노동자 가족들은 나중에 '외상 후 스트레스

장애'를 겪습니다. 그리고 지금까지도 30명이 넘게 자살했을 정도로, 그 고통은 극심했음을 알 수 있습니다. 게다가 누군가에게는 생존 문제였던 그 정리 해고의 이유가, 어쩔 수 없는 선택이 아니라 또 다른 누군가의 배를 불리기 위한 폭력적인 선택이었다면……. 이 비극의 책임은 누가 져야 하는 것이며, 어떻게 해결해야 하는 걸까요? 2009년에 발생한 쌍용차 노동자들의 해직 문제는 그동안 정권이 2번이나 바뀌고 10년도 더 지났지만, 현재까지도 완전히 해결되지 못했습니다. 이 소설을 읽으며 어쩌면 소설보다 더 소설 같은 부조리한 우리 사회의 현실에 대해 더 이야기 나누면 좋겠습니다. 입장 차이에도 불구하고, 민수와 억삼이가 격렬하게 몸으로, 또 마음으로 갈등하고 화해하며, 서로 이해의 폭을 넓혀 나갔듯 말이지요.

### 🔑 세 번째 열쇠말_ **민수의 변화**

자신은 기업가지 자선 사업가가 아니라며, 한 번만 더 그런 얘기를 꺼내면 당장 미국으로 돌려보낼 거라고 얼음처럼 말하는 아버지를 설득하기 위해, 민수는 연극이라는 방식을 생각해 냅니다. 그리고 억삼이, 동네 아이들과 함께, 신부님의 도움을 받아 공연을 준비합니다. 그리고 회사에서 해고된 부모님, 선생님, 특히 미래 자동차 사장인 민수 아버지를 토요일 오후 4시에 모두 성당으로 불러, 해고 이야기를 돌려 표현한 창작극 <여우의 화원>을 보여 주려고 합니다.

얼음 같은 어른들을 연극이라는 힘을 빌려 녹이려는 이 동화 같은 시도는, 결국 실패로 끝나고 맙니다. 연극이 다 끝나기도 전에, 경찰들의 의도적 방관 속에서 용역들에 의한 무차별적인 폭력이 벌어지고, 이 일로 민수 또한 억삼이와 헤어져 미국으로 다시 유학을 떠나게 됩니다. 억삼이의 표현처럼, 민수도 아빠한테 잘려 '재계약'해야 하는 상황이 되어 버린 것입니다.

하지만, 민수는 이 일을 겪으며 한층 깊고 넓어집니다. 당장 복직시켜 달라고 부탁하는 게 아니라, 아빠가 우선 사과부터 해야 한다고 말할 줄 알게 되었죠. 아버지 말 한마디에 주눅 들었던 부잣집 도련님이 아니라, 자신의 목소리를 낼 줄 아는 인물로 민수는 성장하고 있었습니다. 자신은 이제 아빠한테 잘려서 미국 가면 오랫동안 못 올 거고, 형들 따라서 대학도 가고 경영 수업도 받아야 하는 상황이지만, 다음에 크면 아빠처럼은 되지 않을 거라고, 억삼이한테 떨리는 눈동자로 약속하고 민수는 떠납니다.

민수와 억삼이가 고장 난 비행기 장난감을 갖고 놀며 나눴던 이야기가 있었습니다. 소중한 것들은 함부로 버리는 게 아니며, 비행기는 저 혼자 힘으로 나는 것 같아도 바람이 받쳐 주지 않으면 날지 못하는 것이라고. 언젠가 미래의 어느 날 귀국하는 비행기에서 민수는 억삼이와 나눴던 이 비행기 이야기를 다시 떠올릴 수 있을까요?

2009년, 당시 쌍용차 해직 사태 사건을 보도하는 뉴스 영상을 보면서 저는 매우 충격을 받았습니다. 옥상에서 노동자들이 경찰 특공대의 곤봉에 맞아서 나가떨어지고, 더러는 의식을 이미 잃은 노동자를 한 번 더 가격하며 연행하던 공권력의 모습에서. 그리고 그것을 실시간으로 바라봤을 그 가족들을 떠올리며.

당시 공교육을 담당하는 젊은 교사로서 '이 충격적인 사건이 왜 일어났으며, 이 사건은 어떻게 해결해야 할 것인가? 이러한 비극적 장면이 반복되지 않기 위해서 다음 세대에게 난 무엇을 가르쳐야 할까?'에 대해, 여러 선생님과 고뇌했던 시간이 있었습니다.

저는 이 소설 『여우의 화원』이 그에 대한 해답의 일부를 들려준다고 생각합니다. 미래의 문제를 해결하는 길은, 미래의 언젠가 그때 가서 가르쳐야 하는 것이 아닙니다. 현재 문제를 정확히 드러내고, 생각하고, 대화하고, 해결하는 다양한 경험을 통해서 이뤄지는 것입니다. 작가가 희망했듯, 아이들 눈높이에서 서술된 이 글을 어른인 부모가 먼저 읽고, 아이들과 함께 읽으며 대화를 나누면 좋겠습니다.

쌍용차 이야기는, 쌍용차만의 이야기가 아닐 것입니다. 쌍용차 해직자는 '전태일'이며, 'KTX 승무원'이며, 태안 화력 발전소 사고의 '김용균' 씨의 다른 이름입니다. 아니, 우리 삼촌, 이모, 엄마, 아빠, 친구들…… 아니, 어쩌면 미래의 내 이야기이며, 우리 모두의 이야기일 테니까요.

 한광수 (경기국어교사모임)

# 내 그물로 오는 가시고기

  조세희는 대학 재학 시절인 20대 초반에 경향신문 신춘문예를 통해 작가로 등단했으나, 그 뒤 10년 동안 작품 활동을 하지 못했습니다. 세 살 때 아버지가 돌아가시고, 대학생일 때 어머니가 투병 생활을 하다 돌아가셔서 여러모로 힘든 시간을 보냈습니다. 신춘문예 등단 작품인 「돛대 없는 장선」도 어머니를 간병하며 병실 한구석에서 썼다고 합니다.

  작가는 아무나 될 수 없다는 생각으로 한때 작가가 되는 걸 포기했다고 합니다. 하지만 어떤 자리에 있든 1970년대는 거짓 희망과 폭압의 시대여서 피할 수 없다는 생각을 하게 됩니다. 특히 취재를 위해 재개발 동네에 갔다가 충격적인 경험을 합니다. 철거 대상 집의 가족들과 마지막 식사를 하고 있는데 철거반원들이 철퇴로 대문과 담을 부수며 들어온 겁니다. 철거반과 싸우고 돌아오는 길에 노트를 사서 '난장이 연작'을 쓰기 시작했다고 합니다.

'난장이 연작'은 1976년부터 1978년까지 여러 잡지에 발표하였는데, 이렇게 발표된 12편을 모아서 1978년 후반에『난장이가 쏘아올린 작은 공』을 출간하게 되었죠.「내 그물로 오는 가시고기」는『창작과비평』1978년 여름 호에 실렸습니다.

『난장이가 쏘아올린 작은 공』은 150만 부가 팔렸다고 합니다. 작가는 70대가 되어서도 카메라를 들고 시위 현장을 찾아다니다가 2022년 코로나 합병증으로 세상을 떠났습니다. 시위 현장을 찾는 이유는 머릿수를 하나 채우는 일이 중요하기 때문이라고 말했습니다. 사진은 기록으로 남는다는 점에서 소설과 같다는 얘기도 했죠.

### 🔑 첫 번째 열쇠말_ **서술자**

이 작품의 서술자는 '경훈'이라는 대학생입니다. 은강 그룹 회장의 셋째 아들이죠. 은강 그룹은 매출액이 국내 시장 4.2%를 점유하고 있는 대기업입니다. 김영수라는 은강 방직 노동자가 회장의 동생을 흉기로 찔러 죽인 사건으로 재판이 진행 중인데, 이 과정이 경훈의 시선으로 서술되고 있습니다. 그러니까 경영자와 노동자의 문제를 노동자의 시각이 아니라 경영자 쪽 시각으로 서술한 것입니다.

경훈에게는 머리도 좋고 힘도 센 두 형이 있는데, 그들은 미국 유학 중입니다. 형들이 없는 틈에 아버지의 신임을 받아 은강 그룹 후계자가 되려는 경훈은 경영자의 시각으로 세상을 봅니다.

　법원에서 재판을 보기 위해 몰려든 공원들은 말투가 건방지고, 누렇고 모가 진 얼굴에 유난히 눈만 살아 움직이는 듯한 아이들로 보입니다. 공원들은 몸뚱이에 감춘 적의와 오해 때문에 제대로 자라지 못할 아이들이라고 생각하죠. 공원들이 '우리 회장님은 마음도 좋지. 거스름돈을 쓸어 임금을 준다.'라고 노래를 부르자, 그들에게 권총을 쏘고 싶다는 생각을 합니다. 아버지와 자신의 명예를 훼손한다고 생각했기 때문이죠.

　경훈은 살인범의 아버지가 난쟁이라는 말이 사실인지 확인하고 싶어 합니다. 난쟁이는 자신의 성격적 결함 때문에 아이들을 심하게 때리고 벌을 주었을 것이며, 그래서 아들은 사회생활을 잘할 수 없도록 길들였을 거라고 생각합니다. 난쟁이가 죽었기 때문에 보복할 대상을 잃은 아들의 공격성이 숙부를 향했을 거라고 생각합니다.

　증인으로 나온 한지섭에 대한 평가도 마찬가집니다. 지섭은 공장에서 일하다 손가락 두 개를 잃어버렸는데, 경훈은 손가락이 여덟 개밖에 없다는 사실 때문에 기분이 나빠서 그의 얘기를 안 듣기로 합니다. 잃은 손가락 두 개 때문에 사물에 대한 올바른 이해를 못하게 되었고, 객관성을 잃었을 거라고 생각합니다.

　회사 경영에 관심이 없는 사촌과 경훈의 생각이 다른 점도 중요합니다. 사촌은 미국에서 유학 중인데, 아버지의 장례를 위해 귀국했습니다. 사촌은 미국에 있을 때 한국 섬유 노동자들의 임금이 19센트라는 말을 듣고 거짓말인 줄 알았다고 합니다. 그런데 자기 아버지를 찔러 죽인 범인을 재판하는 과정을 지켜보면서 그 말이 사실이라는 걸 알고, 아버지들이 그들을 괴롭혔다고 말합니다. 인간을 위해 일한다면서 인간을 소외시켰다는 거죠. 그러자 경훈은 아버지들이 공장을 지어 일을 주고 돈을 줬다고 반박합니다.

경훈은 노동자들이 자유의사로 은강 공장에 들어왔고, 싫으면 그만두면 된다고 생각합니다. 경영자들이 어떤 노력을 통해 현재의 상태를 누리는지 그들은 모른다고 생각합니다.

### 🔑 두 번째 열쇠말_ **노동조합**

이 작품에서 중심 사건은 은강 방직 노동자 영수가 회장의 동생을 찔러 죽인 것인데, 재판 과정을 통해 사건이 일어나게 된 원인이나 관련 당사자들의 시각이 드러납니다. 가해자로 재판을 받고 있는 영수는 난쟁이의 큰아들이며, 노동 운동에 참여해 왔고, 은강 방직의 노동조합을 이끌고 있는 인물입니다. 영수는 원래 은강 그룹 회장인 경훈의 아버지를 살해하려고 했으나, 형제가 꼭 닮아서 숙부를 아버지로 오해하여 살해한 겁니다. 재판 도중에 노동조합을 짓밟으려는 회사 최고 책임자에 대해 우발적인 살의를 품게 된 것이 아니냐고 변호사가 물었을 때, 영수는 우발적인 살인이 아니었다고 대답합니다. 우발적인 것이 아니라 의도적인 행위였다고 하면 죄가 훨씬 무거워짐에도 영수는 그렇게 답변합니다. 은강 그룹 회장은 인간을 생각하지 않는 사람이기 때문이라고 이유를 덧붙입니다.

증인으로 나온 한지섭은 영수와 함께 노동 운동을 하는 노동자로, 영수의 처지나 이상을 잘 알고 있는 인물입니다. 지섭은 노동자들은 최저 생계비와 생산 공헌도에 못 미치는 임금으로 어려운 생활을 하고 있으며, 회사가 부당한 이유로 노동자들을 해고했다고 말했습니다. 그리고 노동자들의 유일한 단체이며, 생명인 노동조합을 빼앗으려 했다고 하죠. 회사 쪽 사람들로 노동조합 대의원과 임원을 구성하기 위해 불법을 저질렀다는 것입니다. 불법에 항의하기 위해 노동조합 총회를 소집했으나, 노조 임원들은 정체를 알 수 없는 폭력배들에게 폭행을 당합니다. 병원에서 치료를 받던 영수는 본사로 가서 높은 분들을 만나야겠다는 생각으로 길을 나섰으나, 터미널에서 폭력배들에게 잡혀서 감금된 상태로 폭행을 당합니다.

합법적인 노동조합을 없애려는 것은 은강 그룹 회장의 생각입니다. 회장인 경훈의 아버지는 노조는 기업에 이익이 될 게 없으며, 전체 구조를 약화시키는 악마의 도구라고 생각합니다. 현명한 경영자라면 조금 시끄러운 저항을 받더라도 노동조합을 없애는 게 낫다고 얘기합니다.

회장이 노조를 와해시키려고 불법을 저질러서 살인을 했다고 해도 살인이 정당화되지는 않겠지만, 정상 참작이 되기를 바라며 변호사는 살인에 이르게 된 과정을 집중적으로 부각시킵니다. 경훈은 이러한 재판 과정이 노동자들의 행위를 정당화시킬 뿐이며, 마치 경영자

측인 자신들이 그들을 불행하게 만든 것처럼 보이게 한다고 생각합니다. 그래서 재판은 더 이상 진행할 필요가 없다고 생각하죠. 재판은 영수에게 사형을 선고하는 것으로 종결됩니다.

### 🔑 세 번째 열쇠말_ **가시고기**

마지막 재판에서 판사는 검사가 구형한 대로 사형을 선고했습니다. 사형이 선고되자 방청석의 노동자들은 비명을 질렀고, 영수의 어머니는 그 자리에 주저앉았습니다. 경훈은 피고인 측 변호사가 판단력이 부족한 노동자들에게 헛된 희망을 갖게 했다고 생각합니다.

법정 밖으로 나왔을 때, 법정 안에서 노동자들이 풍기던 더러운 몸 냄새와는 다른 맑은 공기를 느낍니다. 노동자들에게서 냄새가 난다고 말했을 때, 경훈의 어머니는 그들이 땀 흘려 일한 뒤에 제대로 씻지 못해서 그렇다고 하죠. 경훈은 어머니에게 공장에서 일하는 노동자들이 모두 행복한 마음을 가지고 일하도록 하는 방법을 알아냈다고 말합니다. 행복한 마음으로 일만 하게 하는 약을 만들어서 밥이나 음료수에 넣으면 된다고 하죠. 어머니는 그런 이상한 얘기를 아버지 앞에서는 하지 말라고 합니다. 아버지의 눈 밖에 나면 형들과의 경쟁에서 밀릴 수 있다면서요.

경훈은 아버지가 좋아하는 경제사 책을 읽다가 잠이 들었는데, 꿈을 꿉니다. 꿈속에서 경훈은 그물을 친 뒤에 살찐 고기들이 그물코에 걸리는 걸 보려고 물안경을 쓰고 물속으로 들어갑니다. 그런데 살찐 고기들이 아니라 앙상한 뼈와 가시뿐인 큰가시고기들이 몰려오고 있었습니다. 무서워서 밖으로 나와 그물을 걷으니 수없이 많은 가시고기들이 걸려 올라왔습니다. 가시가 몸에 닿을 때마다 살갗이 찢어지죠. 그렇게 가리가리 찢기는 아픔 때문에 살려 달라고 소리치면서 잠을 깹니다.

가시고기 수컷은 적이 침범할 때 등 가시를 세워 알을 보호하기 때문에 부성애를 상징하는 물고기로 많이 알려져 있습니다. 아무것도 먹지 않고 알을 지켜 부화시키는 데 전념하며, 새끼들이 부화하면 생존이 가능한 상태로 자랄 때까지 새끼들을 돌보다가 그 자리에서 죽어 자신의 몸을 새끼들의 먹이로 내준다고 합니다.

경훈의 꿈속에 가시고기가 나오는 장면에서 두 가지를 생각해 볼 수 있습니다. 살찐 고기를 잡는다는 건 경영자 입장에서는 최대의 이윤을 남기는 것이겠죠. 하지만 이윤만 생각해서 노동자들에게 주는 임금과 복지를 최소화시키면 결국 뼈와 가시만 남는 가시고기가 되는 거죠. 앞에서 영수나 지섭이 최저 생계비에도 못 미쳐 노동력 재생산이 어렵다고 말한 것이나, 노동자들이 회장님은 거스름돈을 쓸어 임금을 준다고 노래했던 장면을 생각해 보면 짐작할 수 있습니다. 기업 경영자가 최대한의 이윤을 추구하기 위해 노동자들을 착취하는 모습이 그렇게 묘사된 것입니다.

그리고 회사는 이익을 지키기 위해 불법적인 방법으로 노동조합을 와해시켰습니다. 경영자 입장에서 노동조합은 자신들의 이익을 침해하는 위협이 된다고 생각하기 때문이죠. 반면에 노동자들의 처지에서는 자신들의 생명 같은 노동조합을 지키기 위해 등 가시를 세울 수밖에 없을 것입니다. 결국 회장 대신 회장의 동생이 칼에 찔려 사망합니다. 노동자들에 대한 지나친 착취는 오히려 파국을 몰고 올 수도 있는 것입니다.

이윤을 극대화하며 자신들의 세계를 지켜야 한다고 생각하는 재벌 후계자의 시선을 통해 1970년대 우리 사회와 노동 문제의 한 단면을 살펴볼 수 있습니다. 그런데 이것은 단지 1970년대의 문제에 그치지 않는 것 같습니다. 그 당시에 비하면 상황이 나아졌으나 오늘날에도 여전히 열악한 임금이나 고용 안정을 호소하는 목소리를 곳곳에서 들을 수 있기 때문입니다.

 고용우 (울산국어교사모임)

# 멀고 먼 해후

　사람들은 자신이 살아가는 시대의 상황에 어떤 형태로든 영향을 받으면서 살아갑니다. 김영현 작가는 1955년에 출생해서 1970년대와 1980년대에 젊은 시절을 보냈습니다. 이 시기는 우리 현대사에서 큰 사건이 무척 많았던 격변기였고, 그 당시 많은 대학생들이 사회 변혁 운동에 적극 참여하기도 했습니다. 김영현 작가도 철학과에 다니면서 학생 운동에 참여했다가 감옥살이를 하고, 강제로 군대에 보내졌습니다. 본인의 회고에 따르면 4년 반 동안 사회로부터 격리되어 있었다고 하죠.

　대학생이었을 때 대학 신문에 소설이 입선되기도 했지만, 본격적으로 소설을 쓰기 시작한 것은 1980년대 중반부터입니다. 김영현 작가가 소설을 발표했을 때 평론가들은 대단한 찬사를 보냈습니다. 당시 군사 독재라는 냉혹한 현실을 격정적으로 다루면서도 삶을 관조하는 따뜻함이 바탕에 깔려 있다는 평가를 받았지요. 작가 자신은 싸움꾼의 자세와 구도자의 자세로 소설을 쓴다고 했습니다. 싸움꾼의 자세는 당면하고 있는 현실의 문제를 해결하기 위해 노력하는 것이고, 구도자의 자세는 글 쓰는 작업을 통해 인생의 의미와 목적을 찾는 것이라는 설명을 덧붙였습니다.

소설을 쓰면서 시 창작에도 관심을 기울여 두 권의 시집을 펴냈으며, 최근에는 철학 산문집을 출간하기도 했습니다. 「멀고 먼 해후」는 이상문학상 후보작에 올라 좋은 평가를 받았으며, 김영현 작가의 첫 소설집 『깊은 강은 멀리 흐른다』에 수록되었습니다.

### 🔑 첫 번째 열쇠말_ 터널

소설의 첫 부분에 '길고 긴 터널 같았다'는 구절이 나옵니다. 주인공인 '그'가 자신이 지나온 시간을 터널에 비유한 것이죠. 보통 터널이 끝나는 지점에 다가가면 조금씩 빛이 들죠. 소설에서는 터널의 끝에는 손톱만 한 햇살이 희미하게 빛날 뿐이었고, 터널을 지나갈 동안의 모든 시간은 죽어 있는 것이나 다름없었다고 묘사되어 있습니다. 저 멀리 가물거리는 희미한 햇살을 바라보며 죽음의 시간과도 같은 긴 터널을 지나온 셈입니다.

대개 터널은 이쪽과 저쪽을 연결하는 통로 역할을 합니다. 그래서 터널을 통과하면 터널에 들어가기 전과는 좀 다른 세상을 만나게 됩니다. 하지만 터널 안을 통과하고 있는 동안은 갇힌 기분이 들어서 빨리 벗어나고 싶어지죠. 폐소 공포증이 있는 사람들은 불안해서 아예 터널에 들어가지 못한다고 하더군요.

이 작품에서 터널이 상징하는 의미는 두 가지로 정리해 볼 수 있습니다. 우선 주인공의 감옥 생활을 터널에 빗댄 것으로 볼 수 있습니다. 5년의 시간이 끝나고 터널의 입구에 도달했다고 말한 것으로 봤을 때 감옥 생활은 그가 벗어나고 싶었던 터널이었을 것입니다.

그런데 터널의 의미를 좀 더 확대해 본다면 '그'가 감옥에 들어가게 되는 상황까지 포함할 수도 있을 것 같습니다. 그해 가을에는 모든 것이 금지되어 있었고, 길거리에는 군인들이 탱크 앞에 서 있었다고 말한 그 시대를 터널로 보는 거죠.

길거리에 탱크가 서 있는 상황이라면 계엄령이 내려진 시기입니다. 계엄령이 내려진 때는 1972년 10월 유신 때와 1979년 '부마 항쟁' 시기부터 5·18 광주 민주화 운동으로 이어지던 때가 대표적입니다.

소설에 나오는 대화에서도 대략 시대적 분위기를 짐작할 수 있습니다. 준호가 순범이를 설득할 때 먼지 쌓인 작업장에서 노새처럼 일하는 친구들을 생각해 보라고 말하는 장면이 있습니다. 등장인물들은 공장 노동자들인데, 황준호는 노조 위원장으로서 노동조합을 이끌고 있으며, 최순범이나 '그'는 노동조합 일에 적극적으로 참여하던 사람들입니다. 전태일 열사가 '우리는 기계가 아니다.'라고 외치며 분신한 것이 1970년 11월이었으니, 그보다 조금 뒤가 아닐까 짐작할 수 있습니다.

우리 사회는 급속도로 산업화했지만 1970년대 혹은 80년대까지 노동자들의 노동 환경이나 임금은 매우 열악했습니다. 노동조합을 이끄는 위치에 있는 준호는 사람들이 밤낮 연장 근무를 하면서도 노예처럼 찍소리 한번 하지 않는다고 안타까워합니다. 함께 일하던 노동자의 새끼손가락이 잘려 나갔는데 보상금이 십만 원이라는 말도 합니다. 이 작품에서 '그'를 비롯한 노동자들에게는 자신들이 처해 있는 상황이 터널 속으로 느껴지지 않았을까요? 그들은 끝도 제대로 보이지 않는 터널 속에서 그 상황을 벗어나기 위해 몸부림치고 있었다는 생각이 듭니다.

### 🔑 두 번째 열쇠말_ **목숨**

당연한 말이지만 목숨은 무엇보다 소중합니다. 그래서 가장 절박한 상황에서 목숨을 건다는 말을 쓰기도 합니다. 결사 항전이나 결사 반대 같은 말을 쓰기도 하지만, 살기 위해서 목숨을 내놓는다는 말은 역설적으로 들리기도 합니다.

그런데 목숨을 거는 행위가 결의에 그치지 않고 실행에 옮겨지는 상황도 있습니다. 전태일 열사의 분신처럼 정말 목숨을 내놓는 경우입니다. 이것은 문제 해결 가능성이 전혀 안 보일 때 내놓는 극단적인 방식입니다.

소설에서는, 회사 측과 노조 측이 협상을 진행 중이었는데, 거의 타협 선까지 와 있는 상황에서 회사 측이 갑자기 그때까지 타협했던 조건들을 모두 철회하고, 노동조합 자체를 불법화시키려고 합니다. 회사 측이 갑자기 태도를 바꾼 이유는 계엄령이 내려졌기 때문입니다. 계엄령이 내려진 상태에서는 모든 것이 금지되기 때문에 노동조합 활동도 어려워지죠. 실제 그들의 회사에서도 노조원들이 뿔뿔이 흩어지는 상황이 됩니다.

마지막까지 희망을 가지고 있는 사람은 준호뿐입니다. 준호는 이런 상황을 해결해야 한다는 다급함 속에 누군가 한 사람이 죽어야 문제를 해결할 수 있다는 말을 합니다. 그리고 순범이를 죽어야 할 사람으로 지목합니다. 처음 준호가 이 말을 꺼냈을 때 '그'는 농담이라고 생각합니다. 어떤 명분으로도 다른 사람에게 목숨을 던지도록 요구할 수 없다고 생각하기 때문입니다. 그건 살인을 저지르는 거나 마찬가지라고 생각하죠.

그런데 준호가 죽어야 하는 사람으로 순범이를 지목한 데는 좀 특별한 사정이 있습니다. 노조 위원장인 준호의 추종자로 노조 활동에 적극적이었던 순범이는 암 진단을 받은 환자입니다. 1차 수술을 받았으나 의사는 가망이 없다고 했습니다. 재수술을 받았지만 이미 암세포가 전신에 퍼진 상황이어서 기대를 할 수 없습니다. 준호는 순범이가 자포자기한 상태여서 본인도 그걸 원할 거라며, 자신이 순범이를 설득하겠다고 합니다.

준호는 순범이에게 어차피 몇 개월 안에 죽을 목숨이라면 의미 있게 죽는 게 나을 거라고 말합니다. 준호는 순범이가 영웅적으로 죽어 주길 바라며 설득했으나 순범이는 거절합니다. 죽음이 눈앞에 있나고 해서 자신이 더 강하다고 생각하지 말라며, 살아 있는 동안에는 살려고 발버둥 치고 싶다고 하죠.

순범이를 설득하는 일이 실패로 돌아간 뒤에 상황은 더 악화되어 준호를 비롯한 몇 사람은 회사에서 해고를 당합니다. 그러나 준호는 끝까지 싸우겠다고 단호하게 말합니다. 누군가 인간은 벌레가 아니라는 걸 보여 줘야 하는데, 순범이가 못하겠다면 자신이 하겠다는 말도 합니다.

그런데 순범이의 태도가 바뀌어 준호의 제안대로 하겠다고 합니다. 아마도 날마다 병실에 와서 신세 한탄을 하며 울어 대는 늙은 어머니 때문이었을지도 모릅니다. 순범이의 마음이 다시 바뀌기 전에 실행에 옮기기 위해서 일은 신속하게 추진되고, '그'도 준호의 요구에 따라 이 일에 가담하게 됩니다.

노사 협조 모범 업체 시찰단이 오는 날, 사람들 앞에서 순범이가 성명서를 읽고 분신을 하기로 합니다. 일을 벌이기로 예정한 전날, 순범이를 병원에서 빼내기로 하고 작전을 펼칩니다. '그'는 병원 복도에서 망을 보고 준호가 병실로 순범이를 데리러 갔는데, 예정된 시간이 한참 지나도 나오지 않았습니다. 더 이상 기다릴 수 없어 '그'가 병실로 갔을 때, 뜻밖의 일이 벌어져 있었습니다.

순범이가 막판에 마음을 바꿔서 못 하겠다고 하자, 분신에 실패할 경우를 대비해 준비했던 약을 준호가 먹은 겁니다. 준호는 자신이 죽는 모습을 보라면서, 우리는 벌레도, 기계도 아니라고 외칩니다. 준호는 죽고, 함께 일을 추진했던 '그'는 체포됩니다. 결국 준호가 목숨을 내놓은 셈입니다.

### 🔑 세 번째 열쇠말_ **해후**

'해후'는 오랫동안 헤어졌다가 뜻밖에 다시 만난다는 의미입니다. '그'에게는 경선이라는 사랑하는 사람이 있었습니다. 영원히 함께하기로 약속한 사이입니다. 순범이가 입원해 있는 병원에 같이 면회를 다닐 정도로 주변 사람들도 알고 있었죠. 하지만 재판 결과 형이 확정되고 난 뒤, '그'는 면해 온 그녀에게 이제 서로가 자유롭게 해 줄 필요가 있다고 말합니다. 5년이라는 세월은 두 사람이 마주 보며 건너기에는 너무도 넓은 강이라고 말하죠. 기다리다 지치는 것보다는 미리 그만두는 게 낫다는 의미였습니다.

그녀는 더 이상 면회를 오지 않았고, '그'는 기다리지 않았다고 하지만 속마음은 그렇지 않았죠. 모든 것은 진공의 터널 속으로 들어가 버렸고, 모든 빛깔은 흰색과 회색으로 분해되어 버렸다고 했으니까요. 이 소설에서 현재 진행되고 있는 내용은 감옥에서 나온 '그'가 성당으로 가서 1시간 동안 그녀를 기다리는 것이 전부입니다. 그 사이에 '그'가 감옥에 가게 된 과거를 회상하는 거죠. '그'는 감옥에서 나오기 전에 그녀에게 편지를 보냈습니다. 약속 장소인 성당에 도착한

'그'는 편지 쓴 것을 후회하면서, 그녀가 나오지 않을 거라고 체념한 상태로 기다리죠.

　'그'는 성당의 철책을 넘어 들어가서 현관이 잘 보이는 어둠 속에 웅크리고 있었습니다. 1시간을 기다려도 나타나지 않았기 때문에 막막한 심정이었지만, 미련을 갖지 않기로 하고 다시 철책을 넘어서 밖으로 나옵니다. 그때 익숙한 손이 '그'의 팔을 잡습니다. "여기서 한 시간이나 기다렸잖아요." 그녀입니다. 그러니까 서로 다른 곳에서 한 시간 동안 기다린 것입니다. 그녀의 목소리는 까마득한 터널의 저쪽에서 들려오는 소리였다고 묘사하고 있습니다. 터널 저쪽과 비로소 해후하게 된 거죠. 5년이라는 터널을 헤쳐 나와서 그 이전의 그녀와 만난 겁니다. 그렇다면 제목 '멀고 먼 해후'란 '사랑하는 사람과 다시 만남'이라고 말할 수 있을 겁니다. 그런데 저는 거기에다 좀 더 살을 붙여서 '그'가 꿈꿨던 세상과의 해후도 이루어졌으면 좋겠다는 생각을 했습니다. '그'와 준호나 순범이가 함께 꿈꿨던 세상과의 해후를 말이지요. 시대는 변하고 역사는 발전하기에, 멀지만 그 해후가 끝내 이루어지리라는 믿음을 가져 봅니다.

 고용우 (울산국어교사모임)

# 20세기 이력서

  작가 자신의 성장 과정과 경험담을 소재로 쓴 소설이 '자전 소설'인데요, 2010년에 출간된 소설집 『자전 소설』은 작가 열 명의 '자전 소설'을 모아 놓은 책입니다. 2007년 문학동네에 발표된 편혜영의 단편 소설 「20세기 이력서」도 이 소설집에 수록되어 있습니다.

  편혜영 작가는 1972년 서울에서 태어났으며, 2000년 서울신문 신춘문예에 단편 소설 「이슬 털기」가 당선되면서 등단했습니다. 이후 한국일보문학상, 이효석문학상, 동인문학상, 이상문학상 등 수많은 문학상을 수상했습니다. 편혜영은 인간의 불안과 공포를 독특한 문체로 표현한다는 평가를 받고 있습니다. 2018년에는 장편 소설 『홀(The Hole)』로 서스펜스와 미스터리 문학 작품에 수여되는 셜리잭슨상을 수상했는데, 한국인으로는 최초라고 하네요.

## 🔑 첫 번째 열쇠말_ **이력서**

여러분은 이력서를 써 본 경험이 있으신가요? 이력서란 지금까지 거쳐 온 학업, 직업, 실적 등의 경력을 적은 문서입니다. 주로 회사에 취직하기 위해, 내가 어떤 삶을 살았는지를 보여 주는 문서지요. 요즘은 취직이 워낙 어렵기 때문에, 이력서를 좀 더 훌륭하게 쓰기 위해서, 다른 사람보다 눈에 띄게 하기 위해서 다양한 스펙을 쌓는 등 여러 가지 노력들을 합니다. 봉사 활동을 하거나 자격증을 따거나 그와 유사한 활동을 하지요.

물론 이력서가 나의 모든 것을 말해 주지는 않습니다. 내가 어떤 사람인지, 나의 가능성과 능력을 보여 줄 수 있는 것도 아닙니다. 그러나 이력서가 아니면 직업을 얻을 수도 없고, 나의 능력을 보여 줄 기회조차 주어지지 않습니다.

이 소설의 주인공은 S 상사를 퇴사한 후 딱히 취업을 하려는 생각이 없음에도 이유 없이 이력서를 씁니다. 어디서나 구할 수 있는 구직 구인 광고를 보고, 실제로 몇 곳에 이력서를 보내기도 합니다. 자기소개서를 함께 제출하라는 곳에는 아예 이력서를 보내지 않습니다. 이력서만으로도 충분하다고 생각해서입니다.

주인공은 이력서가 그 사람이 살아온 거의 전부라고 생각합니다. 물론 이력서에 적히지 않은 것이 더 중요하다는 것을 알고는 있지만, 이력서만으로도 충분하다고 생각합니다. 어차피 이력서가 볼품없으면 그러한 것들을 알려 줄 기회는 없기 때문이지요.

주인공은 학교에서 배운 펜글씨체로 이름과 주민등록번호, 주소를 적습니다. 그리고 첫 칸에 고등학교 입학 사항을, 다음 칸에 고등학교 졸업 사항을 적습니다. 그러고는 '자격 및 수상 사항을 적는 하단은 텅 빈 채로 남았다.'고 합니다. 참으로 아픈 고백입니다. 이력서에 빈 칸이 많다는 것은 그만큼 직장을 구하기 어렵다는 의미임을 주인공도 알고 있습니다.

망설이다 이력서 하단의 자격증 취득 사항을 적습니다. 그러면서 자신이 취득해 온 자격증을 하나둘씩 떠올리며 지난 20세기의 인생을 이야기합니다.

### 🔑 두 번째 열쇠말_ 20세기 자격증

주인공은 지난 20세기에 네 개의 자격증을 땄습니다. 처음 딴 것은 초등학교 4학년 때 취득한 주산 자격증입니다. 당시에는 주산이 암산에 도움이 된다고 해서 인기가 엄청 많았습니다. 주산은 주판을 활용하여 계산을 하는 것인데요. 주판은 윗부분에 한 개의 주판알이 있고, 아랫부분에 네 개의 주판알이 이어져 있는, 주판알을 꿰어 만든 계산 도구입니다. 지금은 주판 자체를 본 사람이 거의 없을 정도로 이미 사라져 버린 유물이 되었죠.

지금은 핸드폰으로 누구나 바로바로 계산을 할 수 있습니다. 그리고 암산을 할 필요가 거의 없습니다. 마트에서 물건을 살 때도 바로바로 계산을 해 주고, 카드로 물건을 사기 때문에 암산을 할 필요가 거의 없습니다. 불과 30여 년 전만 해도 주산 자격증이 필요하다고 여겼지만, 20세기가 지난 지금은 이미 사라져 버린 시대의 유물이 된 것입니다.

그리고 시간이 지나 고등학교 때는 타자 자격증을 땁니다. 실업계 고등학교에서 타자 자격증은 취업을 위해서는 반드시 있어야 하는 자격증이었습니다. 그러나 지금은 어떠한가요? 여러분은 타자기를 실제로 쳐 본 적이 있으신가요? 타자기는 종이를 끼우고 글자판을 누르면 그 글자가 종이에 찍히는 기계로, 옛날 외국 영화에서나 보았을 텐데요. 지금은 컴퓨터의 한글이나 워드 프로그램으로 모두 대체되었습니다.

타자 자격증은 1995년에, 주산 자격증은 2001년에 폐지되었습니다. 시대의 흐름에 따라 다른 자격증으로 대체된 것이지요.

### 🔑 세 번째 열쇠말_ 삶의 이력

주인공의 고등학교 친구인 '한'은 주산과 타자 자격증을 따지 못했지만 친구들 중에서 가장 먼저 취업이 되었습니다. 직업 설계사라는 명함을 가지고, 사람들의 성향이나 적성에 가장 알맞은 직업을 찾아 주는 일을 하게 됩니다. '한'은 앞으로는 자격증의 시대가 될 것이라고 하면서 21세기 유망 직종을 소개합니다. '한'은 호스피스 전문 간호사, 미팅 플래너, 사이버 기상 캐스터, 하우스 매니저, 헤드헌터, 조향사, 플로리스트, 콘텐츠 기자와 같은 다소 생소한 직업들을 이야기합니다. 그 당시에는 아주 생소했겠지만, 지금은 거의 익숙한 직업들입니다. 이렇게 시간이 지나면, 지금 우리가 몸담고 있는 수많은 직업들이 사라지고, 또 다른 직업들이 생겨날 것입니다.

변화하는 세상 속에서 우리가 일생 동안 해야 할 노동의 종류는 무엇일까요? 이런 것들을 생각하면 우리는 불안해집니다. 그리고 그 장면을 잘 보여 주는 에피소드가 작품 속에 나옵니다.

주인공이 고등학생일 때, TV에 스물한 개의 자격증을 가진 사람이 나옵니다. 그 사람은 도배 기능사, 비계 기능사, 타일 기능사, 미용사 자격증 등의 기술 자격증을 죽 늘어놓으며 인터뷰를 합니다. 지금 회사를 다니고 있으면서 그렇게 자격증을 많이 따는 이유가 무엇이냐고 묻자, 그는 회사가 언제 망할지 모르니까 자격증이 있어야 불안하지 않다고 대답합니다. 엄마는 공감하며 고개를 끄덕였고, 아버지는 잠자코 있었으며, 주인공과 자매들은 '저 사람 이제 곧 짤리겠다.'며 크게 웃었습니다. 어머니는 열심히 살면서 미래를 준비하는 사람을 비웃으면 안 된다고 자매들을 나무랍니다. 그러자 가장 크게 웃었던 자매가 대답하죠. "써먹지도 못할 자격증을 딴다고 애쓰는 게 불쌍하잖아."라고.

오늘날의 상황과 크게 다르지 않지요? 이렇게 「20세기 이력서」는 이미 사용하지 못하게 된 자격증의 내력을 이야기합니다.

내가 딴 자격증이 나를 증명하는 것은 아닙니다. 주산 자격증과 타자 자격증이 나의 암산 능력과 글쓰기 능력을 보여 주지는 않지요. 자격증이 삶의 내력을, 나의 인생을, 나의 잠재력과 나의 능력을 보여 주는 것은 아닙니다. 다만 이 사회가 우리에게 자격증을 따야 한다고 불안한 마음을 부추기면서 우리를 경쟁으로 몰아넣습니다. 그리고 세상은 자꾸 발전해 가고, 어떤 것들은 사라지고, 추억으로 남겨집니다.

20세기에 따 놓은 자격증은 21세기에는 필요 없는 것들이 되어 버렸습니다. 뭐라도 해 놓아야 먹고살 길이 열릴 텐데, 그 속에서 적응하며 살기가 참 어렵습니다.

21세기는 또 우리에게 어떤 자격증을 요구할까요? 우리는 또 어떤 이력서를 써 놓아야 선택될 수 있을까요?

 권진희 (서울국어교사모임)

# 다소 낮음

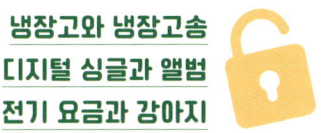

냉장고와 냉장고송
디지털 싱글과 앨범
전기 요금과 강아지

    현대 직장인들의 심리와 일상을 섬세한 필치로 그려 내 많은 공감을 얻는 장류진 작가는 2018년 「일의 기쁨과 슬픔」으로 창비 신인소설상을 받으며 등단했습니다. 단편 소설 「연수」로 2020년 김유정문학상과 제11회 젊은작가상을, 「도쿄의 마야」로 2020년 제7회 심훈문학 대상을 받는 등 꾸준히 작품성을 인정받는 소설을 쓰고 있지요.

    오늘 우리가 살펴볼 「다소 낮음」은 2019년 6월 문학 웹진인 『문학3』에 발표된 작품으로, 무명 밴드의 음악가인 '장우'의 이야기입니다. 장난처럼 만든 노래가 인터넷상에서 인기를 끌게 되어 디지털 싱글 음원을 내자는 기획사의 제안을 받지만, 장우는 정식 음반을 내고 싶다며 거절합니다. 자신의 음악을 하고 싶어 하는 음악가가 현실 감각이 없는 사람으로 치부되는 현실을 보여 주는 작품입니다.

🔑 **첫 번째 열쇠말_ 냉장고와 냉장고송**

주인공 장우의 집에는 냉장고가 하나 있습니다. 그 냉장고는 장우가 처음 서울에 올라와 자취방을 얻던 해에, 아버지가 장만해 준 것입니다. 장우가 생각하기에 '살림 중에 제일로 비싼' 거였지요. 그 냉장고는 다섯 평도 안 되는 손바닥만 한 반지하 자취방에 놓기에는 지나치게 컸습니다. 지금은 너무 오래되어, 소리도 요란하고 성능도 시원찮아서 넣어 둔 음식이 상할까 걱정되는 상태입니다. 실제로 에너지 효율도 '다소 낮음'인 4등급 제품이었죠.

어느 날 장우는 그 냉장고를 소재로 '냉장고송'을 만듭니다. 여자친구 유미가 냉장고에 식료품을 채워 넣는 모습을 보다가 재미로 만든 곡이죠. 유미는 중독성이 있다며 대박이라고 말합니다. 그러고는 장우가 기타를 치며 노래하는 모습을 휴대 전화로 찍어, 그 동영상을 인터넷상에 올립니다. 그 동영상은 정말 대박이 납니다. 조회 수가 삼십만을 찍고, 댓글이 만 개가 넘어가지요.

아무렇게나 가사를 붙였기 때문에 가사라고 해 봐야 '냉장고 장고 장고 장고 장고 고장은 아닐 거야.'가 전부였고, 코드도 G와 D가 반복적으로 구성된 단순한 노래였습니다.

그런데 페스티벌에서 섭외 전화가 오고, 관객들은 음원도 공개되지 않은 냉장고송을 따라 불렀죠. 덕분에 장우는 홍대에서는 제법 유명인이 되었습니다. 겨우 28장 팔린 1집 앨범을 사람들이 뒤늦게 조금씩 찾아 듣는다는 소식도 들렸습니다. 색은 오래되어 누렇게 바랬고,

소리는 시도 때도 없이 윙윙댔고, 성능은 시원찮아서 음식이 상할까 봐 걱정됐기에 버리고 싶다고 생각했었던 냉장고였는데, 그 냉장고 덕분에 장우는 유명해졌지요.

냉장고송이 유명해지는 걸 보며, 우리 삶이 때론 하찮은 일로, 때론 어이없는 우연으로 다르게 흘러갈 수도 있다는 걸 보는 듯했습니다. 또 대중성과 예술성은 반비례하는 것인지, 둘의 공존은 어려운 일인지 여러 가지 생각도 들었습니다.

### 🔑 두 번째 열쇠말_ 디지털 싱글과 앨범

장우의 냉장고송이 인터넷상에서 유명해지자 꽤 유명한 회사에서 계약을 하자는 연락이 옵니다. 기획사 스위프트사운드의 대표인 돈 사장은 장우에게 디지털 싱글 음원을 내자고 합니다. 하지만 장우는 냉장고송은 음원으로 내놓을 만한 곡도 아니고, 그냥 웃자고 만든 곡이라며 거절합니다. 장우의 말에 돈사장은 냉장고송은 감각적으로 잘 뽑은 곡이라며 묻히기 전에 바짝 당겨서 이윤을 남겨야 한다고 말하죠. 이 많고 많은 유혹이 넘쳐나는 세계에서 삼 분 정도 사람들의 귀와 마음을 사로잡았으면 그걸로 된 거라면서요.

장우가 디지털 싱글 앨범에 거부감이 든다고 하자 돈사장은 시디도 찍어 주겠다며 장우를 설득하지만, 장우는 곡이 한 곡만 덜렁 있으면 뮤지컬을 보는데 인터미션부터 들어가는 기분 같다며 거절합니다. 장우가 계약하지 않고 집으로 돌아오자 유미는 화를 냅니다. 주눅

이 든 장우는 "냉장고송은 그냥 재미로 만든 거잖아. 내가 추구하는 음악이 아니란 말이야. 나는 진짜 제대로 된 곡으로 정규 2집 앨범을 내는 게 꿈이야."라고 말합니다.

장우의 아버지는 삼대독자인 장우를 서울에 있는 대학으로 보내기 위해 땅을 팔고 소를 팔았습니다. 아버지는 장우를 통해 당신의 행복을 느끼는 사람이었죠. 그런 아버지의 기대를 저버리고 장우가 하고 싶었던 음악은 무엇일까요?

홍대에서 상수로, 다시 망원과 성산으로 계속 밀려나면서도 장우가 음악을 포기하지 않은 것은 무엇 때문일까요? 당장 생활이 어려우니 디지털 싱글 앨범으로 생활비를 마련하고, 그 후에 정식 앨범을 낼 수도 있었을 텐데, 그렇게 하지 않은 이유는 무엇일까요?

## 🔑 세 번째 열쇠말_ 전기 요금과 강아지

돈사장과 다시 만났지만, 장우는 결국 계약하지 않습니다. 한두 달이면 앨범이 나올 수 있겠냐는 돈사장의 질문에, 장우는 최소한 일년은 넘게 걸린다고 대답합니다. 그런 장우를 돈사장은 세상 물정 모르는 사람이라며 한심하게 바라봅니다. 자기 밑에서 열심히 하면 성공할 수 있다는 돈사장의 말에 장우는 기분이 나빠집니다. 그래서 "전 막 열심히 하기도 싫고, 막 성공하고 싶지도 않은데요."라고 말합니다.

계약을 거절하고 집으로 돌아오니, 유미가 냉장고 안의 음식을 꺼내 음식이 상했는지 냄새를 맡고 있습니다. 계약하지 않기로 했다는 장우의 말에 유미는 제발 남들처럼 인생을 효율적으로 살라고 합니다. 그러면서 두 달 치 밀린 전기 요금 고지서를 보여 주며, 지금은 뭐든 해야 한다고 말합니다. 인터넷상의 조회 수도 더는 올라가지 않습니다.

기타 레슨 아르바이트를 끝내고 돌아오는 길에 장우는 동물병원 쇼윈도 너머에서 자신을 바라보는 강아지와 눈이 마주칩니다. 그 강아지가 자신을 원하고 있다는 이상한 확신이 든 장우는 두 달 치 레슨비로 받은 돈을 몽땅 주고 강아지를 집으로 데려옵니다. 전기 요금은 아직 전기가 끊긴 게 아니니까 좀 천천히 내도 되지 않을까, 생각하면서요.

장우가 산 강아지는 프랑스의 귀족들이 주로 키우던 비숑프리제라는 견종이었습니다. 귀한 강아지였는데, 지금은 동물병원에서 자신을 데려갈 주인을 기다리는 신세가 된 것이죠. 아마도 장우는 그 강아지의 처지에서 자신을 본 것 같습니다. 하지만 강아지를 안고 집에 돌아온 장우를 보자 유미는 짐을 싸서 나가 버립니다. 전기 요금이 연체됐는데, 월급을 털어서 강아지를 사 오는 장우를 더는 참아 줄 수 없었던 거죠.

여자 친구가 떠나 버린 뒤 장우는 강아지 '보리'와 함께 지냅니다. 형편도 안 되는데 귀한 강아지를 키우는 장우의 현실감 없는 행동을 보며 사람들은 미친 것 같다고 수군거립니다. 그런데 강아지 보리가 탈장과 빈혈로 수술을 받아야 하는 상황이 됩니다.

　돈이 필요했던 장우는 돈사장을 찾아갔지만, 이번에는 그가 계약을 거절합니다. 장우는 '냉장고송 2탄'인 '세탁기송'을 만들어 인터넷상에 올립니다. 그러나 조회 수가 백도 넘지 못하는 등 반응이 거의 없었죠. 나흘째 되던 날, '오, 되게 별론데?'라는 댓글 하나만 덩그러니 달렸지요. 결국 보리는 죽었고, 눈 뜨고 죽은 강아지를 꿰매 주기 위해 장우는 저작권료로 받은 3만 원을 마저 씁니다. 그 돈은 냉장고송의 유명세 덕분에 27,149번 재생된 1집 음원에 대한 저작권료였습니다. 왠지 함부로 써서는 안 될 것 같아 새하얀 봉투에 넣은 후 가방 깊숙이 부적처럼 지니고 다녔었죠.

　보리의 유해가 담긴 상자를 안고 금요일 밤의 화려한 홍대 거리를 지나 집으로 돌아오자, 방 안엔 냉장고 소음만 가득했습니다. 냉장고 문을 열자 눈이 부실 정도로 밝은 주황색 조명이 쏟아졌습니다. 시원찮기는 하지만 그래도 냉장고이기에 서늘한 기운을 느끼지요. 그리고 낮게 웅웅거리는 냉장고 소리를 들으며 장우는 '자신이 있어야 할 곳으로 무사히 돌아온 것 같아 마음이 편안해졌다.'고 합니다.

　냉장고 문을 열어 둔 채 바닥에 누운 장우는 냉장고의 문짝에 붙은 에너지 소비 효율 등급 스티커에 '4등급, 다소 낮음'이 쓰여 있는 것을 봅니다. 아마도 장우는 그걸 보며 자신의 인생을 생각했을 겁니다. 유미도 장우에게 남들처럼 인생을 효율적으로 살아 보라고 말했으니까요. 장우는 음반을 낼 타이밍도 못 맞추고, 전기 요금이 연체돼서

뭐든 해야 하는데도 엉뚱한 짓을 했지요.

장우는 여자 친구 유미의 말처럼 남들의 기준에는 효율성이 한참 떨어지는 사람일 것입니다. 굳이 높은 곳으로 올라가려고 애쓰는 사람이 아니었으니까요. 남들이 보기에는 다소 낮은 곳으로 흘러가는 삶이었겠죠.

장우의 냉장고는 냉장 성능은 시원찮았어도 조명은 밝았습니다. 하지만 사람들이 원하는 냉장고는 조명이 밝은 것이 아니라 냉장 성능이 좋아야 하죠. 그래서 장우는 쓸쓸하게 혼자 남겨졌는지도 모르겠습니다.

어두운 방 안에 많은 자리를 차지하고 있는 냉장고가 마치 장우처럼 보여서 씁쓸했습니다. 장우의 아버지가 회사에 취직하지 않고 음악을 하는 아들을 끝내 이해하지 못한 채 돌아가신 것처럼, 결국 장우는 그 누구에게도 인정받지 못하고 홀로 남겨졌지요.

원하는 것을 하며 산다는 것과 세상을 효율적으로 산다는 것은 어떤 의미일지 생각해 보게 하는 작품이었습니다.

 박미연 (교육과정모임)

# 모래

**휴무
오리무중
모래**

「모래」는 산업화가 진행 중이던 당시 우리 사회 노동자들의 삶을 다루고 있습니다. 1977년에 발표되었고, 같은 해 한국소설문학상을 수상했습니다.

이동하 작가의 본명은 이용입니다. 1942년 일본 오사카에서 태어나서 해방이 되자 귀국했습니다. 초등학교 2학년 때 전쟁이 일어나면서 대구의 난민촌에서 생활했지요. 아버지가 마땅한 일자리가 없었던 탓에 지독한 굶주림에 시달렸으며, 중학교 때 어머니를 잃었습니다. 형편이 어려워서 자주 학업을 중단한 탓에 남들보다 3~4년 늦게 고등학교를 졸업했습니다. 작가는 자신의 어린 시절은 온통 결핍투성이의 삶이었다고 말했습니다.

이동하 작가가 문학의 길로 들어선 데는 여러 요인이 있지만, 굶주림 때문에 어머니를 잃은 통한도 크게 작용한 듯합니다. 서라벌예대 문예창작과 1학년 때 신춘문예에 당선해서 작가의 길을 걷죠. 자신이 겪은 고난의 체험이 작품에 많이 담겨 있습니다. 웃고 싶을 때 웃고, 울고 싶을 때 울어 버리면 세상에 되는 일이라곤 아무것도 없다는 작가의 말에서 느낄 수 있듯이, 이동하 작가는 고통스러운 경험을 현실에 대한 복수나 저항이 아니라 정신적인 화해로 승화시키고 있다는 평가를 받습니다. 인간 실존을 위협하는 폭력의 문제에 관심을 많이 기울인 작가이기도 합니다.

### 🗝 첫 번째 열쇠말_ **휴무**

이 작품은 갑자기 회사가 휴무하는 장면으로 시작합니다. 학교나 회사가 쉬는 걸 '휴무'라고 하죠. 영하 10도 가까운 추운 아침에 늘 가장 먼저 출근하는 열다섯 살 여자 사환 영희가 일찍 출근했다가 이 사실을 발견합니다. 녹슨 철제 대문은 굳게 닫혀 있었고, 수위장 아저씨가 당분간 휴무라고 말합니다. 그리고 닫힌 철제 대문에는 '당분간 일체의 조업을 중단하고 휴무함. 사장 백'이라는 종이가 붙어 있었습니다.

관청이나 회사에서 심부름 같은 잡일을 하는 사람들을 예전에 사환이라고 불렀습니다. 야간 고등학교에 다니는 학생들이 사환 일을 많이 했는데, 영희도 올해 상업 전수 학교 진학을 꿈꾸고 있습니다. 영희는 닫힌 문을 보면서 잠시나마 오늘 하루 좀 편하게 되었다고 생각합니다. 오늘같이 추운 날은 십구공탄 난로에 탄을 갈아 넣거나, 석유난로를 피우는 따위의 잡일에 부대낄 것이 뻔하기 때문이었죠.

영희의 뒤를 이어 다른 부서에 근무하는 몇몇 사환들도 출근하는데, 이들도 처음엔 영희가 그랬던 것처럼 하루 쉬나 생각하다가 이내 심상치 않은 일이라는 걸 깨닫죠. 사환 아이 중 한 명은 당분간 조업을 중단한다는 말은 회사 문을 닫는다는 얘기라고 말합니다. 말이 당분간이지 한번 문을 닫으면 그날로 끝장나는 거라는 설명을 덧붙였죠. 그들은 상황이 어떻게 될지 몰라 집으로 돌아가지 않고, 근처의 단골 라면집으로 몰려갑니다.

사환들에 이어 출근한 사원들은 공고문을 읽어 보고 멍청한 얼굴로 굳어 버립니다. 사원들은 닫힌 회사 정문 앞에서 누가 왜 이런 결정을 했을지 궁금해합니다. 어떻게 된 일인지 상황을 묻는 사원들에게 수위장은 새벽 다섯 시가 넘어서 갑자기 그런 지시가 내려왔다고 대답합니다. 사장은 외국 출장 중인데 지금쯤 홍콩에 있을 것이며, 간부들은 부사장 집으로 몰려갔다고 합니다.

사원들도 이건 보통 사태가 아니라고 생각하며, 불안한 표정을 짓습니다. 그들은 일단 어디 가서 몸부터 녹인 뒤에 대책을 세워 보자며 다방으로 자리를 옮깁니다. 하지만 상황을 전혀 알 수 없으니 뾰족한 대책이 있을 수 없었고, 왜 이런 일이 벌어졌을지 저마다 추측만 무성하게 늘어놓다가 하나둘 자리를 뜹니다.

## 🗝️ 두 번째 열쇠말_ 오리무중

'오리무중'은 오 리나 되는 짙은 안개 속에 있다는 뜻인데, 무슨 일에 대해서 방향이나 갈피를 잡을 수 없다는 의미로 씁니다. 사원들은 이번 사태의 원인에 대해 나름대로 자기 추측을 이야기합니다. 여자 사원들이 모인 자리에서는 사원들을 감원시키려는 게 아닐까 하는 얘기가 나옵니다. 신입 사원 채용이 없느냐고 부장에게 물었더니, 있는 식구 먹여 살리기도 힘들게 됐다고 얘기했다는 겁니다. 남자들은 세금이나 법률 위반 등으로 회사가 한 방 얻어맞은 게 아닐까 하고 추측합니다. 이런저런 말이 나왔으나 아무 근거가 없는 추측일 뿐입니다.

이런 상황이 일주일쯤 지속되면서 회사에 나와 보는 사원들도 거의 없어졌습니다. 그런데 우연히 이 돌연한 조업 중단이 어디서 비롯되었는지 밝혀지게 됩니다. 사장의 귀국 하루 전날 저녁에 일어난 일이었죠. 사장의 귀국은 고위 간부들과 비서실에서만 아는 비밀이었습니다.

그날도 다방에 모였던 사람들이 집으로 돌아가려고 다방을 나서다가 퇴근하는 수위장을 만나게 됩니다. 함께 회사 근처 주점에서 술을 마시던 수위장이, 다음 날 사장이 귀국한다는 말을 한 겁니다. 깜짝 놀란 사원들이 더 자세한 얘기를 해 달라고 조르자, 수위장은 내친김에 더 많은 정보를 흘립니다. 사장이 다음 날 오후 두 시에 귀국하는데, 바로 회사에 들를 수 있으니 자리를 지키고 있으라고 했다는 것과, 조업 중단은 사장이 국제 전화로 지시한 사실이라는 말도 덧붙입니다.

다만 사장이 왜 그런 지시를 내렸는지 그 이유는 수위장도 모른다고 합니다. 자신과 숙직 사령이었던 한 비서가 국제 전화를 받았고, 그 사실을 부사장에게 보고한 뒤에 공고문을 붙였을 뿐이라는 얘기였습니다. 사장이 귀국하면 뭔가 조치가 있을 거라고 했습니다.

다음 날 부사장을 비롯한 중역들과 간부들이 사장을 마중 나가 함께 회사로 들어왔습니다. 그런데 어떻게 알았는지 사원들도 모두 회사에 나왔습니다. 그들은 자발적으로 분주하게 사무실을 청소하고 정리하면서 사장실에서 나오는 얘기에 귀를 기울였습니다. 간부들이 사장실을 들락거렸고, 사장의 노한 목소리가 들리기도 했죠.

그날 저녁에 사건의 전모가 밝혀졌습니다. 충격적인 것은 사장이 그런 지시를 한 적이 없다는 사실이었습니다. 사장의 국제 전화를 받은 사람은 수위장이었는데, 한밤중에 사장의 전화가 오니까 숙직하고 있던 한 비서를 깨웠다고 합니다. 그런데 한 비서는 술이 너무 취해 곯아떨어져서 통화를 할 수 없었고, 한 비서를 깨우는 데 실패한 수위장은 자신이 한 비서인 것처럼 사장과 통화를 했다고 합니다. 수위장은 식은땀이 촉촉하게 밸 정도로 긴장한 채 경황없이 사장의 지시 사항을 메모하면서 통화를 했습니다. 통화를 끝내고 보니까 메모 내용은 '내가 귀국할 때까지 모든 일을 중지할 것. 사장'이었습니다. 새벽에 겨우 한 비서를 깨워서 그 메모를 전달했는데, 이것이 '당분간 일체의 조업을 중단하고 휴무함. 사장 백'이라는 공고문으로 붙게 된 겁니다.

### 🔑 세 번째 열쇠말_ **모래**

사장이 귀국한 다음 날부터 회사는 정상 업무에 들어갔습니다. 한 비서와 부사장이 책임을 지고 사임한다는 소문이 들리기도 했죠. 그런데 회사의 장래에 대한 불안감이 사원들의 마음을 어둡게 사로잡았습니다. 회사가 조업을 중단하는 기간 동안 입은 손실이 너무 엄청나서 회사로서는 감당하기 어려운 정도였기 때문입니다. 사원들의 불안이 구체적인 모습으로 눈앞에 닥친 거죠.

회사가 아무 이유 없이 일주일 이상이나 조업을 중단했다면 손실이 무척 클 것입니다. 그런데 어떻게 이런 일이 벌어질 수 있었을까요? 우선 당시 사회 분위기를 좀 살펴볼 필요가 있을 것 같습니다. 소설의 앞부분을 보면 이른 아침에 출근한 사환들이 먼저 공고문을 봅니다. 사내애 하나가 공고문을 보고 전에 자신이 다니던 회사도 이런 식으로 문을 닫더니 그걸로 그만이더라는 말을 했습니다. 그러면서 이 공고문은 '회사는 망쬬가 들었으니 다들 알아서 가라, 하는 광고나 마찬가지'라는 말을 덧붙입니다.

작품의 배경은 1970년대입니다. 당시는 수출 중심으로 산업화를 추진하던 초기 단계였는데, 정부에서는 수출을 장려하기 위해 각종 지원 정책을 펼쳤습니다. 이 틈을 타서 정부의 지원을 받은 뒤에 회사를 폐업하거나, 지원금을 빼돌리는 사람들도 있었다고 합니다. 이런 방식으로 슬그머니 문을 닫는 회사들이 있었던 거죠.

그리고 당시에는 우리 사회 전반에 군사 문화가 널리 퍼져 있었습니다. 윗사람이 결정하고 아랫사람은 무조건 따르는 상명하복의 문화가 군대 밖에서도 시대적 분위기로 자리 잡고 있었죠. 사장이 국제 전화로 남긴 지시 사항이 왜곡되어서 전달되었으나, 그 내용에 의문을 가지고 확인하는 사람이 아무도 없었습니다. 비서는 사장 다음으로 고위직인 부사장에게 보고하고, 부사장은 바로 실행에 옮기도록 조치하죠. 부사장이나 전무 같은 고위직 임원들도 사장의 지시라고 하니까 아무런 의심 없이 사원들에게 전달합니다.

처음 휴무를 알리던 날 간부들은 부사장 집으로 갔다고 했는데, 그들도 모여서 사원들과 비슷한 얘기를 나눴겠죠? 앞뒤 사정을 전혀 알 수 없으니 그냥 추측만 했을 겁니다. 사장이 돌아올 때까지는 그야말로 아무것도 알 수 없는 겁니다. 오죽하면 사장이 외국에 출장 갔다가 돌아오는 시간이 몇몇 사람만 아는 극비 사항일 정도죠.

그런데 왜 작품 제목이 '모래'일까요? '모래 위에 지은 집', '모래성' 같은 말들이 함축하고 있는 의미는 '기반이 약하다'는 거죠. 이 소설에 등장하는 인물들은 모래처럼 존재 기반이 취약한 사람들입니다. 회사라는 곳도 어느 날 아침에 문을 닫아 버릴 수 있을 정도로 기반이 취약하죠. 그 회사를 밥줄로 삼고 있는 사람들은 윗사람의 결정 하나에 목을 매고 있는 셈입니다. 김수영 시인은 「어느 날 고궁을 나오면서」라는 시에서 '모래야 나는 얼마큼 적으냐'라고 자기 성찰의 의미로 모래에 자신을 빗대었으나, 이 작품에서는 그냥 모래알 같은 하찮은 존재일 수 있는 거죠.

  삶의 터전으로 삼고 있는 일자리가 어느 날 사라져 버릴 수도 있는 상황이 단순한 의사소통의 실수에서 비롯되었다는 이야기가 충격적이었습니다. 산업화 시대 우리 사회의 분위기나 조직 문화, 일자리와 생계 등 여러 가지를 생각해 볼 수 있는 작품입니다.

 고용우 (울산국어교사모임)

# 조중균의 세계

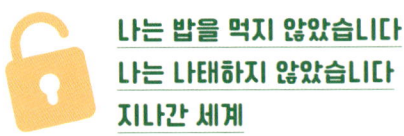

나는 밥을 먹지 않았습니다
나는 나태하지 않았습니다
지나간 세계

  이번 시간에는 일상의 틈새를 포착하는 섬세한 시선과 경쾌한 문체를 지녔다는 평가를 받는 김금희 작가의 단편 소설 「조중균의 세계」에 대해 이야기해 보려고 합니다. 김금희 작가는 현재 문단에서 가장 주목받는 젊은 작가 중 한 사람이지요.
  「조중균의 세계」는 세상이 요구하는 모습과 달라서 주변에 동화되지 못하기도 하지만 자신만의 비장한 삶의 방식을 묵묵히 유지하며 살아가는 '조중균'이라는 인물의 이야기를 다룬 소설입니다. 2016년 출간된 소설집 『너무 한낮의 연애』에 수록되어 있습니다.

  🔑 첫 번째 열쇠말_ **나는 밥을 먹지 않았습니다**
  소설의 서술자인 영주는 출판사 신입 사원으로 입사하여 수습 기간으로 일하고 있습니다. 한 달 전 함께 입사한 해란이와 경쟁을 해야 하는 처지입니다. 그들이 일하는 사무실에는 눈에 잘 띄지 않고 외톨이처럼 다른 사람과 교류하지 않는 조중균 씨가 있습니다. 그는 교정 교열만 담당하는 직원입니다.

조중균 씨는 매일 고개 숙여 사람들에게 인사를 하지만, 그 인사는 들릴 듯 말 듯, 누구를 향한 인사인지 알 수 없습니다. 이렇듯 사회생활에 약지 못한 그를 사람들은 한심하게 바라보는 것 같습니다. 영주 또한 직장에서는 사소한 인사도 기술인데, 그런 인사법 하나 익히지 못한 그를 '저 나이 되도록 사회생활 헛'했다고 여깁니다. 비록 수습 직원이지만 사회생활 요령은 자신이 더 잘 습득했다는 생각에 조중균 씨를 보며 자신감을 얻기도 하지요.

영주가 조중균 씨를 처음 인식하게 된 것은 그가 점심 식사를 하지 않는다는 사실을 알고 나서부터였습니다. 조중균 씨는 회사에서 밥을 먹지 않겠으니, 대신 식대를 돈으로 달라고 요구합니다. 이를 괘씸하게 여긴 본부장은 그에게 회사의 밥을 먹지 않았음을 증명하라며 점심시간 내내 그를 식당에 서 있게 만듭니다. 그는 매일 점심시간에 식당 정수기 옆에 서서 자신이 식사를 하지 않았음을 증명하고, 본부장에게 확인을 받습니다. 그때 조중균 씨가 수첩에 적어서 확인을 받는 문장이 바로 '나는 밥을 먹지 않았습니다.'라는 문장입니다.

조중균 씨는 자신만의 신념을 지키는 이러한 태도 때문에 회사에서 고지식하고 답답한 인물로 홀대받습니다. 사회에서 살아남기 위해 적당히 처세를 익히고 사소한 감상들은 버릴 줄 알게 된 영주의 눈에는 그런 그가 답답해 보입니다.

 어느 날 다리를 다친 해란이는 식당으로 내려갈 수 없는 상황이 되었고, 집에서 먹을 것을 싸 와서 식사를 해결했습니다. 하루는 해란이가 떡을 싸 왔는데 약간 상한 냄새가 나자, 다른 사람들은 모두 떡을 먹지 않습니다. 하지만 애써 떡을 들고 온 해란이의 성의 때문인지 조중균 씨는 주위 사람들의 만류에도 불구하고 떡을 먹습니다. 조중균 씨가 타인의 마음을 배려하는 사람임을 알 수 있는 부분이죠.

 첫 번째 열쇠말인 '나는 밥을 먹지 않았습니다.'는 자신의 신념을 지키며 행동하지만, 사회가 요구하는 처세와 적응, 효율적인 행동이 부족하여 다른 이들에게 무시받는 조중균 씨의 모습을 보여 주는 문장입니다.

### 🔑 두 번째 열쇠말_ 나는 나태하지 않았습니다

 영주와 해란, 조중균 씨가 한 팀이 되어, 어느 노교수의 역사 교재 개정판을 위한 편집과 교정 일을 맡게 됩니다. 다른 사람들이 보기에는 대충 교정을 봐서 기한에 맞추어 끝내면 될 일 같아 보이지만 조중균 씨는 그렇게 하지 않습니다. 자신이 맡은 교정을 위해 논문집과 역사 용어 사전 등을 가져와 오류들을 일일이 잡아냈고, 실제로 그가 잡아낸 오류들을 보면 잡아내야 할 만한 것들이었습니다. 그렇게 조중균 씨는 매일 야근을 하며 원고를 꼼꼼하게 교정하였습니다.

원래 예상했던 기간을 초과하자 노교수는 시도 때도 없이 전화를 걸어 호통을 치고, 회사 상사들도 대충 교정을 보고 넘기라며 조중균 씨를 압박합니다. 교정이 계속 늦어지자 화가 끝까지 난 노교수가 사무실을 찾아와 한바탕 난리가 납니다. 그러자 부장은 영주에게 조중균 씨의 작업량을 시간대별로 확인하라는 지시를 내립니다. 조중균 씨는 수첩에 '나는 나태하지 않았습니다.'라고 적은 문장을 들고 영주에게로 와, 비난도 힐난의 기미도 없이 사인을 해 달라고 합니다. 아무리 사소한 일이라도 자신이 맡은 일에 최선을 다하며 정확하게 끝내려는 조중균 씨의 모습을 볼 수 있습니다.

윤오영의 수필 「방망이 깎던 노인」에서도 이와 비슷한 모습이 그려집니다. 젊은 세대의 조급함 탓에 점차 사라져 가는 전통의 장인 정신과 그 장인 정신이 빚어낸 옛 물건들의 가치를 말해 주는 수필인데요. 작가가 젊은 시절 우연히 길에서 만났던 방망이 깎는 노인은 손님인 작가의 재촉과 항의에도 아랑곳하지 않고 자신이 만드는 방망이가 최선의 것이 될 때까지 시간과 정성을 들여 방망이를 깎습니다. 작가는 당장은 노인의 그런 태도에 화가 났지만, 방망이를 받아 든 아내의 칭송을 듣고 노인에게 미안함을 느끼게 된다는 내용입니다.

그러나 소설 속의 조중균 씨는 회사의 독촉에도 아랑곳하지 않고 교정에 완벽을 기하려다가 책 출간 일정에 차질을 빚어 결국 회사에서 쫓겨나고 맙니다. 교정 기한을 한 달이나 넘겨 회사에 해를 끼쳤다며, 직무 유기와 태만이라는 명목으로 해고된 것입니다. 소송이나 시위를 벌일지도 모른다며 부장이 경위서를 쓰고, 영주는 거기에 확인 사인을 했습니다. 결국 영주만이 정규직이 되어 회사에 남은 채 소설은 끝이 납니다.

자신만의 신념을 지키며 '나는 나태하지 않았습니다.'라고 외치는 떳떳한 조중균 씨였습니다. 하지만 세상이 그에게 요구하는 기준은 달랐나 봅니다.

### 🗝 세 번째 열쇠말_ **지나간 세계**

조중균 씨가 '나는 나태하지 않았습니다.'라는 수첩을 들고 나타났을 때, 영주는 그 수첩에 자신의 이름 적기를 거부합니다. 자신은 굶은 사람을 정수기 옆에 한 시간 동안 세워 놓는 본부장과는 분명 다른 사람이라고 생각한 것이지요. 둘 사이에 실랑이가 벌어지자, 해란이가 대신 이름을 적어 줍니다. 그리고 그날 저녁 영주, 해란, 조중균 씨, 셋은 회식을 합니다.

조중균 씨의 친구가 운영하는 술집에서 영주와 해란이는 조중균 씨의 「지나간 세계」가 품고 있던 낭만에 대해 듣습니다. 「지나간 세계」는 조중균 씨가 매일 아침 쓰는 시입니다. '어머니, 깃대를 들고 거리를 걷는다.'로 시작해 '우리가 버린 꽃은 말이 없네.'로 끝나는 이 시는 조중균 씨가 쓰기는 했으나, 누구든 원하는 사람은 자기 이름을 붙여서 자기가 쓴 것처럼 어느 자리에서나 낭송할 수 있었습니다.

조중균 씨가 대학을 다니던 시절, 수업 시간의 반 이상을 야당과 시위대를 욕하는 데 쓰는 역사 교수가 있었는데, 그 교수는 시험 문제도 없이 이름만 쓰면 점수를 주었다고 합니다. 정말 아무것도 적지 않고 이름만 써야 했던 것입니다. 행동하는 젊은이였던 조중균 씨는 아무것도 하지 않음으로써 성적을 얻게 만드는 교수에 대항하여 시험지에 이름 대신 「지나간 세계」라는 시를 적어 냈습니다. 아무것도 하지 않음으로써 얻을 수 있는 것에 부끄러움을 느끼고 순응하지 않은 것이지요. 그 결과, 그는 유급을 당하고 군대에 가게 되었고, 사고를 당하기도 합니다.

그런데 조중균 씨가 가진 그러한 부끄러움, 신념, 의지, 이런 것들은 조중균 씨가 살고 있는 현재의 세계에서는 통하지 않는 것 같습니다. 그래서 정수기 옆에서 점심을 먹지 않음을 확인받으려 기다려도, 매일 야근을 하며 자신이 맡은 일에 최선을 다해도 현재의 세계는 그를 외톨이로 만들거나 비웃습니다. 이러한 현재의 세계에서 고군분투하는, '지나간 세계'에 속한 조중균 씨의 모습을 볼 수 있습니다.

지금까지 자신만의 신념을 가지고 누구에게나 부끄럽지 않게 살아가려는 조중균 씨의 모습이 '지나간 세계'로만 존재하는 씁쓸한 내용의 소설 「조중균의 세계」였습니다.

 박은영 (부산국어교사모임)

# 알지 못하는 아이의 죽음

작가의 시선
너, 나, 우리에게 해 주고 싶은 말
우리는 어떻게 해야 하나?

　이번 시간에는 『글쓰기의 최전선』, 『쓰기의 말들』, 『다가오는 말들』 등으로 유명한 은유 작가의 2019년작 르포 『알지 못하는 아이의 죽음』에 대해 이야기해 보겠습니다.

　'르포'라는 장르가 생소할지도 모르겠네요. '르포'는 프랑스어 '르포르타주'의 줄임말입니다. 국어사전에서는 다큐멘터리 수법으로 현실의 사건과 사실을 충실하게 묘사하고 기록하는 문학 형식이라고 정의합니다. 즉 실화를 다룬 문학 장르라고 보면 되겠습니다.

　사실 이 작품을 선정하기까지 고민이 많았습니다. 가장 큰 고민은 이 아이의 죽음을 다시 읽어 낼 용기를 내는 것이었습니다. 지금은 중학교 교사로 일하고 있지만, 제가 사회에 첫발을 내딘 곳은 수많은 죽음을 목격하는 신문사의 사회부였습니다. 은유 작가의 이 기록들은 너무 생생해서 햇병아리 기자 시절 매일 만나야 했던 그 죽음들과 사연들을 떠오르게 했고, 어느 사이엔가 무감각해진 제 모습을 부끄럽게 했습니다. 어쩌면 지금도 외면하고 있는 저를 다시 돌아보기 싫었기 때문에 이 책의 선정을 망설였는지도 모릅니다. 하지만 올해 남자 중학교의 3학년 담임을 맡으면서, 특성화고에 진학하는 아이들을 많이 만나게 되었습니다. 이 아이들에게 해 주고 싶은, 아니, 해 주어야만 할 중요한 이야기가 이 책에 있기에 더 이상은 외면할 수 없었습니다. 책을 다시 펼쳐 봅니다. 그리고 용기를 내어 세 가지 열쇠말로 이 책을 살펴보려 합니다.

### 🔑 첫 번째 열쇠말_ 작가의 시선

작가는 각 장마다 유명한 글귀를 인용해 두었습니다. '들어가며'라는 서문에서도 '고통보다 오래가는 것은 이 무심한 세계의 지속이다.-문광훈'이라는 글귀를 인용했지요. 그리고 글쓰기 수업 시간에 어떤 청년이 제출한 과제물의 내용을 소개합니다. 그 과제물은 청년이 대학 시절 목격한 죽음에 대해 쓰여 있었습니다.

청년은 휴대폰을 보며 걷다가 나무에 머리를 부딪혔는데, 통증이 심했음에도 과외 아르바이트에 갔다고 합니다. 비몽사몽 과외를 끝내고 나오다 치킨 배달하던 소년이 교통사고로 오토바이 옆에 쓰러져 피를 흘리고 있는 모습을 목격합니다. 소년의 얼굴에는 표정이 없었다고 하지요. 며칠 후 다시 과외에 갔다가 그 소년이 인근 실업계 고등학교에 다니는 학생으로, 청년이 가르치는 학생의 중학교 동창이며, 그 사고로 사망했다는 이야기를 듣습니다. 청년은 그 일에 대해 이렇게 기록하고 있습니다. '알지 못하는, 아니 한 다리 건너 연결된 열일곱 살 아이는 그렇게 내 눈앞에서 어처구니없이 세상을 떠났다. 그 아이는 죽었는데, 나는 왜 살아 있을까? 그 아이의 죽음은 어떤 죄책감과 부채감처럼 마음에 남았다.'고.

작가는 그 청년의 글을 읽고 '내가 겪은 일처럼 다가왔다.'고 고백하고 있습니다.

그리고 세월호 사건이 일어난 해인 2014년 초봄, 작가는 친구로부터 알지 못하는 아이의 또 다른 죽음을 전해 듣습니다. 당시 고3이었던 CJ제일제당 현장 실습생 김동준 군의 죽음이었습니다. 김동준 군은 장시간 노동과 작업장 내 폭력에 시달리다가 스스로 죽음을 선택했습니다. 동준 군은 전날 밤, 트위터에 '너무 두렵습니다. 내일 난 제정신으로 회사를 다닐 수 있을까요?'라고 썼습니다. 동준 군의 어머니는 그때 '세상 사는 게 다 그렇게 힘든 거다.'라고 말했던 것이 너무 후회된다고 했답니다. 동준 군의 죽음을 전해 준 친구는 아이의 유언도 마음이 아팠지만 어머니의 말씀이 깊이 와닿았다고, 이제야 '세상 사는 법'에 대해 다르게 말할 수 있게 된 것 같다고 했답니다. 그래서 작가는 '현장 실습생의 죽음'에 관한 책을 만들어 보자는 제안이 왔을 때 오래된 숙제를 풀 기회가 왔다는 생각에 책을 쓴다고 집필 동기에 대해 적고 있습니다.

작가가 죽음을 어떻게 인식하는지, 조금이나마 이해가 되셨나요? 저는 이 무심한 세계에서 어떤 죄책감과 부채감을 지니고 살아가는 작가의 모습에 깊은 존경의 마음을 느꼈습니다.

작가는 이 책을 소설이 아닌 르포로 다루기로 합니다. 그리고 책의 구성도 일반적인 방식과 다르게 하려고 고민합니다.

이 책은 현장 실습생 김동준 군 이야기에서 출발하지만, 사건을 나열하는 방식을 택하지 않았습니다. 병렬식 이야기 구조는 그것을 자신의 문제로 받아들이기보다는 자칫 사회에 관한 지식을 축적하는 데 만족하거나 '사회 구조' 운운하면서 비판하는 태도를 취할 수 있기 때문입니다.

이 책에는 총 아홉 사람들의 목소리를 담았습니다. 1부는 김동준 군을 중심으로, 동준 군의 엄마 강석경 씨, 동준 군의 이모 강수정 씨, 동준 군 사건을 맡았던 김기배 노무사와의 인터뷰 내용을 담았습니다. 2부는 또 다른 현장 실습생으로 죽음을 맞은 이민호 군의 아버지 이상영 씨, 공고에서만 20년을 몸담은 특성화고 교사 장윤호 씨, 특성화고 재학생 임현지 씨, 특성화고 졸업생 서동현(가명) 씨, 또 다른 졸업생이자 '전국 특성화고 졸업생 노동조합' 위원장인 이은아 씨가 들려준 이야기들을 엮어 냈습니다.

'그 겹겹의 이야기 속에서 독자들은 살면서 만나 본 적 없는 존재, 잘 알지 못하는 아이인 특성화고 학생이자 현장 실습생을 피가 돌고 영혼이 깃든 온전한 존재로 만나고 그들과 자기 삶의 연결 고리를 발견하게 되기를 바랐다.'고 작가는 적고 있습니다.

 작가는 이 책을 쓰기 위해 얼마나 많은 사람들을 만나고, 인터뷰하고, 다시 들으며 내용을 정리했을까요. 그리고 독자들이 쉽사리 '사회 구조 탓'으로 돌리지 않고, '알지 못하는 아이'가 아닌 '아는 아이'로, 자신의 삶에서 연결 고리를 찾게끔 하려고 또 얼마나 고민했을까요.

 '작가란 다른 사람들이 하지 않는 이야기, 하고 싶어 하지 않는 이야기를 해야 하며, 특히 동시대의 문제를 폭로하고 경고해야 한다.'는 작가 도리스 레싱의 인용에 너무 잘 어울리는 작가의 시선이 아닌가 합니다.

### 🔑 두 번째 열쇠말_ 너, 나, 우리에게 해 주고 싶은 말

 김동준 군이 처한 현실은 일부일 수도 있겠지만, 아니 정말 일부이기를 간절히 바라지만, 특성화고의 현장 실습을 앞둔 학생들에게 꼭 들려주어야 할 이야기입니다.

 동준 군은 프로그래머가 꿈이어서 마이스터고를 입학했고, 자신의 꿈에 다가가기 위해 CJ그룹에 현장 실습을 나갔습니다. 그런 동준 군이 '차라리 죽었으면 편했을걸, 나는 왜 시발, 살아 있어서 술을 억지로 마셔야 하죠?', '내가 뭘 잘못해서 엎드려뻗치고, 신발로 머리 밟히고 까이고 당해야 하나요.', '진짜 나약한 소리지만 회사 다니기가 이렇게 싫어질 줄 몰랐어요.'라고 하소연합니다. 동준 군은 학생입니다. 그럼에도 현장 실습장에서 담배와 술을 강요당했습니다. 직장에서는 선배에게 요즘 군대에서도 보기 어려운 얼차려까지 당합니다. 동준 군을 구타한 선임은 아무에게도 말하지 못하도록, 말하면 다른 곳의 재취업은 물론 일상생활까지 어렵도록 만들 거라며 협박합니다. 참다못한 동준 군은 선생님께 알리면서도, 선배가 알게 될까 봐 겁에 질려 있었습니다. 담임 교사가 9시 13분에 보낸 '걱정하지 마. 네 뒤에 샘이 있잖아.'라는 문자는 동준 군에게 끝내 닿지 못했습니다. 동준 군은 7시 47분경 투신했기 때문입니다.

이 원고를 쓰기 위해 책을 다시 읽는데, 읽어도 또 읽어도 가슴이 참 아립니다. 우리는 어떻게 해야 할까요? 작가는 책의 곳곳에서 '자기 일에 책임을 다하는 사람이 되는 것보다 자기를 돌보고 지키는 사람이 되는 게 더 중요하다.'고 이야기합니다. 힘들면 회사는 가지 않아도 되며, 자기 자신을 지키는 일이 그 무엇보다 먼저라고요. 저 또한, 또 다른 동준이들에게 스스로를 먼저 돌보라고 말해 주고 싶습니다. 일자리는 또 구하면 됩니다. 저 또한 벌써 네 번째 직업입니다. 직업을 바꾸는 건 힘들지만, 그래도 죽는 것보다 훨씬 낫습니다.

이천 제일고등학교의 장윤호 선생님은 취업 업무를 맡았을 당시의 일화를 들려줍니다. 업체에 현장 실습생으로 나가 있다가 그만둔 학생의 부모님과 통화한 이야기입니다. 학생의 아버지는 직장에서 잔업이나 야근을 시키는 것은 어쩔 수 없는 일이겠지만, 아직 졸업도 하지 않은 학생에게 밤 12시, 1시까지, 그것도 매일, 잔업 수당도 지급하지 않으면서 일을 시키는 것은 너무 심하다고. 그런 곳에 아이를 보낼 수는 없다고 단호히 말씀하셨다고 합니다. 참으로 멋진 아버지죠? 어른들도, 교육도, 부모도 바뀌어야 합니다. 그리고 궁극적으로 우리 모두가 바뀌어야 합니다. 장윤호 교사는 '우리 사회의 가장 낮은 지점을 채워 줘야만 다른 사람들이 같이 좋아진다.'고 말합니다.

작가는 청소년 노동이 보호받지 못하는 노동 환경과 문화에서는 누구의 노동도 안전하지 못하다고 지적합니다. 이직을 하거나 새로운 부서에 발령받거나 안 하던 업무를 맡는 경우와 같이 낯선 환경에 던져지면 누구나 현장 실습생이 되며, 이때는 누구나 '적응'이라는 이행기를 거쳐야 합니다. 현장 실습생의 죽음은 더 이상 신문에서나 보던 얘기가 아닙니다. 모든 존재의 고통은 연결되어 있습니다.

### 🗝️ 세 번째 열쇠말_ 우리는 어떻게 해야 하나?

한국의 산업 재해 사망률은 OECD 회원국 중에서 2006년과 2011년을 제외하고는 23년간 '1위'를 기록하고 있습니다. 이런 현실에서 문제를 해결하기 위해 우리는 구체적으로 어떻게 해야 할까요?

가장 먼저 동준이들은 근로 계약서 작성을 당당하게 요구해야 합니다. 계약이 지켜지지 않으면 지키라고 요구해야 하고, 학생의 입장에서 요구가 어려우면 담임 교사나 부모님을 통해서라도 요구해야 합니다.

더불어 학교는 현장 실습 시 작성하는 표준 협약서가 제대로 지켜지고 있는지 현장을 찾아가서 눈으로 확인하고, 학생 면담을 통해 사실 여부도 이중으로 확인해야 합니다. 교사는 '부당한 상황에서는 참지 말아야 한다는 것을, 위험하면, 불안하면, 힘들면 작업을 거부할 권리가 있다는 것을, 회사는 그만두어도 된다는 것을, 세상에 원래 그런 건 없다는 것을' 가르쳐야 할 것입니다.

마지막으로, 정부와 국회는 기업체의 입장이 아니라 약자인 아이들의 입장에서 현장 실습을 관리 감독하고, 안전한 노동 환경을 보장해야 합니다. 이를 위해서 중대재해기업처벌법 등 관련 법 제정에 힘을 모아야 합니다.

일각에서는 아이들의 죽음을 돈벌이 수단으로 이용한다고 비난하기도 합니다. 그만 우려먹으라고 욕하기도 합니다. 하지만, 일본의 역사학자 후지이 다케시가 말했듯 '유가족들이 계속 싸울 수 있는 것은, 그들이 '피해자'이기 때문이 아니라, 스스로가 가해자임을 깨닫고 자신을 가해자로 만든 위치에서 벗어나기를 선택했기 때문'이지 않을까 싶습니다. 우리 모두가 가해자임을 깨닫고, 그 위치에서 벗어나려 노력할 때 진정한 변화가 나타날 것입니다.

'기쁨을 나누는 일은 배우지 않아도 사는 데 무리가 없지만, 슬픔을 나누는 일은 반드시 배워야만' 한다는 작가의 말로 『알지 못하는 아이의 죽음』편을 마치겠습니다.

 김상용 (부산국어교사모임)

조세희/ 난장이가 쏘아 올린 작은 공
조해일/ 매일 죽는 사람
김애란/ 도도한 생활
현진건/ 운수 좋은 날
계용묵/ 별을 헨다
김소진/ 열린사회와 그 적들
김정한/ 모래톱 이야기
나도향/ 행랑 자식
강경애/ 소금
김유정/ 만무방
최서해/ 탈출기
김애란/ 물속 골리앗

3부

# 가난의 얼굴

# 난장이가 쏘아 올린 작은 공

「난장이가 쏘아 올린 작은 공」은 원제보다 제목을 줄인 '난쏘공'으로 더 많이 불리는 작품이지요. 이 소설을 발표했을 당시에는 '난장이'라는 표기를 사용했지만, 그 이후인 1988년에 한글 맞춤법이 개정되어 현재의 표기로는 '난쟁이'가 맞습니다. 여기서는 원래 표기의 느낌을 살리고자, 발표 당시의 제목을 따라 '난장이'라는 용어를 사용하도록 하겠습니다. 「난장이가 쏘아 올린 작은 공」은 조세희 작가의 단편 소설로, 1975년부터 1978년에 발표된 열두 편의 연작 소설이 묶인 작품집의 제목이기도 합니다.

조세희 작가는 한국의 현대 문학사를 이야기할 때 빼놓을 수 없을 만큼 중요한 자리를 차지하고 있습니다. 그는 1965년 문단에 등단한 뒤, 우리 사회 약자들의 이야기에 관심을 기울였습니다. 특히 난장이 연작을 통해 1970년대 고도성장 뒤에 숨겨진 노동자들의 희생, 빈

부 격차 등에 대한 문제를 제기했습니다. 오늘 우리가 이야기할 작품 「난장이가 쏘아 올린 작은 공」이 바로 그 문제의 중심에 있습니다.

### 🔑 첫 번째 열쇠말_ **난장이**

'사람들은 아버지를 난장이라고 불렀다. 사람들은 옳게 보았다. 아버지는 난장이였다.' 이 소설은 주인공의 아버지가 '난장이'임을 고백하며 시작합니다. 가뜩이나 가난한 집 가장을 작가는 왜 하필이면 난장이로 설정했을까요? 난장이는 기형적으로 키가 작은 사람을 낮잡아 일컫는 말입니다. 말하자면 선천적 장애를 가지고 태어난 사람이죠. 장애를 가지고 살아가는 사람들에 대한 우리 사회의 편견과 차별은 얼마나 무서운가요? 더구나 가난한 집안의 장애인인 난장이 아버지는 더 큰 고통을 안고 살아가는 사회적 약자일 수밖에 없습니다. 작가는 주인공들을 가장 비참한 상황 속으로 몰아넣기 위해 이런 설정을 한 것입니다.

그런데 이 가족의 불행과 고통은 단지 아버지가 난장이라는 이유 때문일까요? 옆 동네 청년인 지섭이는 난장이 아버지에게, 아저씨는 평생 아무 일도 하지 않았느냐고, 무슨 나쁜 짓을 하거나 법을 어긴 적이 있느냐고, 간절한 마음으로 기도를 드린 적이 한 번도 없느냐고 질문합니다. 하지만 난장이는 평생을 열심히 일했으며, 단 한 번도 법을 어기거나 나쁜 짓을 한 적도 없고, 기도도 정말 간절히 올렸다고 답합니다. 그러자 지섭이는 "그런데 이게 뭡니까? 뭐가 잘못된 게 분명하죠? 불공평하지 않으세요?"라고 되묻습니다.

평생토록 나쁜 짓을 한 적도, 법을 어긴 적도 없이 가족을 위해 열심히 일한 아버지는 왜 입주권 하나 살 돈도 없이 가난할 수밖에 없을까요? 지섭이와의 이 대화는 이 가족의 힘겨운 상황이 단지 아버지가 장애인이고 가난하다는 개인적인 이유에서 비롯된 것이 아니라 뭔가 더 큰 사회 구조적 문제에서 비롯된다는 것을 드러내고 있습니다. 지섭이는 그런 상황을 불공평하다고 합니다.

1970년대는 도시와 농촌, 부자와 가난한 사람, 경영자와 노동자, 그 사이의 불평등이 아주 극심하던 시대였습니다. 사람들은 지긋지긋한 가난에서 벗어나기 위해 새벽같이 일어나 '잘살아 보세'를 외쳐대며 이를 악물고 일했지요. 노동자들은 세계 최고의 노동 강도와 저임금을 견디며 '성장이 먼저'라는 국가 목표를 달성하기 위해 노력했습니다. 그러나 노동자들이 흘린 땀과 눈물은 그들의 삶을 풍요롭게 만든 것이 아니라 대기업의 배만 불려 주었습니다. 거인과 같이 점점 비대해지는 대기업에 비해 경제 성장에서 소외된 노동자들은 난장이들과 같이 점점 작아지기만 했지요. 이런 의미에서 작가는 주인공을 난장이라고 설정한 것이 아닐까요?

이 작품을 좀 더 깊이 들여다보면, 난장이로 표현된 아버지는 단지 신체적 결함만을 표현한 것이 아닙니다. 도저히 제정신으로는 살아갈 수 없는 세상에서 정신적으로 황폐해지고 심리적으로도 위축된 정신적 불구를 상징하는 의미도 담지 않았을까 생각합니다.

이 작품은 아직까지도 스테디셀러로 꾸준히 사랑받고 있습니다. 그 이유에는 여러 가지가 있겠지만 그중 하나는, 지금도 우리 주변에 다양한 난장이가 살고 있기 때문인 것 같습니다. 갑을 관계에서의 수많은 을들, 다양한 직종의 아르바이트생들, 이주 노동자들, 성 소수자들 등등이 우리 시대에 여전히 존재하는 난장이들입니다. 이렇게 보면 바로 나, 내 가족, 내 이웃이 수많은 난장이들인 거죠. 시대가 바뀌었어도 여전히 존재하는 난장이들이 자신의 모습을 들여다보기 위해 이 작품을 읽는다고 생각하면 좀 씁쓸해집니다.

### 🗝 두 번째 열쇠말_ **환상성**

작품을 읽다 보면 중간중간 이상한 장면들이 나옵니다. 이웃 동네 청년 지섭이가 난장이 아버지에게 이제 죽은 땅을 버리고 달나라로 가야 한다고 말하거나, 난장이 아버지가 달나라에 가서 천문대 망원렌즈를 지키는 일을 하겠다거나, 술주정뱅이 아저씨가 난장이의 딸 영희는 비행접시를 타고 온 외계인들에게 끌려갔다고 말하는 장면 등입니다. 이런 이상한 이야기들이 소설의 자연스러운 흐름을 끊는 것 같기도 한데요. 작가는 왜 이런 비현실적인 이야기를 하고 있는 걸까요?

쉽게 생각하자면, 현실이 너무 고통스러워서 비현실적이고 환상적인 세계로 도피하는 것일 수 있습니다. 난장이 가족은 열심히 공부하고 열심히 일해서 돈을 모으는 것과 같은 현실적인 노력으로는 도저히 고통스러운 현실에서 벗어날 수 없습니다. 이 지옥 같은 현실에서 벗어날 수 있는 단 한 가지 방법, 그것은 지금 살고 있는 세계와는 전혀 다른 곳, 바로 달나라로 가는 것입니다. 희망 없는 현실에 사는 난장이 아버지는 달나라를 꿈꾸게 되고, 그곳으로 종이비행기를 날리거나 쇠공을 쏘아 올리는 거죠. 여기서 종이비행기나 쇠공은 새로운 세상에 대한 희망을 나타내지만, 결국 중력 때문에 추락하고 마는 절망을 의미하기도 합니다. 난장이들이 꿈꾸는 세계에 닿기는 그만큼 어려운 것이라는 의미겠지요.

영희를 끌고 간 외계인에 관한 이야기는 어떻게 해석할 수 있을까요? 영희를 데려간 부동산 투기꾼은 부자 동네에 사는 사람입니다. 부자 동네에 사는 사람과 빈민촌에 사는 사람들은 서로에 대해 얼마나 이해하고 있을까요? 날마다 고기를 먹으며 더 큰 집으로 이사 갈 궁리를 하는 부촌 사람들이 보리밥과 삶은 감자를 먹으며 자신의 집이 오늘 헐릴지 내일 헐릴지 모를 불안감에 시달리는 빈민촌 사람들을 과연 이해할 수 있을까요? 서로의 삶을 이해하지 못하는 것은 마치 외계인의 삶을 보는 것과 같은 느낌일 것입니다. 그래서 주정뱅이 아저씨는 영희가 외계인에게 끌려갔고, 영희가 타고 간 부동산 투기꾼의 승용차를 비행접시라고 주장하는 것인지도 모릅니다.

문학 평론가들은 「난장이가 쏘아 올린 작은 공」의 이런 환상성을 각기 다르게 평가합니다. 한편에서는 주제를 표현하는 데 큰 기여를 한다고 평가하는 반면, 다른 한편에서는 오히려 작품의 내용을 훼손

시키고 있다고 평가하기도 하지요. 여러분의 생각은 어떠한가요?

### 🔑 세 번째 열쇠말_ 300쇄의 부끄러움

1978년 6월 문학과지성사에서 출간된 작품집 『난장이가 쏘아 올린 작은 공』은 한국 문학사 최초로 2005년에 200쇄, 2017년에는 300쇄를 달성해, 총 137만 부 이상이 팔린 책입니다. 자신이 지은 책이 이렇게 오래도록 사랑을 받으면 작가로서는 당연히 자랑스럽고 기쁜 일일 텐데, 오히려 작가는 200쇄 출간 기념식 때 이 기록은 부끄러운 기록이라고 고백합니다. 억압의 시대를 기록한 이 작품이 아직도 이 땅에서 읽히는 것은 역설적이게도 30여 년 전의 불행이 끝나지 않았음을 증명하는 것이라고 설명하면서 말입니다.

이 말을 듣고 저는, 작가가 처음 「난장이가 쏘아 올린 작은 공」을 쓸 때부터 자신의 작품이 팔리지 않게 되는 날을 꿈꾸어 온 것이 아닐까 하는 생각을 했습니다. 「난장이가 쏘아 올린 작은 공」을 쓰던 시절, 언제 터질지 모를 지뢰를 밟고 사는 기분이었다던 작가는, 벼랑 끝에 '위험 표시' 팻말을 꽂자는 심정으로 이 작품을 썼다고 합니다. 많은 것들을 희생하고 포기하며 끝없는 경제 성장만을 위해 달려가던 1970년대의 비정상적인 질주에 브레이크를 거는 심정으로 썼던 것이겠지요. 앞으로는 이런 상황이 되풀이되지 않아야 한다는 간절한 마음도 담았을 것입니다. 이 소설이 그런 세상에 브레이크 역할을 제대로 해서 난장이들도 낙원구 행복동에서 희망을 가지고 살 수 있는 세상이 온다면 이 작품은 더 이상 존재할 이유가 없을 것입니다. 그런데, 슬프게도 40여 년이 훌쩍 지난 지금도 「난장이가 쏘아 올린 작은 공」이 여전히 스테디셀러로 독자들의 사랑을 받고 있는 것을 보면 난장이들의 낙원구 행복동은 아직 실현되지 않았나 봅니다.

이 작품을 가지고 학생들과 이야기하면, 아이들은 현재의 상황과 이 소설을 너무나도 잘 엮어서 읽어 냅니다. 2009년에 일어난 용산 참사에서와 같이 철거민 문제가 똑같이 반복되고 있고, 회사 측의 부당한 고용 문제 등에 항의해 크레인 위로 올라가는 노동자들의 모습에서는 영수와 영호의 모습을 볼 수 있기 때문입니다.

과연 언제쯤 이 소설의 배경을 설명하면서 '과거엔 이랬단다.'로 이야기할 수 있는 날이 올까요? 현 사회의 난장이들이 자신의 모습을 비춰 보는 거울로 이 작품을 읽는 것이 아니라 낙원구 행복동에서 그 이름에 걸맞게 살아가며 읽을 수 있는 날이 오기를 바라봅니다. 「난장이가 쏘아 올린 작은 공」이라는 작품이 과거의 아픈 시대를 조명하는 역할로서 400쇄, 500쇄의 기록을 남기기를, 그래서 작가가 자랑스러운 기록으로 여길 수 있기를 소망하며 이 글을 마칩니다.

 김미선 (충북국어교사모임)

# 매일 죽는 사람

'매일 죽는 사람'이라니, 제목이 특이하지요? 무슨 사연으로 매일 죽어야 하는지 그 사연을 살펴볼까요?

「매일 죽는 사람」은 조해일 작가의 등단작입니다. 조해일 작가는 1941년 중국 하얼빈에서 태어나, 광복 후 서울로 이주하여 경희대학교 국어국문학과 교수를 역임하였습니다. 1970년대 『겨울 여자』라는 소설이 베스트셀러가 되고, 이후 동명의 영화로 만들어져 큰 인기를 얻기도 했지요.

작품 속 주인공의 아버지는 '그'가 대학교 1학년 때 과로로 돌아가셨습니다. 어머니 역시 수술비가 없어 제대로 치료를 받지 못하고 돌아가시자 '그'는 완전히 외톨이가 되어, 다니던 대학을 그만두고 군대를 갑니다. 제대 후 갈 곳이 없어진 '그'는 옛날 가정 교사를 했던 제자를 만나 힘들게 결혼합니다. 하지만, 취직도 안 되고 몸도 약해 제대로 된 직업을 갖지 못합니다. 아내의 뱃속엔 7개월 된 아이가 있고, 하루하루 쌀과 연탄 걱정을 하며 살아가지요.

그러던 어느 날 친구의 소개로 엑스트라 일을 하게 되고, 매일 영화 촬영장에 나가 일거리를 구합니다. '그'가 처음 얻은 역할은 관 속에 들어가 시체가 되어 누워 있는 역할이었습니다. 그 역할 이후 '그'는 주로 죽는 역할을 합니다. 한 번 죽으면 300원을 받습니다. 왕복 버스비 20원, 라면값 30원을 제외하면 250원을 받습니다. 운 좋게 한 번 더 죽으면 300원을 더 받습니다. 그러나 아무리 많이 죽어도 끼니때마다 쌀 걱정, 연탄 걱정, 3개월 후 태어날 아이 걱정을 하지 않을 수가 없습니다.

한 번은 죽는 역할을 하다가 진짜 죽을 뻔하기도 했습니다. 가사 상태로 의식을 잃었는데, 가까스로 의식을 회복했지요. 그 후 그는 매일 집을 나서며 죽음을 생각합니다. 먹고살기 위해 일하러 가지만 그것은 곧 죽으러 가는 길이니까요. 삶의 아이러니가 아닐 수 없습니다.

### 🔑 첫 번째 열쇠말_ **구두**

이 소설은 '일요일인데도, 그는 죽으러 나가려고 구두끈을 매고 있었다.'라는 문장으로 시작합니다. '죽으러 나가려고'라는 표현이 독자의 궁금증을 유발합니다.

'그'는 엑스트라로, 영화 속에서 죽는 역할을 얻기 위해 매일 버스를 타고 촬영장으로 갑니다. 그러니 죽으러 나가는 것이지요. 그렇게 돈을 벌어야 밥을 먹을 수 있고, 아내에게 고기를 먹일 수 있습니다.

그런 '그'가 집을 나서기 전 구두를 공들여 신습니다. 3년간 신어, 오른쪽 구두끈이 거의 끊어지기 직전인 낡은 구두입니다. 그 구두를 마치 사람의 발에 밟혀 허리가 터진 한 마리 작은 송충이의 형상을 닮았다고 묘사합니다. '그'의 검정색 구두는 피곤하고 악에 받친 표정을 하고 있으며, 제발 '이젠 좀 놓아 주었으면' 하는 지친 노예와 같은 표정을 하고 있다고도 하지요. 허리가 터진 한 마리 작은 송충이 형상에, 지친 노예의 표정을 하고 있는 구두는 마치 죽으러 가는 '그' 자신 같아 보입니다.

작가는 먹고살기 위해 죽으러 가는, 지친 주인공의 모습을 이 낡은 구두에 빗대어 표현하고 있습니다. 주인공은 '그'의 구두처럼 낡고 초라하고 무기력합니다. 그런 면에서 이 낡은 구두는 1970년대의 우울한 사회상과 가난을 보여 주고 있다고 할 수 있습니다.

### 🔑 두 번째 열쇠말_ **죽음**

역설적이게도 그는 매일 죽어야 살 수 있습니다. 죽는 역할을 해야 돈을 벌 수 있기 때문입니다.

대학교 1학년 때 아버지가 돌아가시고, 어머니는 돈이 없어 제대로 수술을 받지도 못하고 병원에서 쫓겨나야 했습니다. 그리고 '그' 자신도 3개월간 늑막염으로 앓아누웠습니다. '그'에게는 죽음이 항상 가까이 있었습니다. '그'는 숨을 참고 움직여서는 안 되는 시체 역할을 하다가 실제로 의식을 잃고 가까스로 깨어난 적도 있었습니다.

'그'는 오늘도 죽는 역할입니다. 영화 주인공인 장군의 칼에 베여 죽는 포졸 역할인데, 촬영을 하다가 옆구리를 심하게 찔립니다. 그러나 '그'는 NG를 내서는 안 됩니다. 엑스트라니까요. 옆구리는 아파 오고 하루 종일 아무것도 먹지 못해 얼굴은 창백합니다. 탈진 상태가 된 '그'는, 오늘은 이상하게도 운이 좋아 두 번 죽습니다. 주머니 속에 590원을 들고 집으로 돌아오는 버스 안에서 '그'는 또 의식이 흐려집니다.

버스에서 내려 땅을 딛자 '그'는 오른쪽 구두끈이 끊어져 신발은 사라지고 맨발만 남게 된 것을 발견합니다. 오른쪽 구두는 어디서 잃어버렸는지도 모르게 사라져 버렸지요. 맨발이 된 오른쪽 다리가 갑자기 뻣뻣해지면서 '그'는 차고 습기 낀 죽음의 외각을 딛고 있다고 생각합니다. '그'는 구두가 벗겨진 오른쪽 맨발이 '죽음의 발'이라고 생각합니다. '그'는 가게들의 불빛이 죽은 사람을 전송하려는 장의의 불빛이며, 맨발인 오른쪽 발이 입관 직전의 죽은 사람을 의미한다고 생각합니다. 그러면서 누구나 죽어 간다고 생각하지요.

'그'는 물론 남들보다 죽음에 더 가까운 사람입니다. 매일 죽는 역할을 하면서 돈을 버는 사람이기 때문이지요. 그러나 역설적이게도 죽음이 있기에 돈을 벌어 하루하루 먹고살 수 있습니다. 매일 죽는 사람은 곧 매일 사는 사람인 셈이지요.

🔑 **세 번째 열쇠말_ 희망**

　그렇게 오른쪽 맨발을 보며 죽음을 생각하던 '그'는 아직 신발이 신겨져 있는 왼쪽 발을 보게 됩니다. 당연하겠죠? 아내와 뱃속의 아이가 있는 집으로 가기 위해서는 걸어야 하고, 걷기 위해서는 두 발을 번갈아 앞으로 내딛어야 하니까요. 그래서 왼쪽 발을 보며 '생명의 발'이라고 느낍니다. '그'는 자신이 마치 죽음의 발과 생명의 발을 하나씩 가지고 있는 것 같다고 생각합니다. 그 깨달음은 '그'의 마음을 어떤 신선한 감명으로 떨게까지 합니다. '아, 나의 또 하나의 발은 아직도 살아 있었구나! 이 발은 그리고 따뜻하고 편안하구나! 이것은 튼튼하구나!' 하는 감동을 느끼지요.

　아직 신발이 벗겨지지 않은 왼쪽 발, 즉 생명의 발을 보자 죽은 사람을 전송하기 위한 불빛으로 보이던 가게 불빛이 싱싱한 고기를 팔고 있는 가게 불빛으로 보이기 시작합니다. 생명의 에너지를 발견하게 된 것입니다. 그러면서 '그'의 눈에 싱싱한 소고기를 팔고 있을 듯한 식육점의 붉은 불빛이 보이기 시작합니다. 이 소설은 이렇게 희망을 이야기하며 끝이 납니다.

　'그'와 아내는 싱싱한 소고기를 사서 단백질을 보충했을 것입니다. 뱃속의 아이도 무럭무럭 자랐을 테고요. '그'는 시체 역할에서 벗어나 더 나은 역할을 하게 되었을까요? 그토록 간절하게 바라던 쌀 한 가마, 백 장 정도의 연탄, 영세민 아파트를 얻게 되었을까요? 부디 그러기를 바라지만 1970년대 급격한 산업화 시대의 도시 빈민, 소시민의 삶은 그리 녹록지 않을 것입니다.

 이 소설을 읽다 보면 현진건의 「운수 좋은 날」이 자연스럽게 떠오릅니다. 반어적인 제목도 그렇고, 하루하루 먹고살기 위해 고된 일을 하는 가장의 아픔도 그렇습니다. 1920년대도 그렇고, 1970년대도 그렇고, 가난한 사람들은 참 먹고살기 힘든 것이 삶인 것 같습니다.
 가난으로 인해 죽음의 그림자에 가까운 무기력하고 비참한 삶을 살아가는 사람들의 모습을 보여 주는 「매일 죽는 사람」을 꼭 읽어 보셨으면 좋겠습니다.

 권진희 (서울국어교사모임)

# 도도한 생활

피아노
만두 가게와 반지하방
도-도- 하고 우는 것

작품의 첫 문장을 읽을 때마다 처음 피아노를 배우던 순간이 떠오릅니다. 먼저 도를 찾고, 작은 손을 둥그렇게 말아 어떻게 힘을 줄지를 가늠하다가 숨을 딱 멈추고 건반을 누르던 그 순간을 말입니다. 피아노를 배워 본 적이 없더라도 책을 읽는 사람은 자연스럽게 처음 피아노를 배우는 어린 '나'의 시선을 따라가게 됩니다. 작품의 서두에서 '나'는 '도'에 대해 자세하게 공들여 설명하고 있기 때문입니다.

똑같이 생긴 피아노 건반 중에서 '나'가 쳐야 하는 도는, 아무 도가 아닌 꼭 그 '도'여야만 했습니다. 그랬기에 그 '도'를 찾는 것이 가장 중요했습니다. 피아노를 연주하는데, 어떤 기준의 역할을 하는 그 '도'. 그 '도'를 찬찬히 설명하는 '나'의 이야기를 듣다 보면, 그 '도'가 단순히 특정한 어떤 건반, '도'만을 한정하는 것이 아니라는 생각이 들었습니다. 그래서일까요? 이 작품을 잘 읽어 내기 위해서는, 그 '도'에서 시작하는 '나'의 이야기를 잘 따라가야 할 것 같다는 생각도 했습니다. 그럼, '나'의 이야기를 함께 찬찬히 살펴보겠습니다.

### 첫 번째 열쇠말_ **피아노**

이 작품은 피아노로 시작해 피아노로 끝난다고 해도 과언이 아닐 정도로 '나'와 피아노의 이야기가 대부분을 차지합니다. 어찌 보면 '나'와 피아노의 역사(歷史)라고나 할까요. 물론 그 역사는 완성형이 아니라 진행형입니다.

만둣집을 했던 '나'의 엄마는 자녀를 위해 그 시절의 부모님들이 그러했듯, 무언가를 '남들처럼' 해 주려고 합니다. 그게 엄마가 생각한 '보통'의 부모 역할이었겠지요. 가장 역할을 하느라 종일 만두를 빚고 찌던 엄마는 바쁜 와중에도 도시락을 준비해서 어린 '나'를 데리고 엑스포(EXPO)로, 놀이공원으로, 박물관으로 향합니다. 엄마는 막상 목적지에 도착해서는 아무것도 하지 못하고 다만 부족한 잠을 청하며 피곤한 몸을 달랠 수밖에 없었지만 말입니다. 엄마의 피로한 얼굴은, 아이를 남들처럼 평범하게 키우기 위해 할 수 있는 한 최선을 다한 애틋한 모성애의 결과로 나타난 것이지만 어린 '나'는 그걸 알지 못합니다. 그랬기에 어린 '나'는 그 장소들에서 크게 재미를 느끼지도 못하지요.

어린 '나'가 피아노를 배우게 되고, 형편에 맞지도 않는 피아노를 사서 집에 두게 된 것도, 엄마가 해 왔던 '나'의 여러 가지 체험처럼 '때가 되면 남들이 하는 것처럼 하는 보통의 삶을 따르는 것'과 같은 맥락이라고 볼 수 있습니다. 어린 '나'의 눈에도 집에 놓인 피아노는, 무언가 달라 보였습니다. '나'는 집에 놓인 피아노를 보며 삶의 질이 나아진 것 같다고 느낍니다. '나'의 일상은 별반 달라진 게 없는데도요.

집에는 피아노가 생겼지만, 만두를 빚고 찌고 팔아 내는 일상에서 엄마는 벗어나지 못했습니다. 억척스러운 엄마 덕분에 가족 모두의 생활이 유지되었고, 그나마 '보통'의 기준을 따라가는 생활을 꿈꿀 수 있었습니다. 하지만 그마저도 경제적으로 무능했던 아빠가 당한 사기 때문에 무너지고 맙니다. 압류 딱지가 붙기 전에 미리 처분할 만한 물건을 찾던 엄마는 집에 있는 유일한 고가품인 피아노를 보고 한참을 고민하지만 팔지 않기로 합니다. 당장 둘 곳도 없었지만 그렇다고 포기할 수도 없었던 피아노. 엄마에게 '피아노'는, 쓸모나 돈의 가치로 바꿀 수 없었던 그 어떤 것이었습니다. 엄마의 결정은, '마지막 남은 자존심을 어떻게든 지키려는 마음'과 '피아노가 집으로 왔던 행복했던 날에 대한 기억'과 '확신할 수 없지만 그런 날이 다시 돌아올지도 모른다는 소박한 희망'이 복합된 것으로 보입니다.

결국 '나'는 엄마의 뜻에 따라 언니가 사는 서울의 반지하방으로 피아노를 가져옵니다. 피아노를 옮기는 일은 쉽지 않았습니다. 순간 손을 놓친 피아노는 계단 위에서 구르다가 망가집니다. 그때 '나'는, 처음 피아노를 보았을 때 멋지다고 생각했던 문양이 가짜임을 알게 됩니다. 외삼촌이나 피아노의 상태를 걱정하기보다는 피아노가 낸 큰소리에 더 신경을 씁니다. 피아노와 반지하방이라는 어울리지 않는 조합에 민망함도 느낍니다. 관리비를 더 내겠다는 조건을 걸고 절대 치지 않겠다는 약속을 하고 나서야 피아노는 반지하방에 안착할 수 있었습니다. 언니의 반지하방에서 함께 사는 '나'의 처지와 유지하기 위해 더 많은 돈이 들고 칠 수도 없는 피아노는 몸에 맞지 않는 옷처럼 보입니다. 하지만 '나' 역시 엄마처럼 피아노를 지키기 위해 애씁니다.

한편 어린 '나'는 처음에는 여느 아이들이 그렇듯 피아노에 관심을 보이며 남들처럼 진도를 나갑니다. 그런데 '나'는 여느 아이들과는 좀 다르게 피아노를 잘 치기보다는 '적당히' 치고 싶어 합니다. '나'의 이런 마음은 '보통'을 따라가려고 애썼던 엄마의 마음과 비슷합니다. 또한 '나'는 체르니를 배우기보다는 그 낱말을 가지고 싶어 합니다. '체르니'라는 단어는 만둣집이라는 '나'의 현실과는 다른 세상에 있는 단어라고 생각했기 때문입니다. 하지만 '나'는 자라면서 '체르니'나 '피아노'와 같은 낱말은 '나'의 삶에서는 도달하기가 어려운, 먼 곳에 있는 단어임을 깨달아 갑니다. 이렇게 보면 피아노는 '나'에게도 엄마가 그랬던 것처럼 쓸모를 넘어서는 그 어떤 것, 일종의 '자존심'과도 같은 것임을 알 수 있습니다.

### 🔑 두 번째 열쇠말_ **만두 가게와 반지하방**

만두 가게와 반지하방, 두 공간은 묘하게 닮았습니다. 만두 가게는 어린 '나'가 가족들과 함께 살아온 공간입니다. 반지하방은 성년이 된 '나'가 서울에서 언니와 함께 거주하는 공간입니다. 두 공간은 주거를 위해 만들어진 공간은 아니지만, 그 공간에서 '나'와 엄마는 생활도 하고 생계를 유지하기 위한 일도 합니다. 어린 '나'는 만두 가게 한 편에 놓인 피아노를 식사를 하는 사람들 사이에서 치고, 밤에는 그 공간에서 잠을 청합니다. 갓 스무 살이 된 '나'는 등록금을 마련하기 위해 좁은 반지하방에서 고장 난 키보드로 밤새 모니터를 쳐다보며 타이핑을 하고, 낮에는 일하는 언니 대신 살림을 합니다.

'나'는 서울에 있지만 서울에 있는 것 같지 않다고 생각합니다. '나'와 언니가 하루를 살아 내기 위해 애쓰는 일상의 공간인 서울은, 그동안 '나'가 상상해 왔던 서울과 달랐기 때문입니다. 진짜 대학생이 되기 위해 '나'는 밤새 아르바이트를 하고 낮에는 언니 대신 집안을 돌보며 바쁘게 지냅니다. 더 좋은 기회를 얻기 위해 언니는 낮에는 계산대 보조 일을 하고 밤늦게까지 편입 공부를 합니다. 고향에 있는 엄마가 살아온 삶과 '나'의 삶은 다르지 않습니다. 어쩌면 '나'의 삶이 엄마의 삶보다 더 나빠졌다고도 볼 수 있습니다. '나'와 달리 엄마는 그래도 지상에서 살고 있으니까요.

엄마와 '나'는 열심히 살았지만, 생활은 나아지지 않았습니다. 집에 더 이상 피아노를 둘 수 없을 만큼 엄마는 곤궁해졌고, '나'와 언니는 피아노를 마음대로 칠 수 없는 반지하방에서 벗어나지 못합니다. 오히려 폭우 때문에 피아노를 잃을 수도 있겠다 싶은 순간까지 옵니다. 이처럼 만두 가게와 반지하방이라는 공간은 엄마와 '나'가 처해 있는 현실이 열심히 노력해도 쉽게 벗어나기 어려운 곳임을 단적으로 보여 줍니다.

　엄마와 '나'가 닮은 점은 삶의 공간 말고도 또 있습니다. 두 사람은 각자의 공간에서 '보통'의 삶을 살기 위해 무척 애씁니다. 엄마는 다른 부모들처럼 아이를 위해 애썼습니다. 지금 '나'는 반지하방에 혼자 있어도 사람들과 관계를 맺으며 사는 평범한 대학생의 삶을 꿈꾸며 그것을 이루려고 노력합니다. '보통'의 기준이 치아와 외모를 가꾸는 것으로 달라진 시대에 살고 있는 '나'는, 결국 그 기준에는 도달할 수 없겠지만 그래도 최선을 다합니다. 이렇게 엄마와 '나'와 언니는 모두 만만치 않은 현실에 발을 디디고 있지만 자신이 원하는 것을 이루기 위해 최선을 다한다는 점도 닮았습니다.

　당연한 이야기겠지만, 시대가 달라지면서 '보통'을 가리키는 기준도 달라졌습니다. 노력을 많이 기울여도 '보통'의 기준에 맞는 삶을 살고 유지하는 것이 쉽지 않게 되었습니다. 보통의 삶을 살아가는 것처럼 보였던 엄마도, 결국 그 생활을 유지하지는 못했습니다. 부모 세대와 '보통'의 기준이 달라진 시대를 살고 있는 '나'와 언니는 엄마가 '나'에게 해 주었던 '보통'의 삶을 살 수조차 없을지도 모릅니다. 그렇지만, 사람들이 말하는 '보통'의 기준에 지금 당장은 미치지 못해도 내일은 오늘보다 나아질 것이라고 기대하며 '보통'의 삶을 따라가기 위해 열심히 살아가고 있는 것만은 분명합니다.

### 🔑 세 번째 열쇠말_ 도-도- 하고 우는 것

도레미파솔라시도 중 가장 낮은 음인 도. 도는 피아노를 연주하기 위한 기준점이 되는 음이기도 하지만, 8음계의 시작점이기도 합니다. 사람들은 일상을 살아 내기 위해 시작점인 도를 찾는지도 모릅니다. 일상의 힘겨움 때문에 아무도 모르게 낮은 소리로 도-도- 하고 우는지도 모릅니다. 하지만 '나'는 그조차 쉽지 않습니다. 도-도- 하고 울고 싶었던 '나'는 피아노를 선뜻 열지 못합니다. 주인집 사내와 맺었던 계약 때문입니다. 주인집의 공사로 피아노를 들키지 않고 칠 수 있겠다는 생각에, '도'를 눌렀다 들켜버린 '나'는, 주인집 남자의 추궁에도 끝까지 피아노를 치지 않았다고 우깁니다. 그 후 '나'는 휴대 전화의 버튼음으로 피아노 소리를 대신합니다. '나' 역시 아무도 모르게 도-도- 하며 우는 사람이 된 것이지요.

아버지가 돈 사고를 치고 엄마 대신 '나'에게 연락을 한 날, 하필이면 폭우가 쏟아집니다. 게다가 그 순간, 언니와는 연락이 되지 않습니다. 일상의 어려움이 한꺼번에 몰려온 순간, 열심히 살아온 삶의 흔적이 물거품처럼 사라지는 순간, 물이 점점 차오르면서 피아노를 못 쓰게 될 것 같다는 생각이 분명해진 순간, '나'는 드디어 용기를 내어 '도'를 누릅니다.

도도한 생활이 무엇일까? 책장을 덮으며 생각해 봅니다. '도도하다'의 사전적 의미는, '잘난 체하여 주제넘게 거만하다'입니다. '나'와 '엄마'의 생활은, 도도함과는 거리가 있습니다. 피아노만은 지키려는 엄마와 '나'의 필사적인 모습은, 주인집 남자와 같은 사람의 눈에는 어울리지 않는 행동을 하는 사람, 주제넘어 보이는 모습일 수도 있겠지요. 하지만 마지막 순간까지 피아노를 지키려는 '나'와 엄마의 모습은, 마지막 하나 남은 자존심만은 지켜 내며 열심히 살아가는 이들의 모습을 담아낸 것이라는 생각도 들었습니다. 이 자존심만은 지키며 생활하겠다는 것이 '도도한 생활!'인 것이지요.

　도는 음계에서 가장 낮은 음이면서 가장 높은 음입니다. 낮은 도에서 높은 도로 이어지는 피아노의 건반 위에 엄마와 '나'가 있습니다. 비록 두 사람의 일상은 낮은 '도'와 같이, 가장 낮은 곳, 시작점, 어려운 현실 속에 머무르고 있지만, 피아노를 지켜 내고 연주하려는 모습을 통해 내일은 오늘보다는 나을 것이라는, '보통'의 기준을 따라가기 위해 희망을 품고 사는, 언젠가 이루어질 높은 도의 꿈을 놓치지 않는 삶을 표현한 것으로 보입니다. 두 사람의 삶은, '도와 도가 반복되는 생활'인 것처럼 보이지만, '도에서 살지만 도를 향한 생활'이기도 합니다. 이 모두가 '도도한 생활'인 셈이지요. '도도한 생활'이 그 무엇이든, 읽는 사람은 두 사람의 일상을, 응원하게 됩니다.

 이은주 (부산국어교사모임)

# 운수 좋은 날

**인력거꾼
비
반어**

"설렁탕을 사다 놓았는데 왜 먹지를 못하니?"

세상에 나온 지 100년이 넘은 이 소설의 한 구절은 아직도 TV의 오락 프로그램 등에서 패러디되며 사람들의 입에 오르내리고 있습니다. 한국 단편 소설의 역사를 얘기할 때 빼놓을 수 없는 작품인 「운수 좋은 날」은 1924년 『개벽』이라는 잡지에 발표되었습니다.

우리나라 단편 소설의 틀이 확립된 시기를 1920년대로 보는데, 이 시기에 작가 현진건은 시대를 뛰어넘을 만한 빼어난 단편 소설들을 많이 발표했어요. 그는 활동 초기에 지식인을 주인공으로 내세운, 자전적인 신변 소설을 주로 발표했습니다. 「빈처」나 「술 권하는 사회」 등이 그 시기의 작품들입니다. 그러다가 「운수 좋은 날」을 필두로 해서 일제 강점기의 민족적 현실에 눈을 돌리게 됩니다. 식민지 현실에서 고통받는 민중들이 소설의 주인공으로 등장하는 것이지요.

이 소설은 동소문 근처에 사는 어느 가난한 인력거꾼의 하루를 극적으로 그린 이야기입니다. 구체적인 줄거리를 먼저 살펴보겠습니다.

겨울비가 추적추적 내리는 날, 가난한 인력거꾼 김 첨지는 오랜만에 운수가 좋아서 평소보다 몇 배나 되는 돈을 법니다. 하지만 아침에 나올 때 앓아누운 아내가 오늘은 나가지 말라고 했던 것이 떠올라 계속되는 행운에도 불안해하죠. 일을 다 마치고 선술집에서 친구 치삼이와 술을 마시면서도 김 첨지는 아내가 죽었을지도 모른다는 불안감에, 울다 웃다 돈을 내동댕이치다 이상한 행동을 해요. 취중에도 아내가 오래전부터 먹고 싶어 했던 설렁탕을 사 가지고 집에 들어갔는데 무시무시한 정적이 그를 맞이합니다. 이 무서운 침묵을 깨려고 소리도 질러 보고 아내를 발로 차 보기도 하지만 이미 아내는 죽은 후입니다. 김 첨지는 죽은 아내의 얼굴에 자신의 얼굴을 부비며 닭똥 같은 눈물을 뚝뚝 흘립니다.

🗝 첫 번째 열쇠말_ **인력거꾼**

주인공 김 첨지의 직업은 인력거꾼입니다. 지금은 사라진 직업이지만 당시에는 인력거꾼을 흔히 볼 수 있었지요. 교통이 발달하지 않았던 그 시기에 인력거는 중요한 이동 수단이었습니다. 그런데 전차가 등장하면서 점차 인력거꾼들의 수입이 줄어들기 시작하고, 이 때문에 김 첨지네 가족도 더욱 살기가 어려웠을 거예요.

김 첨지의 삶을 더 잘 이해하려면 당시 우리나라의 상황에 대한 배경지식이 더 필요할 것 같습니다. 일제는 1910년부터 1918년까지 대규모 토지 조사 사업을 벌였어요. 겉으로는 조사였지만, 우리나라 토지를 약탈하기 위한 일제의 농간이었죠. 신고된 토지는 세금을 철저히 매겼고, 신고되지 않은 토지는 국유지로 둔갑하여 동양척식주식회사로 넘어가 일본인에게 헐값에 팔렸습니다. 초등학생용 백과사전을 보면 이러한 토지 조사 사업을 하는 일제를 '날강도'로 표현하고 있는데, 쉽고도 적절한 표현인 듯합니다. 이때를 기점으로 많은 자작농이 소작농으로 전락하게 됩니다. 농사를 아무리 열심히 지어도 먹고살 수가 없으니 고향을 떠나는 농민들이 늘어났고, 도시로 흘러 들어간 이들은 별다른 기술이 없어 일용 노동자가 되기도 했습니다.

소설 속에는 김 첨지의 과거가 전혀 나오지 않지만 이러한 상황에 비추어 보면 김 첨지가 왜 인력거꾼이 되었는지, 왜 가난한지 짐작해 볼 수 있습니다. 도시 노동자 중에서도 인력거꾼은 아주 하층민이에요. 그러니까 김 첨지는 특정한 개인이라기보다는 일제하에서 힘들게 살았던 민중들을 대표하는 인물로도 해석할 수 있겠습니다. 소설 속에서 김 첨지가 아내에게 험한 욕설을 내뱉거나, 선술집에서 욕지거리를 하고 돈을 내동댕이치기도 하는 장면들을 보면 이러한 하층민의 모습을 정말 실감나게 그렸구나 싶어요.

그런데, 김 첨지가 아내에게 심한 욕을 하고 거칠게 대하는 장면을 보면 김 첨지가 아내를 사랑하긴 했을까 하는 의문이 듭니다. 아내를 사랑하기는커녕 가정 폭력을 행사하는 무능력한 가장으로 보이지요. 요즘의 시선으로 보면 납득하기 어려운 부분이지만, 이에 대해서는 당시의 시대 배경과 작가의 의도에 근거하여 작품을 해석하는 관점을 가져야 할 것 같습니다. 조선 시대의 가치관이 남아 있던 남성 중심의 가부장적 사회였던 점, 김 첨지의 밑바닥 인생과 비극성을 더욱 효과적으로 드러내기 위한 장치였다는 점을 감안해야 하는 것이지요.

 취중에도 아내가 먹고 싶다던 설렁탕을 사 들고 가는 것에서 알 수 있듯, 소설을 꼼꼼히 들여다보면 김 첨지의 진심은 이런 거친 언행들과는 다르다는 것이 드러나요. 아프다는 아내의 뺨을 친 후에 '김 첨지의 눈시울도 뜨끈뜨끈한 듯하였다.'라는 구절이 이어지는데 김 첨지도 속으로는 마음이 아팠다는 것을 알 수 있지요. 설렁탕이 먹고 싶다는 아내에게 욕을 하는 장면에서도 '못 사 주는 마음이 시원치는 않았다.'라는 구절로, 김 첨지의 마음을 표현하고 있습니다.

 이렇게 속마음과 겉으로 드러나는 말투를 다르게 설정한 의도가 있습니다. 속되고 거친 말투를 여과 없이 그대로 보여 주고 있는 것은, 영화에서 욕이 그대로 나오면 현실감이 짙어지는 것과 같은 이치입니다. 당시 하층민의 생활상을 더욱 사실적으로 그려 내기 위해서죠. 이런 이유로 현진건은 사실주의 작가로 평가받고 있습니다.

### 🔑 두 번째 열쇠말_ 비

작가들은 작품의 주제를 효과적으로 부각시키기 위해서 상징적 장치를 많이 사용합니다. 특히 단편 소설은 짧은 분량 안에서 작가가 의도하는 바를 선명하게 드러내야 하기 때문에 사소해 보이는 소재나 배경도 각각의 역할들을 하기 마련입니다.

이 소설은 '새침하게 흐린 품이 눈이 올 듯하더니 눈은 아니 오고 얼다가 만 비가 추적추적 내리는 날이었다.'로 시작합니다. 겨울인데 눈이 아니고 비가 내리고 있지요. 그냥 오는 것도 아니고 추적추적 내리고 있습니다. 또, 김 첨지의 불안이 고조될 때마다 비가 언급됩니다. 겨울인데 비가 와서 어두침침해지면 어떤 느낌이 들까요? 소설 전체에 음산하고 쓸쓸한 분위기가 깔리며, 사건의 전개에 따라 불길한 느낌이 스멀스멀 스며들 것입니다.

이처럼 비가 소설 처음부터 끝까지 계속 내리는 이유는 김 첨지가 처한 어두운 현실을 상징하기 위해서입니다. 김 첨지에게 장차 다가올 불행을 암시하는 역할도 하죠. 그러니까 비는 단순한 자연 현상이 아니라 주인공의 심리 상태와 운명을 대변하고 있는 것으로 봐야 합니다. 작가는 치밀한 계산 아래 겨울비가 오는 배경을 설정한 것입니다.

### 🔑 세 번째 열쇠말_ **반어**

여러분들은 이 소설을 읽기 전에, '운수 좋은 날'이라는 제목을 보면서 어떤 생각을 하셨나요? 운이 좋은 어떤 날을 그린 소설인가 하고 추측했거나, 아니면 정말로 운수 좋은 날을 그린 소설이 맞나 하는 의문을 가졌을 것 같습니다. 후자와 같은 생각을 했다면 여러분은 작가의 의도를 거의 알아챈 것입니다.

'반어'는 말로 표현한 것과 말하고자 하는 것이 반대되는 것입니다. 이 작품의 제목은 '운수 좋은 날'인데 김 첨지에게는 아내가 죽은 날이니 사실은 제일 비통한 날인 셈입니다. 제목과 내용이 정반대인 거죠. 그런데 작가는 왜 제목을 이렇게 지었을까요? 왜 제목과는 정반대인 내용으로 이야기를 만들어 갔을까요?

소설의 다른 전개를 한번 상상해 보겠습니다. 첫 번째로, 김 첨지는 아내가 아프니 일하러 나가지 않고 아내를 병간호하는데 끝내 아내가 죽습니다. 두 번째 가정은, 김 첨지가 일하러 나갔는데 한 푼도 벌지 못하고 집에 들어와서 아내의 죽음을 맞이하는 것입니다. 이 두 가지 경우와 이 소설의 내용을 한번 비교해 보세요. 세 가지 전개 중 어떤 것이 김 첨지의 비극을 가장 효과적으로 보여 줄까요?

물론 이 소설의 내용입니다. 운이 그렇게 좋았는데 아내가 죽었으니 말입니다. 운이 좋았는데, 아내의 병을 고칠 수 있는 돈을 벌어 왔는데 아내가 죽어 있으니 세 가지 설정 중 가장 비극적인 결말이지요. 이처럼, 소설의 비극성을 더욱 잘 드러내기 위해 '반어'의 기법을 활용한 '운수 좋은 날'이라는 제목을 붙인 것입니다.

작가는 김 첨지의 불행을 김 첨지 개인의 불행으로만 생각하지 않았을 것입니다. 개인이 아무리 발버둥 쳐도 극복될 수 없는 가난. 그의 가난은 이미 시대적 상황과 사회의 구조에 의해 결정돼 있던 것이나 다름없습니다. 김 첨지가 살고 있는 사회는 김 첨지에게 결코 행운을 용납하지 않습니다. 그렇기 때문에 김 첨지를 기다리고 있는 것은 비극일 수밖에 없는 것입니다. 김 첨지의 비극은 우연이 아니라 필연이라는 말이죠. 적어도 작가는 그걸 의도했던 것 같습니다.

 이 소설을 통해 1920년대 민중들의 고달픈 삶에 대해 되짚어 보았습니다. 작가는 김 첨지가 느끼는 고통을 독자들도 함께 느끼기를 바랐을 것 같습니다. 소설이란 게 재미를 주기도 하지만 '이것이 과거 우리 삶의 모습이다.'라고 외치기도 하지요. 소설과 우리의 삶은, 과거와 현재는 그렇게 연결이 됩니다. 또한, 우리 사회에는 여전히 현대판 김 첨지가 존재합니다. 비록 소수이지만, 사회 구조에 의해 가난이 결정되는 사회가, 완전히 과거의 일만은 아니라는 것입니다. 독자 여러분들이 이 작품을 감상하는 데에 조금이라도 도움이 되셨길 바라며, 이만 마치겠습니다.

 강양희 (고양파주국어교사모임)

# 별을 헨다

「별을 헨다」는 1946년 12월 24일부터 31일까지 「동아일보」에 7회에 걸쳐 연재된 작품입니다. 먼저 작가에 대해 알아보겠습니다. 계용묵의 처음 이름은 하태용입니다. 복잡한 사정 때문에 처음에는 외가의 호적에 하태용으로 등록되었다가 나중에 아버지 호적에 계용묵으로 올린 것입니다. 아버지의 집안은 평안북도 선천의 대지주였는데, 신학문을 반대하는 할아버지 때문에 주로 서당에서 한학을 공부했습니다. 몰래 서울로 가서 중동학교, 휘문고등 보통학교 등을 잠깐씩 다니기도 했으나 할아버지한테 잡혀서 고향으로 돌아가야 했습니다. 결국 고향에서 독학으로 외국 문학을 읽으면서 습작을 했으며, 일찍 결혼해서 아내와 자식을 데리고 일본에 가서 공부했습니다. 하지만 유학 중에 집안 형편이 어려워져서 귀국하고, 조선일보 기자 생활을 했습니다.

17세 때 소년 잡지에 시가 당선된 것으로 보아 일찍부터 문학에 재능을 보였던 것 같습니다. 1925년 『조선문단』에 단편 소설이 당선되면서 본격적으로 작품 활동을 시작했습니다. 많은 작품을 쓴 작가는 아니어서 평생 40여 편의 단편 소설만 남겼는데, 대표작은 「백치 아다다」입니다. 계용묵의 작품은 묘사가 정교하고 구성이 깔끔하다는 평을 듣습니다. 광복 직후 우리 문학계가 좌우익으로 나뉘어 대립할 때 계용묵은 어느 쪽에도 속하지 않았는데, 그런 그의 인식은 「별을 헨다」에서도 어느 정도 짐작할 수 있습니다.

### 🔑 첫 번째 열쇠말_ **유랑민**

이 작품의 주인공인 아들과 어머니는 원래 고향이 북쪽 어느 곳입니다. 넓게 바다가 펼쳐져 있다고 했고, 고향에 가기 위해 청단까지 가는 기차표를 사는 것을 보면 황해도 어디쯤일 거라는 짐작을 할 수 있습니다. 청단은 지금 북한의 황해남도에 있는 군 이름입니다.

이들은 일제 강점기에 고향을 떠나 만주에서 살다가 광복이 되면서 귀국을 합니다. 이들은 일본이 물러갔다는 소식에 무척 기뻐하며, 어머니는 무엇보다 고향 땅에 뼈를 묻게 되었다고 좋아하죠. 만주에서 돌아가신 아버지의 뼈도 고향에 묻어야겠다는 생각에 묘를 파고 아버지의 유골을 챙겼습니다. 고향까지는 찻길로 오는 게 빠르지만 뱃길이 더 안전하다고 생각해서 배를 탔습니다. 우리나라 땅이면 어디든 괜찮다고 생각한 거죠.

　인천에 내려서 북쪽으로 갈 계획이었는데, 생각지도 않았던 삼팔선이 그어져 있었습니다. 삼팔선은 우리나라가 광복될 때 미국과 소련이 남북을 나눠서 통치하기 위해 북위 38도를 기준으로 그은 선입니다. 당시는 6·25 전쟁 전이었기 때문에 대수롭지 않게 생각하고 삼팔선을 넘어 고향으로 가기로 합니다. 하지만 삼팔선을 넘는데 갑자기 총소리가 나고 동행 중 한 사람이 총에 맞아 쓰러집니다. 삼팔선을 '국경 아닌 국경'이라고 표현한 것을 보면 당시의 시대적 상황을 짐작할 수 있습니다.

　이들은 삼팔선을 넘는 것이 쉽지 않다고 판단을 하고 서울에 눌러앉기로 합니다. 어디를 가더라도 제 손으로 터를 닦아야 할 처지인지라 서울도 내 땅이라고 생각하며 보따리를 풀었죠. 하지만 광복 직후의 어수선한 상황에서 맨몸으로 터전을 일구는 건 생각보다 쉽지 않았습니다. 일자리를 잡기도 어렵지만 집을 구하는 건 더 어려운 일이었습니다.

　이들은 지금 산자락에 움막을 짓고 어머니와 아들이 담요 두 장에 의지해서 살고 있습니다. 끼니는 밀가루떡으로 때워야 하는 형편입니다. 게다가 마을 사람들은 이들에게 매우 적대적이어서 불 지필 낙엽도 못 긁게 합니다. 낙엽을 긁고 풀을 뜯어서 민둥산이 되면 산사태가 나기 때문에 이들을 쫓아내려고 합니다. 그런 상황에서 또 겨울이 닥쳐오고 있습니다.

## 두 번째 열쇠말_ 전쟁터

그런 아들에게 집을 구해 주겠다는 친구가 나타납니다. 오래 사귄 친구는 아니고 만주에서 인천으로 오는 배에서 만난 사이인데, 방을 구하기 위해 복덕방을 뒤지고 다니다가 길거리에서 우연히 다시 만난 겁니다. 똑같이 맨몸으로 귀국했으나 그 친구는 제법 성공을 한 모양인지, '그'에게 호의를 베풀려고 합니다. '그'가 거절했지만 친구는 일방적으로 집을 구하러 갈 약속을 잡았습니다.

호의를 무시할 수 없어서 친구가 만나자고 한 남대문 시장 부근으로 갔습니다. 사람들로 북적대는 남대문 시장에서 '그'는 물건을 흥정하고 있는 친구를 발견했습니다. 친구는 무척 어수룩하고 순박해 보이는 스물다섯 남짓한 청년과 잠바를 들고 흥정을 하고 있었습니다. 어수룩한 청년이 잠바를 팔려고 하는데, 친구는 입어 보는 것처럼 잠바를 걸친 후 팔백 원이면 충분하다면서 일방적으로 가격을 매깁니다. 청년은 이천 원은 받아야 한다면서 안 팔겠다고 하죠. 하지만, 친구는 매섭게 노려보면서 팔백 원을 억지로 청년의 주머니에 넣어 줍니다. 청년이 잠바를 돌려 달라면서 붙잡고 늘어지지만, 친구는 뿌리치면서 청년에게 윽박지릅니다. 청년은 더 이상 맞잡이할 용기를 잃고 멍하니 친구를 바라보고만 섰습니다.

이 모습을 지켜보면서 '그'는 '총소리 없는 전쟁 마당'이라고 생각합니다. 주변에 모여서 웅성거리고 있는 사람들도 모두 소리 없는 총을 마음속에 지니고 있는 게 아닌가 하고 생각합니다. 기본적인 양심

같은 것을 내던져 버린, 생존을 위한 전쟁터인 거죠.

친구를 따라 집에 갔는데 번듯한 집에 가구도 잘 갖춰져 있었습니다. 이 집도 빼앗은 거였죠. 친구는 남대문 시장 근처에 있다가 전쟁으로 재난을 입은 사람들이 들고 나오는 물건을 헐값에 사서 이익을 남겨 돈을 벌었다고 합니다. 오늘처럼 어리숙한 사람을 만나면 거저 버는 거라고 하죠. 만주에서 돌아오는 배 안에서 만났을 때는 다 같이 맨몸이었으나, 세상이 혼란스러운 틈을 이용해서 순박한 사람들 등을 치는 방식으로 돈을 벌고 자리를 잡은 거죠.

대낮에 시내에서 총소리가 울리고, 사이렌 소리를 울리며 미군 구급차가 질주하기도 합니다. 아직 질서가 제대로 잡히지 않아 무척 혼란스러운 상태에서, 법이나 정의보다는 무력이나 술수가 지배하는 세상인 것이지요.

### 🔑 세 번째 열쇠말_ **집**

작품의 제목이 '별을 헨다'인데, 이 말은 친구와의 대화에 등장합니다. 친구가 집을 구해 주겠다고 해서 만났을 때입니다. 친구는 일자리를 못 구한 사람 중에는 끼니를 때우기 위해 입고 있는 옷가지를 다 팔아 치우고 드러누워서 천장의 파리똥만 세고 있는 사람도 있다는 말을 합니다. '그'에게도 이런 데 눈뜨지 않으면 파리똥만 세게 될 것이라고 하죠. 그러자 '그'는 파리똥도 집이 있어야 세는데, 자신은 집이 없어서 별만 헨다고 대꾸합니다. 여기서 '헤다'는 윤동주 시인의

「별 헤는 밤」에서 보듯이 '세다'나 '헤아리다'와 같은 의미입니다.

　말하자면 파리똥을 세는 것보다 별을 헤는 게 더 비참한 상황입니다. 파리똥만 센다는 건 옷가지까지 다 팔아치우고 바깥나들이를 할 수 없으니 방 안에 누워 지낸다는 말입니다. 하지만 '그'는 누워 지낼 방 한 칸도 마련하지 못하고 한데나 다름없는 움막에서 지내고 있습니다. 별을 헨다는 건 하늘을 천장 삼아 노숙을 하고 있는 처지라는 의미입니다.

　당시에는 집을 구하는 게 무척 어려웠던 것 같습니다. 자료를 보면 해방 당시 서울 인구는 75만이었습니다. 그런데 해방이 되면서 주인공 모자처럼 만주를 비롯하여 나라 밖으로 나갔던 사람들이 들어오고, 북한에서 월남한 사람들도 많았습니다. 게다가 남한 내에서도 무작정 상경하는 사람들이 많아서 4년 만에 서울 인구는 두 배가 됩니다. 집과 일자리는 절대적으로 부족했다고 봐야죠. 소설에서도 주인공이 방을 구하기 위해 복덕방을 찾아갔지만 방 얻을 생각은 아예 말라는 소리만 듣습니다. 그는 어떤 문화사에 거의 취직이 될 상황이었는데 면접에서 집이 있느냐는 질문에 없다고 했더니, 그 뒤로 소식이 없습니다. 집이 없으니 일자리를 얻는 일조차 어렵습니다.

　주인공도 처음에 귀국해서는 일본인들이 살았던 집에 방 한 칸을 차지할 수 있었습니다. 그러나 겨울을 채 나기도 전에 정식 수속을 밟지 않았다는 이유로 쫓겨났습니다. 일본이 패망하면서 일본인들이 살다가 떠난 집을 '적산 가옥'이라고 하는데, 미군정이 관리했습니다.

초기에는 제대로 관리가 되지 않았고, 그 혼란을 틈타서 허위 서류를 꾸며 집을 차지하는 모리배들이 많았다고 합니다. 친구는 그런 모리배 중의 한 명입니다.

친구는 일본인 집을 정식 수속을 밟아 차지할 수 있도록 해 주겠다고 합니다. 하지만 그렇게 되면 그런 요령을 몰라 그냥 그 집에 살고 있는 사람들을 내쫓아야겠죠. '그'는 자신이 전에 그렇게 쫓겨났던 경험을 떠올리면서 할 일이 못 된다고 생각하여 거절합니다.

'그'는 친구와 자신은 생각의 기준이 너무 다르다고 생각합니다. 거리에 붐비는 사람들을 보면서 '그'는 겨레도 모르고 양심에 눈감은 사람들이 가득하다고 생각합니다. 반면 친구는 그런 주인공을 보면서 반편이가 태만 길렀다고 중얼거립니다. '반편이'는 모자라는 사람이라는 의미고, '태만 길렀다'는 말은 폼만 잡는다는 뜻입니다. 혹은 '아이를 사르고 태만 길렀다'는 속담으로, 둔하고 어리석은 사람을 이르는 말이지요.

아무래도 이북으로 가면 인심이 좀 낫지 않을까 하는 기대를 가지고 어머니와 아들은 담요 한 장을 팔아 여비를 마련해서 서울역으로 갑니다. 하지만 거기서 우연히 만난 고향 아주머니 부부는 이북에서 살기가 어려워 남쪽으로 내려오는 길이라고 합니다. 그들은 북쪽도 어렵긴 마찬가지고, 집을 구하기 어려운 것도 비슷하다고 합니다. 오죽하면 위험하게 국경을 넘었겠느냐고 하죠. 이야기를 나누다 보니 남쪽과 북쪽은 너무나도 비슷한 상황입니다. 결국 그들 모자는 북쪽으로 가는 기차를 타지 않습니다.

　이 작품을 통해 해방 직후의 혼란스러운 시대 상황을 살필 수 있었습니다. 술수나 협잡이 판치는 혼란한 세상에서 양심이나 도리를 지키며 사는 게 얼마나 어려운지 주인공을 통해 짐작할 수 있을 것입니다.

 고용우 (울산국어교사모임)

# 열린사회와 그 적들

　이 소설의 작가 김소진은 열정적으로 작품 활동을 하다가 서른네 살에 갑자기 세상을 떠났습니다. 1991년 신춘문예로 등단해서 1997년에 사망했는데, 그 짧은 기간에 여덟 권의 작품집을 내놓을 정도로 열심히 소설을 썼습니다. 처음엔 한겨레신문 기자 일과 작품 활동을 겸하다가, 기자를 그만두고 작품 쓰기에만 몰두했습니다. 1997년 2월에 문예지 『한국문학』 편집진으로 참여했으나, 3월에 췌장암 판정을 받았고, 4월에 갑자기 세상을 떠나고 말았습니다.

　김소진의 아버지는 함경도 출신인데 6·25 때 전쟁 포로로 거제에 수용되었다가 남쪽에 남아서 철원 군부대 부근에 터를 잡았고, 이곳에서 김소진이 태어났습니다. 나중에 서울로 이주해서 미아리 달동네에 자리 잡고 살았는데, 당시 미아리 달동네는 도시 빈민들이 모여 사는 곳 중의 하나였고, 이웃 사람들의 삶의 모습은 김소진 소설에 많은 영향을 끼쳤던 것으로 보입니다. 그리고 경제적으로 무능했던 아버지에 대한 원망과 화해도 그의 소설에서 중요한 부분을 차지합니다.

김소진에게는 소설가인 부인 함정임과 네 살 난 아들이 있었습니다. 함정임은 김소진의 곁에서 그를 간호하면서 나눴던 대화와 임종까지의 애절했던 심경을 「동행」이라는 소설에 담았고, 그의 아들은 자라서 향수 전문가인 조향사가 되었습니다. 『나는 네NEZ입니다』라는 향수 관련 에세이집을 낸 김태형 조향사가 바로 그의 아들인데요, 김소진은 냄새를 맡을 수 없는 '아노스미'였다고 합니다.

「열린사회와 그 적들」은 『문예중앙』 1991년 가을호에 발표되었으며, 단편 소설 「자전거 도둑」, 「눈 속의 검은 항아리」와 장편 소설 『장석조네 사람들』이 그의 대표작으로 꼽힙니다.

### 🔑 첫 번째 열쇠말_ **문체**

김소진의 소설을 평할 때 빠지지 않는 것이 언어입니다. '잊힌 우리말을 풍부하게 담아냈다'든가, '생활에서 우러나오는 육체의 언어'라든가, '속담스런 민중어를 구사했다'는 등의 언어와 관련한 평이 붙습니다. 특히 김소진 소설의 특징은 토박이말을 능란하게 구사하는 점이라고 말하는 사람들이 많습니다. 한 학자는 김소진의 등단 작품인 단편 소설 「쥐잡기」 한 편에만 자주 쓰지 않는 우리말이 100개 이상 나온다는 분석 결과를 내놓기도 했습니다.

김소진의 소설은 문장을 읽다가 한 번씩 멈칫하게 되는 경우가 있습니다. 왠지 사전을 찾아봐야 될 것 같은 생각이 드는 낯선 어휘들을 만나기 때문입니다. 이 작품에도 그런 부분이 많이 나오는데, 두 쪽도 읽기 전에 '반죽이 좋다', '엉너리를 쏟아 낸다' 같은 익숙하지 않은 구절을 만나게 됩니다. 그런데 사전을 찾아보면 이런 말들이 표제어로 등록되어 있거나, 관용구로 소개됩니다. '반죽이 좋다'는 말은 '노여움이나 부끄러움을 타지 아니하다'라는 의미이며, '엉너리'는 '남의 환심을 사기 위하여 어벌쩡하게 서두르는 짓'이라는 의미입니다.

김소진은 살아 있는 말은 물론이고, 사람들이 쓰지 않아서 언어 생활권 밖으로 밀려난 겨레말들에까지 관심을 가졌습니다. 그는 이런 겨레말을 자신의 작품 속에 살아 숨 쉬도록 제자리를 잡아 앉히는 것을 작가의 의무라고 생각했던 것 같습니다.

일상적으로 쓰지 않는 말을 찾아서 의미에 딱 맞게 쓴다는 건 무척 어려운 일입니다. 김소진은 방위병으로 복무하면서 두 권짜리 『새우리말큰사전』을 필사했다는 전설 같은 일화가 있습니다. 사전을 끼고 살면서 어휘를 수집하고, 영어 단어 외듯이 외웠다고 하죠. 그렇게 노력해서 우리 토박이말에 익숙해진 덕분에 일부러 애쓰지 않아도 자연스럽게 튀어나올 정도가 되었다고 스스로 밝혔습니다.

김소진이 사명감을 가지고 우리말을 살려 쓰는 데 힘을 기울였던 특별한 이유는 아마도 그가 소외된 민중들의 삶에 많은 관심을 가졌기 때문인 것으로 보입니다. 김소진의 아버지는 6·25 때 혼자 남쪽에 터를 잡은 실향민이어서 가족들은 힘든 삶을 살았습니다. 나중에 철원에서 서울로 이주했지만 여전히 가난하게 살았고, 그래서 특히 가난한 민중들의 삶에 많은 관심을 가졌던 것 같습니다. 그들의 삶을 생생하게 그려 내려는 노력이 토박이말에 대한 애정으로 이어진 게 아닐까 하는 생각을 해 봤습니다.

### 🗝 두 번째 열쇠말_ **밥풀때기**

이 소설은 실제 일어난 사건과, 실제 인물의 실명을 그대로 사용하고 있습니다. 우선 소설의 시대적 배경과 등장인물들의 상황을 살펴보겠습니다. 1991년 봄, 민주화를 요구하는 시위 도중 경찰의 과격한 진압으로 성균관대 김귀정 학생이 사망하는 사건이 발생했습니다. 이 소설에서 사건이 진행되는 시공간은 바로 이때 백병원 앞마당입니다. 병원에는 김귀정 학생의 시신이 안치되어 있고, 대학생들과 노동자, 시민들이 시신을 지키고 있는 상황입니다. 병원 밖에는 경찰이 에워싸고 있으며, 경찰이 시신을 탈취해 가지 못하도록 학생들과 시민들이 바리케이드를 치고 지키는 중입니다.

그런데 소설에서 초점이 맞춰진 주요 인물들은 학생이나 시민들이 아닌 좀 특별한 사람들입니다. 이들은 '밥풀때기'로 불립니다. 정확한 풀이는 어렵지만 비주류, 기층 민중 등의 이미지가 떠오르는 말이죠. 밥그릇에 담기지 않고 한 알씩 흩어져 있는 쓸모없는 것들을 연상하게 되는데, 아마도 실업자나 부랑자들을 비하하는 표현 같습니다.

예를 들면 '브루스 박'이라고 부르는 박상선이라는 사람은 '자칭 색소폰의 명수'로서, 복장은 딴따라 냄새를 풍기지만 매일 인력 시장에서 노동력을 팔고 있습니다. 하지만 그를 데려다 일을 시키려는 사람은 없습니다. 표천식 씨라는 사람은 부황 든 아내를 위해 묘지를 파헤치고 금붙이를 훔친 절도범이고, 전을룡 씨는 비슷한 처지의 거렁뱅이 두엇과 천막생활을 하면서 고물 줍기를 하고 있습니다. 모두 우리 사회의 최하층민들이라고 할 수 있죠.

때로 이들은 세상 물정을 몰라서 삶을 망치기도 합니다. 강종천이라는 사람은 공장에서 일하다가 프레스에 손목이 잘려 나갔습니다. 하지만 회사 관리 직원의 사탕발림과 협박 때문에 오백만 원을 받고 회사에서 만든 합의서에 손도장을 찍어 줍니다. 그 바람에 산업 재해 지정도 못 받고, 합의금으로 받은 돈으로 노점상을 시작했으나 단속에 쫓기면서 밑천마저 날리고 맙니다. 그런 와중에 동거하던 아내도 도망가 버렸습니다.

이런 사연들을 지니고 있는 이들은 우리 사회를 불신합니다. 강종천 씨는 병원에 붙은 '산업 재해 보상 보험 지정 의료 기관'이라는 안내판을 보고 그만 가슴에 불꽃이 일어서 병원에 돌을 던지고 침을 뱉습니다. 그가 은행에 볼일을 보러 가면 강도나 되는 것처럼 경비원이나 직원들이 자신을 경계하는 태도를 취한다고 합니다. 자신은 돈 한 장 만져 보기가 힘든데 은행에는 돈이 쌓여 있고, 재벌들에게 돈을 대 줘서 땅 투기나 하고 있다고 생각합니다. 그리고 돈이 독재의 밑천이 되는 게 아닌가 해서 한국은행에 불을 지르자는 얘기를 하기도 합니다.

한마디로 우리 사회의 불순 세력으로 보일 수도 있는 사람들이죠. 그들이 이 소설에서 '밥풀때기'로 불리고 있습니다. 물론 경찰이나 외부에서 그렇게 부르고 있지만, 같은 시위대의 집행 위원들도 대화 중에 '밥풀때기'라는 말을 입에 담습니다.

### 🔑 세 번째 열쇠말_ **열린사회**

이 소설의 제목인 '열린사회와 그 적들'은 철학자 칼 포퍼의 책 제목에서 그대로 따온 것입니다. 포퍼는 바람직한 사회는 '열린사회'라고 했습니다. '열린사회'는 개인의 자유가 존중되는 사회입니다. 반면에 '닫힌사회'는 전체주의 사회라고 할 수 있죠. 사회가 도달해야 할 목표를 정해 놓고, 거기에 이르기 위해 개인의 자유를 억압하는 사회가 '닫힌사회'입니다. 이 논리에 따르면, 이데아를 목표로 하는 플라톤이나 역사 발전 법칙을 강조하는 헤겔, 공산주의 실현을 목표로 하는 마르크스 등이 대표적인 비판 대상입니다.

우리 사회는 열린사회라고 할 수 있을까요? 앞에서 이 소설의 배경은 1991년이라고 했는데요, 1987년 6월 항쟁으로 대통령 직선제는 이뤄졌지만 군사 정권의 공안 통치는 여전히 유지되고 있었습니다. 그 때문에 대학생들과 시민들이 정권을 규탄하는 시위가 계속되고 있었죠. 그런데 1991년 4월 명지대 강경대 학생이 시위 도중에 진압 경찰의 폭행으로 사망하는 사건이 발생했습니다.

이 사태로 인해 정부를 규탄하는 범국민 대회가 이어지고, 전남대에서 열린 강경대 열사 추모 대회에서 박승희 학생이 분신을 합니다. 이를 시작으로 여러 대학생들과 노동자들, 심지어 고등학생까지 민주화를 요구하며 분신과 투신이 이어져서 사람들을 안타깝게 했습니다. 많은 사람들이 그렇게 민주화를 요구하며 자신의 목숨을 던지던 시대였습니다. 그러다 성균관대 김귀정 학생이 시위 도중 경찰의 폭력으로 사망하는 일이 또다시 발생했습니다.

앞서 말했듯, 이 소설은 김귀정 학생의 시신을 경찰이 탈취해 갈까 염려해서 시민 대책위가 병원 마당을 지키고 있는 상황을 다루고 있습니다. 열린사회라는 말은 일부 시민들의 폭력적인 행동을 나무라는 중에 대책위 사람들이 언급한 것입니다. 열린사회란 이성적으로 눈뜬 다수에 의한 착실하고 양심적인 사회 운영이 기본 원리인 사회인데, 우리 사회가 열린사회로 접근하는 과도기를 겪고 있다고 했습니다.

그러자 밥풀때기들이 자신들은 여전히 찬밥 신세일 뿐이라며 항의합니다. 대책위 사람들은 제대로 대답을 못 하지만 거기 모인 많은 시민들은 밥풀때기들의 말에 동조하지 않습니다. 과격한 행동을 하면 적으로 규정할 수도 있다고 하자 밥풀때기들은 잠잠해집니다.

소설 마지막 부분에는 박상선의 이야기가 중심이 되고 있습니다. 박상선은 재건대 마을 출신입니다. 재건대란 1960년대 넝마주이를 비롯한 빈민들을 잠재적 범죄자로 간주하고, 이들을 모아서 특별 관리했던 제도입니다. 상선은 그 시절을 회상하는데 다른 사람들은 그 얘기에 귀 기울이지 않고, 저마다 자신의 막막한 현실에 대해 한마디씩 넋두리를 합니다.

그런데 다음 날 새벽에 기자가 박상선 씨의 죽음에 관한 짧은 기사를 전화로 송신합니다. 기사는 박상선 씨가 마당에 피울 모닥불의 땔감을 구하러 가기 위해 담을 넘다가 실족사한 것으로 보인다는 내용입니다. 어린 시절을 재건대에서 보낸 박상선이란 인물은 일감을 찾아 인력 시장을 기웃거리다가 그렇게 생을 마감하게 됩니다. 끝까지 사회에서 소외된 존재로 남는 거죠.

포퍼는, 참된 열린사회는 늘 약자를 고려하고 돌보아야 한다고 했습니다. 경찰의 폭력으로 사망한 김귀정 학생은 동아리 일기에 자신의 미래가 불안하고 확신도 없지만 한 가지 확실한 것은 '자신의 일신만을 위해 호의호식하며 살지만은 않겠다'는 내용을 남겼다고 합니다. 이런 생각을 하고 있던 순수한 학생이 대낮 시가지에서 경찰의 폭력에 숨지는 사회를 열린사회로 볼 수 있을까요?

이 작품을 통해 진정한 열린사회는 어떤 모습이어야 할지 다시 생각해 보게 됩니다.

 고용우 (울산국어교사모임)

# 모래톱 이야기

조마이섬
권력자에 대한 저항
건우

  오늘 이야기 나눌 작품은 오랜 시간 동안 절필을 선언했던 작가가 1966년 발표하여 문단의 주목을 받은 작품입니다. 바로 단편 소설 「모래톱 이야기」입니다. 「모래톱 이야기」는 낙동강 하류의 외진 모래톱을 삶의 터전으로 살아가는 사람들에 대해 이야기하고 있습니다.

  이 소설을 쓴 김정한 작가는 1908년 부산 출신으로, 일제 강점기에 교사로 근무하기도 했습니다. 1936년 단편 소설 「사하촌」이 조선일보 신춘문예에 당선되었고, 「옥심이」, 「항진기」, 「기로」 등의 작품을 써서 일본에 의해 요주의 인물로 낙인 찍혀 고초를 겪었습니다. 작가는 일제의 통제가 심해지자 절필을 선언한 것으로 알려졌는데, 1943년에 친일 성격의 작품인 「인가지」라는 희곡을 발표했다는 사실이 뒤늦게 알려져 논란이 되기도 했습니다. 해방 이후에도 오랫동안 작품을 발표하지 않던 작가는 1966년에 「모래톱 이야기」를 시작으로, 「수라도」, 「산거족」, 「인간 단지」 등 여러 작품을 발표합니다. 작품들의 면면을 살펴보면, 사회 부조리에 저항하는 가난한 민중들의 삶을 생생한 리얼리즘 기법으로 담아내고 있습니다.

### 🔑 첫 번째 열쇠말_ 조마이섬

이 소설을 이해하려면 배경이 되는 '조마이섬'의 지형적 특성에 대해 알아야 합니다. 조마이섬은 낙동강 하류의 물길이 흘러가면서 모래를 쌓아 만들어 낸 모래톱으로, 길쭉한 주머니를 닮았다고 해서 '조마이섬'이라 불립니다. 서술자인 '나'는 K라는 중학교에서 교편을 잡던 중, 지각이 잦은 '건우'의 집에 가정 방문을 갑니다. 여기서 건우와 건우 할아버지인 갈밭새 영감의 기막힌 사연을 접하고 '이십 년 만에 소설을 쓰게 되었다.'고 합니다. 실제로 이 소설은 김정한 작가의 26년 만의 작품이기도 합니다. 하지만 조마이섬은 실제로 존재하는 공간은 아닙니다. 작가에 의하면, 낙동강 하구에 있는 '을숙도'와 '일응도'를 모델로 한 상상의 공간이라고 하네요.

담임 교사인 '나'는 제자인 건우의 글에서 조마이섬에 대해 처음으로 알게 됩니다. 복숭아꽃도, 살구꽃도, 아기 진달래도 피지 않는 조마이섬은 몇 백, 몇 천 년의 세월 동안 모래가 밀려와서 형성된 나라 땅입니다. 그런데, 일제 시대에는 일본인의 소유로, 해방 후에는 어떤 국회의원의 명의로, 다시 강의 매립 허가를 얻은 어떤 유력자에게로 그 소유권이 넘어갔다고 합니다. 실제로 그곳에 발붙이고 살아온 사람들과는 무관하게 소유자가 도깨비처럼 뒤바뀌고 있지요. 섬의 내력을 적은 건우의 글에는 무엇인가 저주하는 듯한, 소년의 냉랭한 심사가 반영이 되어 있었습니다.

건우의 서술 속 조마이섬의 역사는 우리 민중의 수난사와 닮았습니다. 섬 주민과는 무관하게 지배층의 이해관계에 따라 섬의 소유자가 바뀌는 모습을 보고, 섬 주민들은 모래로 쌓은 성이 무너지는 것을 보듯 허무하고 항상 불안했을 것입니다. '모래 위에 지어진 집'처럼 자신들의 삶의 터전에서 언제 쫓겨날지 모르는 위태로운 삶을 '모래톱'이라는 상징으로 나타낸 것이라고 할 수 있지요. 그래서 작가는 조마이섬 이야기를 '모래톱 이야기'란 제목으로 표현한 듯합니다.

'나'는 건우네 가정 방문에서 건우 할아버지인 '갈밭새 영감'과 '송아지 빨갱이'라 불리는 윤춘삼 씨를 만납니다. 보통 소설에서 인물들의 별명은 그 인물의 성격을 암시하는 경우가 많지요. 먼저 건우 할아버지의 별명인 '갈밭새'는, 주로 갈대밭에 둥지를 만들고 사는 '개개비'라는 새를 가리킵니다. 다른 새들에 비해 유달리 영역이 좁아서, 누군가 자신의 터전을 침범한다고 여겨지면 가만있지 않는다고 합니다. 건우 할아버지와 닮았지요? 소설에서는 건우 할아버지가 손안에서 즐겨 굴리는 가래나무의 열매 소리가 갈밭새의 처량한 울음소리와 닮았다고도 나옵니다.

윤춘삼 씨는 건우의 담임 교사인 '나'와는 구면입니다. 소설가인

'나'는 6·25 당시 대학교수들과 함께 육군 특무대에 갇혀 있었는데, 그곳에서 윤춘삼 씨를 처음 만났습니다. 그는 6·25 때 정부의 앞잡이로 나선 청년단에게 억울하게 송아지를 빼앗기고, 이를 항의하다가 오히려 감옥살이를 하였습니다. 그래서 붙은 별명이 '송아지 빨갱이'입니다. 한마디로 지배층에 대한 저항과 분노를 가지고 있는 인물이지요. 윤춘삼 씨와 갈밭새 영감이 느꼈을 울분이 이해가 되시나요?

### 🔑 두 번째 열쇠말_ 권력자에 대한 저항

건우가 읽고 감동받은 「내가 본 국도」라는 책 속에는 조마이섬 사람들과 같은 힘없고 가난한 사람들에 대한 이야기가 나옵니다. 그 책 속에서는 선거 때만 되면 소속 육지에서 섬사람들을 모시러 오는 알뜰한 정당이 있어, 자기네 실생활과 무연한 정치를 위하여 지정해 주는 기호 밑에 도장을 찍어 주고 다시 그 배로 돌아온다는 구절이 있습니다. 나라로부터 어떤 도움도 받은 것 없이 일방적인 희생만 강요당한 섬사람들에게도 투표하는 임무만은 지워졌다는 의미지요. 또한 조국의 사랑이라곤 받아 본 일 없이 헐벗고 배우지 못한 그들의 아들들은 조국을 수호해야 할 책임을 져야 했다는 구절도 있습니다. 이 부분을 인용한 뒤 건우는 '우리 아버지도 응당 이러한 군인 중의 한 사람이었으리라. 그래서 언제 어디서 쓰러졌는지도 모르고, 따라서 국군묘지에도 묻히지 못하고, 우리에겐 연금도 없고…….'라는 자신의 생각을 잇따라 적습니다.

조마이섬 사람들에게는 권력자에 대한 뿌리 깊은 불신과 분노가 있습니다. 이 분노는 짧은 순간 만들어진 것이 아닙니다. 갈밭새 영감의 삶을 떠올려 보면, 청년기에는 일제에 땅을 빼앗겼고, 6·25 전쟁 때는 건우 아버지인 큰아들을 전쟁터에서 잃고 시신도 찾지 못합니다. 이후 둘째 아들은 삼치잡이 배를 타고 나가 먼 태평양에서 죽고 맙니다. 갈밭새 영감은 한 번도 나라로부터 대우받은 적이 없지요. 누구도 이 비극적 가족사 앞에 책임을 지거나 미안해하거나 보상을 하지 않습니다. 사회와 국가로부터 완벽하게 소외된 삶을 살아온 거죠. 저라면 이렇게 비극적인 삶을 살다 보면 절망하거나 자포자기할 것 같은데, 소설 속 갈밭새 영감이나 윤춘삼 씨는 한 발의 물러섬 없이 매 순간 저항하는 모습을 보여 인상적입니다.

건우 할아버지는 소설가인 '나'에게 '썩어 빠진 글', '낙동강이 파아랗니 푸르니 어쩌니' 하는 글을 쓰지 말고 '농사꾼이나 뱃놈들의 이바구(이야기)'를 쓰라고 합니다. 조마이섬 사람들처럼 힘없는 사람들이 살아가는 현실을 담은 글을 쓰라고요. 이것이 이 글을 쓰는 계기가 되었다고 '나'는 소설의 앞부분에서 밝히고 있습니다.

### 🔑 세 번째 열쇠말_ **건우**

이제 세 번째 열쇠말로 넘어가 볼까요? '건우'는 물에 날쌘 놈이라고 해서 '거무(거미)'라는 제 할아버지가 지어 준 아명에서 비롯한 이름입니다. 조마이섬 사람들의 미래를 상징하는 인물이지요.

지각이 잦은 건우는 첫 등장에서부터 비에 흠뻑 젖은 채로 "나릿배(나룻배) 통학생임더." 하는 호소를 합니다. 내면화된 억울함과 분노가 느껴지는 말투입니다. 이후 '나'는 건우를 따라 건우네 집을 향하는데, 그 길의 고단함이 잘 묘사되어 있습니다. 학교에서 하단 나루터까지 버스로 사오십 분, 하단 나루터에서 배를 타고 삼십 분, 내려서 갈밭 사잇길로 또 한참을 걸어야 합니다. 빠른 날은 두어 시간 걸린다는 그 거리는, 두 시에 학교를 나서도 해가 얼마만큼 기운 뒤에야 도착하는 먼 거리입니다. 건우가 잦은 지각을 할 수밖에 없는 이유지요.

건우가 인용해 놓은 글이나 그에 대한 감상을 읽어 보면 건우는 사회의 문제점에 대해 잘 알고 있습니다. 불합리한 사회에 맞서 적극적으로 저항하는 그의 할아버지를 닮아, 건우도 자기가 처한 현실이 사회 구조적인 문제라는 것을 인식하고 있습니다. 다만 아직 어리기 때문에 글로만 사회에 대한 인식을 드러내고 있지요. 그런데 이 눈썹이 짙고 어딘가 날카로움이 느껴지는 소년은 여름 홍수가 지난 후 교실로 돌아오지 않습니다.

모래톱까지 삼킬 정도로 억수같이 비가 쏟아진 날, 유력자가 섬을 차지하기 위해 만들어 놓은 엉성한 둑 때문에 섬은 오히려 홍수에 잠길 위기에 처합니다. 갈밭새 영감이 앞장서서 둑을 무너뜨리고 물을 흘려 보내 겨우 섬사람들의 목숨을 건지죠. 이 과정에서 둑을 못 무너뜨리게 막으려던 유력자의 앞잡이들과 실랑이가 벌어지고, 화가 난 갈밭새 영감이 그중 한 명을 물속으로 내던져 버립니다. 권력자의 횡포와 약자의 대결 속에서 결국 살인자가 되고 마는 갈밭새 영감의 결말이 안타까웠습니다. 작품은 '유력자의 배짱과 선량한 다수의 목숨' 사이에서 결국 유력자의 편에 서는 법의 모순과 허위의식까지 보여 주고 있지요.

작가는 「모래톱 이야기」 이전의 작품인 「사하촌」에서도 민중과 권력자의 대결을 다루었습니다. 「사하촌」에서는 민중들이 절(권력자)을 태우러 가는 모습을 암시하며 마무리되는데, 이는 권력자에 대한 정면 대결을 나타냅니다. 「모래톱 이야기」의 결말은 또 다르게 펼쳐지지요. '황폐한 모래톱-조마이섬을 군대가 정지하고 있다는 소문이 들렸다.'로 마무리되는데, 어떻게 보면 열린 결말이라고도 할 수 있습니다. 여러 가지 해석을 할 수 있도록 독자에게 맡기고 있지요. 그렇지만 군대가 주둔했다는 말을 통해 조마이섬의 소유권은 여전히 섬사람들의 것이 아님을 짐작할 수 있습니다. 농민들의 삶의 터전이어야 할 땅이 오히려 농민을 소외시키고 마는 부조리한 역사가 반복되고 있는 것이지요.

그렇다면 물 위를 날쌔게 걷는, 물을, 시련을 이겨 내기를 바라는 소망이 담긴 이름을 가진 소년인 '건우'의 앞날은 어떻게 될까요? 자연재해와 사회의 폭력에서 결국 갈밭새 영감은 패배하고 말았지만, 건우에게는 희망을 가져 볼 수 있을까요? 어쩌면 건우는 고향을 잃고 「삼포 가는 길」의 '영달'이나 「징소리」의 '칠복이'처럼, 혹은 「아홉 켤레 구두로 남은 사내」처럼, 혹은 「오발탄」이 될지도 모르겠습니다. 어쩌면 2009년 용산에서 경찰과 대치하던 철거민의 삶을 살지도 모르구요. 「모래톱 이야기」가 그저 소설이 아니라 논픽션처럼 읽히는 지점이 여기 있습니다. 그래서 「모래톱 이야기」는 1966년에 발표된 소설이지만 낯설지가 않습니다. 여전히 현재 진행형처럼 느껴집니다.

그렇다고 이 소설의 결말이 꼭 절망적인 것만은 아닙니다. 이후 건우의 담임 교사인 '나'가 조마이섬의 이야기에 관해 글을 쓰고, 갈밭새 영감을 구명하기 위한 섬사람들의 노력과 저항은 계속되고 있으니까요. 그리고 건우도 갈밭새 영감처럼 불의에 저항하는, 행동하는 어른으로 자랄 것이라 믿습니다.

소설의 배경이 되는 낙동강 하구 지역의 모습도 많이 바뀌었는데요. 소설 속에 자주 등장하는 '하단'이라는 나루터 지역은 현재 부산 사하구의 아파트촌이 되었습니다. 세월의 흐름이 느껴지지요?

부산에는 요산 김정한의 문학관도 있습니다. 「수라도」, 「사하촌」, 「모래톱 이야기」 등 작가의 작품에서 드러난, 어떠한 부당한 권력 앞에서도 굴하지 않고 꿋꿋이 삶과 맞서려는 민중에 대한 작가의 애정을 문학관에서 직접 확인하실 수 있으니, 방문해 보시기 바랍니다.

 박수진 (울산국어교사모임)

# 행랑 자식

   절대 감추고 싶던 초라한 내 모습을 친하지 않은 학교 친구에게 들켜 본 적이 있나요? 반대로, 내가 알고 싶지 않았던 학급 이성 친구의 불쌍한 모습을 보고 무심코 보낸 동정의 눈길에 그 아이의 영혼이 다친 기억은요? 그런 기억이 한 번이라도 있다면, 이 작품을 읽어 보는 건 어떨까요?

   나도향 작가의 「행랑 자식」은 다른 작품에 비해 잘 알려지지 않은 작품이지만, 감상에 치우친 초기 낭만주의적 경향을 극복하고 독자들에게 널리 알려진 「물레방아」, 「뽕」, 「벙어리 삼룡이」 같은 대표작으로 넘어가는 교두보가 되는 작품입니다.

   지금부터 이 작품을 '설상가상', '자존심', '계층'이라는 세 가지 열쇠말로 풀어 보도록 하겠습니다.

## 🔑 첫 번째 열쇠말_ **설상가상**

이 소설의 줄거리 전체가 그야말로 엎친 데 덮친 격, 설상가상(雪上加霜)이라고 볼 수 있는데요. 주인공인 진태는 보통학교 4학년이자 자기가 다니는 학교의 교장 선생님 집 행랑아범의 아들입니다. 아버지는 행랑아범을 하며 인력거를 끌고, 어머니는 박 교장 집 가정부 일을 하고, 진태도 부모님을 도와 박 교장 집의 소소한 일들을 도우며 살아갑니다.

함박눈이 쏟아진 어느 날 아침, 진태는 허리가 부러져라 마당을 쓸고 눈을 삼태기에 담아 옮기다 힘이 풀려 놓치고 맙니다. 그런데 하필이면 그 눈이 주인인 교장 어른의 발등에 쏟아져, 박 교장과 주인마님에게 혼이 납니다. 무거운 짐을 진 어린아이와 빈 몸으로 산책을 하던 어른 중 앞을 제대로 살피지 못한 책임은 누가 더 클까요? 당연히 어른의 잘못이겠지요. 하지만 박 교장과 주인마님의 보란 듯한 질책에 어머니도 눈치를 보며 진태에게 더 크게 역정을 냅니다. 진태는 억울한 마음에 방에서 울고 있는데, 마침 돌아온 아버지는 따뜻한 위로가 아니라 삼태기를 잃어버렸다고 사정없이 진태를 때립니다.

그날 저녁 진태네는 장작도 없고 쌀도 다 떨어져 굶고 있는데, 주인마님이 자기들 먹다 남은 밥을 이리저리 모아서는 무척 생각해 주는 시늉을 하며 베풀듯이 들어와 먹으라고 합니다. 그것도 같은 학교 다니는 박 교장의 딸이 보는 앞에서요. 나름으로 화해를 청하는 것이나, 그 시혜적인 태도는 오히려 진태에게 굴욕감을 느끼게 하지요.

진태가 계속 먹기를 거부하자 진태 어머니는 혼수로 가져온 은비녀를 진태에게 주며, 전당포에 맡기고 쌀과 장작을 사 오라고 합니다. 진태가 전당포에서 돈을 받아 나오는데, 그토록 피하고 싶던 학교 친구인 전당포 집 아들을 만나게 되고, 또 한번 수치심을 느낍니다. 쌀과 장작을 겨우 사서 돌아오는 길, 집 앞 골목에서 학교 선생님과 마주칠 위기에 처한 진태는 부끄러운 마음에 걸음을 서두릅니다. 그러다 그만 아버지와 부딪쳐 넘어져 쌀과 장작을 쏟고 말지요. 그리고 진태는 그 귀한 쌀을 쏟았다고 엄마에게 또 맞습니다.

진태는 더 이상 아무것도 변명하지 않습니다. 하루에 두 번이나 매를 맞고 나니 무엇인가 원망이 일고, 또 무엇을 저주하고 싶었으나 그것이 무엇인지 알지 못하고, 그저 울기만 할 뿐입니다. 그렇지만 그를 위로해 주는 사람, 쓰다듬어 주는 사람 하나 없습니다. 그야말로 고난과 설움이 설상가상으로 이어진 진태의 하루가 이 짧은 소설의 전체 줄거리입니다.

### 🔑 두 번째 열쇠말_ **자존심**

두 번째 열쇠말은 자존심인데요, 정확히는 사춘기 소년의 자존심이라고 볼 수 있겠습니다. '자존심'은 남에게 굽히지 아니하고 자신의 품위를 스스로 지키고자 하는 마음입니다. 진태는 없는 집 아이지만 자존심이 강하고, 그 자존심으로 인해 생긴 수치심과 서러움이 이 작품 전반을 지배합니다.

진태는 보통학교 4학년인데요. 1906년 일제의 보통학교령에 의해 기존의 5~6년제 소학교는 모두 4년제의 보통학교로 바뀝니다. 즉, 진태는 졸업반인 셈입니다. 비록 나이는 어려도 학교에서 졸업을 앞둔 위치, 미래에 대한 고민, 그리고 질풍노도의 감정을 갖고 있습니다. 이는 지금의 중학교 3학년이나 고등학교 3학년과 비슷한 고민을 안은 시기로도 볼 수 있을 겁니다.

그래서인지 행랑 자식으로 평생을 살아온 진태의 자존심이 유독 날카롭게 다시 살아나는 때는 동급생과 선생님 앞에서 자신의 비루한 모습이 드러나는 순간들입니다. 학교에서는 모두가 평등합니다. 교장의 딸도, 전당포 집 부자 아이도, 행랑 자식인 진태도 모두 같은 선생님께 동등한 학생으로 대우받습니다. 실제 이 소설에서 진태에게 전당포 집 친구나 교장의 딸이 진태를 무시하는 말이나 행동을 하지는 않습니다. 오히려 전당포 집 친구는 퍽 다정하기까지 하지요. 하지만 작품에 나오지는 않았지만 당장 몇 달 후, 이날 만났던 부유한 동급생들과 달리, 아마 진태는 바로 노동의 세계로 진입해야 할 것입니다. 앞으로 그들과 다른 삶을 살아갈 것이 명백하지만 그래도 비루한 모습을 보이고 싶지 않고, 사실은 그들과 동등하게 살고 싶은 사춘기 소년의 마지막 자존심으로 볼 수 있겠지요.

### 세 번째 열쇠말_ 계층

이 소설의 구조는 지금 내가 처한 상황에서 잘해 보려고 노력하지만 나아지거나 해결되지 않고, 공감을 바라지만 오히려 질책당하고, 적어도 학교 친구들 앞에서는 초라해지고 싶지 않지만 계속해서 수치와 설움을 당하는 일의 연속입니다. 그 연속선상에서 진태는 계속 상처를 받는데요. 그렇다면 그 구조의 근본적인 원인은 무엇일까요? 이는 이 작품에서 진태의 아버지가 진태를 처음 때렸을 때, 그의 심리를 묘사한 부분과 밀접한 관련이 있습니다. 진태의 아버지는 자기 아들을 때릴 때마다 '눈앞에서 자기 손에 매달려 애걸하는 자기 아들이 보이지 않고 안방 아랫목에 앉아 있는 주인 나리가 보인다.'고 말해요. 주인 나리를 자기가 함부로 할 수 없으니 약자인 자기 아들을 때리면서 사실은 자기 주인 나리를 욕하고 원망하고 주먹질하고 싶은 거죠. 참 못난 아비다 싶지만, 사회에서의 약자 계층이 현실을 타개하기 어려우니 더 약한 자를 괴롭히는 거지요.

진태를 괴롭게 하는 근본적인 원인은 바로 그가 가난한 행랑아범의 자식으로 태어난 하층민이라는 것입니다. 그래서 교장에게 부당하게 혼나고도 입을 다물고, 억울함을 속으로 삭여야 합니다. 진태의 부모 역시 피고용인으로서 고용주인 교장 부부의 눈 밖에 나지 않기 위해, 겨우 삼태기 하나와 쌀 다섯 홉 때문에 아이를 때리고 혼냅니다. 그 순간이 바로 아이에게 공감과 위로가 절실하게 필요한 순간이었음에도 말이에요. 빈곤과 계층의 문제가 인간 본연의 가족애마저 눌러 버린 것입니다.

이러한 상황에서 진태는 끝없는 서러움에 눈물을 흘리면서도 문제를 깨닫고, 이와 직면하고, 대결하는 양상까지는 나아가지 못합니다. 아직 어린 소년이기에 자신에게 괴로움을 주는 현실과 계층 문제에 대한 인식까지는 하지 못한 것이지요. 하지만 진태의 눈물에는 가난의 고통과 사춘기 소년의 자존심이 예리하게 묘사되어 있습니다.

1920년대 퇴폐와 감상에 치우친 다른 백조동인과 차별화되는 나도향의 낭만성이 높이 평가되는 이유가 바로 이것이지요. 비애가 넘치는 작품일지라도 그 감정이 개인적 차원에 그치지 않고, 그 눈물과 아픔 속에는 현실의 모순을 향한 작가의 비판이 숨겨져 있습니다. 그리고 이런 점이 이 소설을 읽은 독자가 진태의 마음에 공감하면서, 그 부당함에 대해 생각해 보게 하는 지점이 됩니다.

지금까지 '설상가상', '자존심', '계층'이라는 세 가지 열쇠말로 나도향의 「행랑 자식」을 살펴보았습니다.

 이선미 (강원국어교사모임)

# 소금

  일제 강점기에 작품 활동을 했던 여성 작가는 별로 많지 않은데요, 강경애는 그중 가장 짧은 기간에 주목할 만한 작품을 많이 남긴 작가입니다. 강경애는 1906년 황해도 송화에서 태어났는데, 어릴 때 아버지가 사망하고 어머니가 개가하면서 장연으로 이주하였고, 의붓아버지 밑에서 어려운 성장기를 보냈습니다. 그럼에도 의붓아버지가 읽던 고전 소설을 읽으며 한글을 익히고 소설가의 꿈을 키웠습니다.

  가난한 생활이었지만 다행히 주변의 도움으로 신식 학문을 접할 수 있었는데, 평양 숭의 여학교에 들어가 문학을 공부하던 중 지나치게 엄격한 기숙사 규칙에 항의하는 동맹 휴학에 앞장섰다가 3학년 때 퇴학당했습니다. 그즈음 시인 양주동을 만나 연애를 하게 되면서 서울로 가서 동덕 여학교에 편입하여 문학 공부에 심취했습니다. 그러나 양주동과의 관계는 오래가지 못했고, 장연으로 가서 야학을 운영하기도 했으며, 결혼 후 간도로 이주했습니다. 대표작 『인간문제』를 비롯한 대부분의 작품들이 1931년부터 1939년까지 간도에서 생활하던 시기에 쓰였습니다. 이후 건강이 악화되어 투병하다가 38세에 세상을 떠났습니다.

강경애의 작품에는 식민지 조선에서 쫓겨 온 민중들이 중국인 지주 밑에서 궁핍하게 살아가는 모습이 생생하게 그려져 있으며, 그중에서도 더 처참한 삶을 살아야 했던 여성들의 삶을 중점적으로 담아냈습니다. 강경애는 조선 프롤레타리아 예술가 동맹(KAPF)에 가입하여 활동하지는 않았으나, 당대의 역사 인식에서 가장 진보적인 입장을 취했다는 평가를 받습니다. 지금 이야기할 「소금」은 1934년 여성 잡지 『신가정』에 발표되었습니다.

### 🔑 첫 번째 열쇠말_ **간도**

이 작품은 간도를 배경으로 이야기가 전개됩니다. 간도는 두만강 북쪽 지역으로, 조선 후기부터 우리나라 사람들이 이주해서 농경지를 개척하고 터전을 일군 곳입니다. 일제 강점기에는 일제의 수탈에서 벗어나려는 사람들이 대규모로 이주하다 보니, 간도에 거주하는 우리나라 사람들의 수가 중국인보다 몇 배 많았습니다. 하지만 이미 중국인 지주들이 땅을 차지하고 있어서 이들의 간도에서의 삶은 조선에서와 마찬가지로 궁핍했습니다.

일제 강점기에 간도를 배경으로 하는 작품들은 대개 이런 상황을 담고 있습니다. 최서해의 「탈출기」나 현진건의 「고향」에는 고향을 탈출하여 간도로 간 사람들의 삶이 드러나 있고, 박경리의 소설 『토지』 2부는 간도의 용정을 배경으로 하고 있습니다.

소설에서 봉식이네는 '바가지 몇 짝을 달고 고향서 떠나'왔다고 합니다. 더는 고향에서 살기 어려운 형편이 된 것이지요. 어쩌면 그들에게 간도는 삶의 마지막 희망이었는지도 모르겠습니다. 이들처럼 간도로 이주한 사람들은 대개 중국인 지주의 소작인으로 생계를 이어갔는데, 이 작품에서는 중국인 지주를 '팡둥'이라고 부르고 있습니다.

간도는 지리적으로 여러 세력이 매우 복잡하게 얽혀 있는 곳입니다. 이런 상황에서 이주자들은 늘 생존을 걱정해야 하죠. 소설에는 '보위단', '자경단', '공산당', '경비대' 등의 많은 단체 이름이 나옵니다. 처음엔 중국 군대인 '보위단'이 농민들에게 돈이나 쌀을 빼앗아 갑니다. 그러다 공산당이 나타나고, 다시 시국이 바뀌면서 '자경단'이 마을을 장악합니다. 이 자경단들도 농민들한테 돈을 요구하죠. 그런데 돈이나 쌀을 빼앗기는 것도 문제지만 목숨을 부지하기 어려운 상황에 놓이기도 합니다. 어느 편을 들거나 들지 않도록 강요당하며, 그로 인해 목숨까지 위태로워지죠. 봉식 아버지는 팡둥이나 자경단과 가까이 지내는데, 이 때문에 공산당에게 죽임을 당합니다.

아들 봉식은 아버지가 팡둥이나 자경단과 가까이 지내는 것을 싫어하고, 이 때문에 아버지와 다투기도 합니다. 하지만 아버지의 입장에서는 그렇게 하지 않고는 견디지 못했을 거라고 말하는 부분으로 봐서, 아버지도 살기 위해서 어쩔 수 없이 그들과 가까이 지냈다고 볼 수 있겠죠. 그런데 아버지가 공산당에게 죽은 뒤 집을 나간 봉식은 공산당 활동을 한 것으로 보입니다.

 가난 때문에 더 이상 목숨을 이어 가기 어려울 지경이 되어 고향을 버리고 간도로 이주해 갔지만, 자기 땅이 없는 처지여서 간도에서의 삶도 궁핍하기는 마찬가지입니다. 게다가 세력 다툼을 벌이는 여러 집단 사이에서 파리 목숨 같은 삶을 살아가는 당시 민중들의 모습이 봉식이네를 통해 생생하게 드러나고 있습니다.

### 두 번째 열쇠말_ 여성

 사회적 불안이나 극도로 궁핍한 상황에서 삶이 위태로운 건 남녀가 다르지 않겠지만, 대개 여성들은 남성들보다 더 고통스러운 경우가 많습니다. 여성들은 경제적 기반이 약하고, 여성을 성적 대상으로 간주하는 남성들에 의해 이중의 고통을 겪기 때문입니다.

 남편이 죽고 아들은 집을 나가 버린 상황에서, 어린 딸 봉염이와 함께 의지할 곳 없이 남겨진 봉식 어머니의 삶도 다를 바가 없습니다. 봉식 어머니는 딸을 데리고 봉식을 찾아 무작정 용정으로 갔지만 찾지 못합니다. 혹시 하는 마음에 중국인 지주 팡둥의 집으로 찾아가서 사정을 이야기하자, 팡둥은 허드렛일을 시키면서 모녀를 자기 집에 기거하도록 합니다. 하지만 자기 아내가 친정을 간 날 밤에 팡둥은 봉식 어머니를 겁탈하죠. 이 일로 봉식 어머니는 아기를 갖지만 임신 사실을 팡둥에게 얘기하지도 못한 채 팡둥의 집에서 쫓겨납니다. 봉식이 공산당 활동을 하다가 처형되는 장면을 봤다는 팡둥은, 본인이 공산당을 싫어할 뿐만 아니라 혹시 공산당과 관련 있는 사람과 가까이 지낸다는 소문이 퍼지면 자신에게 좋지 않은 일이 닥칠 수 있기 때문에 자신의 안위를 위해 봉식 어머니를 쫓아낸 것입니다.

쫓겨난 모녀는 중국인 집의 헛간을 빌려 잠을 잡니다. 비가 추적추적 내리는 그날 밤에 봉식 어머니는 아기를 낳죠. 처음엔 몰래 아기를 죽일 생각도 했지만, 태어난 아기를 보는 순간 모성애를 느끼며 아기를 껴안습니다. 그리고 우연히 같은 마을에 살던 용애 어머니를 만나, 그 집에 신세를 지게 됩니다. 당장 먹고살 길이 막막해서 일거리를 찾던 중에 젖 유모 자리를 소개받습니다. 젖 유모는 부잣집에 가서 아기 어머니 대신 아기에게 젖을 먹이고 하루 종일 보살피는 대가로 삯을 받는 사람입니다.

봉식 어머니는 봉염이와 아기를 두고 젖 유모로 들어갑니다. 집에는 자주 들어올 수가 없는 상황이 된 거죠. 어머니와 떨어져 있는 사이에 봉염이는 갑자기 심하게 앓다가 죽고, 며칠 뒤에는 아기마저 죽고 말았습니다. 봉식 어머니는 남의 애기를 봐주다가 자기 딸을 죽였다고 통곡을 합니다. 그런데 봉식 어머니를 더욱 마음 아프게 하는 사실이 한 가지 더 있습니다. 젖 유모로 들어가서 명수라는 아기를 돌봤는데, 그 아이에게 일종의 모성애를 느끼게 된 거죠. 자기 자식이 죽었는데, 돌보던 아이가 그리운 겁니다. 하지만 아이의 집에서는 봉염이와 아기가 염병에 걸려 죽었다는 사실 때문에 봉식 어머니를 못 오게 합니다.

### 🗝 세 번째 열쇠말_ 소금

이 작품에서는 소금이 귀하다는 얘기가 자주 나옵니다. 소금 때문에 운 적이 한두 번이 아니라는 말도 나오는데요, 소금이 있어야 부패를 막고 음식의 맛을 낼 수 있으니까 꼭 필요했던 거죠.

옛날에는 어디나 소금이 귀했습니다. 봉급을 받고 일하는 사람들을 샐러리맨이라고 합니다. 봉급을 의미하는 영어 단어 '샐러리'는 라틴어 '살라리움'에서 유래했는데, '살라리움'은 '소금을 살 수 있는 돈'이라는 의미라고 합니다. 중국은 2,600년간 소금 매매를 국가가 통제하다가 2015년이 되어서야 소금 전매제를 폐지했습니다.

간도는 당시 중국에서도 교통이 불편한 오지에 해당하기 때문에 소금이 더 귀했고, 그래서 소금 밀수가 성행했던 것 같습니다. 김동환의 「국경의 밤」이라는 시에도 소금 밀수를 떠난 남편이 무사하기를 바라는 내용이 있습니다. 1934년 동아일보에도 '소금 밀수를 위해 압록강을 건너던 배가 경찰에 발각된 뒤 도망가다가 뒤집어져서 6명이 실종되었는데, 이 중 부부의 시체가 발견되었다'는 기사가 실려 있습니다.

소설에서도 조선에서는 소금 한 말에 30전 아래인데, 간도에서는

2원 30전이라고 얘기하는 장면이 있습니다. 조선에서 소금을 밀수하여 간도에서 팔면 7~8배의 수익을 얻을 수 있었기 때문에, 소금 밀수는 유혹을 느낄 만한 일이었죠. 그런 까닭으로 용애 어머니가 봉식 어머니에게 자기 남편이 하고 있는 소금 밀수를 권한 겁니다.

봉식 어머니는 남자 일행에 섞여 밀수에 나서는데, 잡히지 않기 위해 밤을 틈타서 두만강을 건너고 산길을 걸어갑니다. 남자들은 소금 자루를 짊어졌으나 봉식 어머니는 머리에 이고 걸었기 때문에 얼마 못 가서 머리가 아파 죽을 지경이 됩니다. 봉식 어머니는 일행 뒤에서 강을 건너다가 미끄러져서 죽을 뻔한 위기에 처하기도 했는데, 일행의 도움으로 겨우 강을 건널 수 있었습니다.

그렇게 겨우 강을 건너서 산마루턱에 다다랐을 때, 어둠 속에서 한 무리의 사람들이 나타나 그들을 막아섭니다. 공산당일까, 마적단일까, 경비대일까, 걱정을 하고 있는데, 공산당원인 그들은 짐을 빼앗지 않고 연설만 한 뒤에 조심해서 가라며 봉식 어머니 일행을 그냥 보내 줍니다.

집에 도착한 봉식 어머니는 소금 자루를 방 한구석에 내려놓고 기진맥진 쓰러집니다. 죽은 자식들과 남편을 생각하며 울다가 잠이 들었는데 깨어나 보니 벌써 날이 밝았고, 순사로 보이는 양복쟁이 두 명이 앞에 서 있습니다. 양복쟁이들은 소금표를 내놓으라고 합니다. 소금은 전매제를 실시하기 때문에 거래 허가증이 있어야 하는데, 그게 없다면 밀수품인 거죠.

이때 봉식 어머니는 숨이 막혀 앞이 캄캄해지면서, 이 상황에서 자신을 구해 줄 누군가를 생각합니다. 그때 문득 전날 밤 산마루에서 들었던 공산당원들의 연설을 떠올립니다. 이 뒤의 내용은 검열로 인해 소설에서 삭제되고 없습니다. 삭제된 문장의 앞 내용으로 미루어 본다면, 그들이 곁에 있다면 자기를 도와 싸워 줄 것이라는 요지의 생각이 아닐까 짐작할 수 있습니다. 봉식 어머니의 공산당에 대한 인식이 바뀐 것이죠.

이 소설을 통해 일제 강점기 가난 때문에 고향을 떠나 간도로 이주한 가족의 처절한 모습, 특히 여성으로서 이중의 고통을 겪으며 힘겹게 현실을 헤쳐 나가는 모습을 볼 수 있을 것입니다.

 고용우 (울산국어교사모임)

# 만무방

만무방의 의미
소작농의 삶
반어적 상황 기법

「만무방」은 1935년 조선일보에 발표된 단편 소설입니다. '만무방'이란 원래 염치없이 막돼먹은 사람이란 의미인데, 이 작품은 응칠, 응오 두 형제의 부랑하는 삶을 중심으로, 노동보다는 도박판에 뛰어드는 농촌 청년들의 반사회적인 모습을 보여 주고 있습니다. 농촌 청년들이 도박판에 빠지고 절망하는 이유는 열심히 일하여 추수를 하여도 본인에게는 아무런 수확도 돌아가지 않기 때문입니다. 작가는 이러한 사회적 문제점을 날카로운 시선으로 비판하고 있습니다.

김유정 작가는 스물네 살에 첫 번째 단편인 「심청」을 시작으로 「봄·봄」, 「동백꽃」, 「금 따는 콩밭」, 「만무방」 등, 스물아홉 살의 이른 나이에 폐결핵으로 요절할 때까지 30편에 가까운 작품을 왕성하게 창작하였습니다.

소설 「만무방」은 1930년대 가을 강원도 산골 마을을 배경으로 하고 있습니다. 소설의 마지막 부분에서 모범 경작꾼인 응오가 자신이 애써 가꾼 벼를 자기가 오히려 도적질해야 하는 눈물겨운 상황을 통해서 식민지 농촌 사회의 가혹한 상황과 구조적인 모순을 드러냅니다. 그러나 작가는 응칠과 응오, 그리고 그 밖의 등장인물들의 대화 속에서 따뜻한 마음과 웃음을 잃지 않고 살아가려는 민중의 모습도 함께 그려 내고 있습니다.

이제 이 소설을 이해하는 데 도움을 줄 세 가지 열쇠말을 이야기해 보려고 합니다. 저는 '만무방의 의미', '소작농의 삶', '반어적 상황 기법'이라는 세 가지 열쇠말로 이 소설을 풀어 보겠습니다.

### 🔑 첫 번째 열쇠말_ 만무방의 의미

소설의 제목인 '만무방'은 앞서 이야기했듯 '염치없는 사람'을 뜻합니다. 소설에서는 유랑하고, 남의 닭을 훔쳐 먹고, 노름과 절도로 삶을 살아가는 주인공 응칠이를 만무방이라고 할 수 있을 것입니다. 그 밖에도 노름에 물든 기호, 상투쟁이, 머슴 등도 모두 만무방이라고 볼 수 있습니다.

아무리 열심히 일을 해도 응칠이와 응오 형제, 그리고 소설 속에 나오는 소작농들은 점점 가난해져만 갔습니다. 일제 강점기에 실시된 불합리한 토지 정책으로 소작농은 턱없이 높은 소작료(도지)와 비싼 이자(장리쌀) 등을 지불해야 했기 때문입니다. 그 당시 농촌의 많은 농사꾼들은 열심히 경작을 하여도 남는 것이 하나도 없었습니다.

응칠이의 동생 응오는 모범 청년이었습니다. 그런데 벼를 벨 시기가 지났음에도 벼를 베지 않습니다. 지난해에 땅 주인인 지주 집 문앞에서 꼭두새벽부터 캄캄하도록 벼를 털었으나 지주에게 땅을 빌려 쓰는 값인 도지를 제하고, 빌린 장리쌀을 제하고, 잡초를 없애는 비용인 색초까지 제하고 보니 남은 것은 등줄기를 흐르는 식은땀뿐이었습니다. 온종일 같이 벼 타작을 도와주던 친구들이 뻔히 보고 섰는데, 빈 지게를 덜렁거리며 집으로 돌아오는 건 슬프다기보다는 끝없는 부끄러움이었죠. 그 열없음에 응오는 눈물을 흘렸습니다. 그리고 올해는 흉작까지 겹쳤습니다. 응오는 '에라, 빌어먹을 거 너들끼리 캐다 먹든 말든 멋대로 하여라.' 하는 맘으로 아예 벼를 베지 않고 있습니다. 벼를 베어 봤자 자신에게 남는 것은 하나 없이, 어차피 모두 지주에게 돌아가기 때문이지요.

'만무방'의 의미를 넓게 해석한다면, 사실 응칠이도 아니고 재성이도 아니고 상투쟁이도 아닐 것입니다. 가장 염치없는 자는 이런 가혹한 현실을 만든 '일제 강점기의 가혹한 사회'라고 해석할 수 있지 않을까요?

### 두 번째 열쇠말_ 소작농의 삶

응칠이와 응오 형제가 농사를 짓던 1930년대 농민의 75%는 자기의 토지가 없거나, 자기의 토지가 있어도 경작량이 적어 토지를 빌려 농사를 지어야 하는 소작농들이었습니다.

　소작농은 토지를 빌리는 대가로 수확의 80%를 소작료로 내야 했습니다. 지주들은 이런 제도를 이용해서 소작농을 통제하고 지배하였지요. 소작농은 아무리 열심히 일을 해도 계속 가난해지는 사회적 구조 속에서 삶을 살아갈 수밖에 없었습니다.

　또 소작농은 소작료 외에도 장리세도 내야 했습니다. 장리세는 춘궁기인 봄과 여름에 곡식을 빌려주고, 추수기인 가을에 이자와 함께 곡식을 받는 것을 말합니다. 이런 장리세는 이자가 매우 비싸서 많은 소작농들이 고통을 받았습니다. 그래서 응칠이처럼 정직한 삶을 포기하고 남의 것을 훔치고 노름을 하는, 비윤리적으로 살아야만 삶을 살아갈 수 있는 비정상적인 사회가 된 것입니다.

　다른 등장인물들인 재성이, 기호, 머슴, 상투쟁이 등도 이런 가혹한 세금 수탈에서 벗어나기 위해 노름을 합니다. 노름으로 한탕 번 뒤 농촌 사회를 벗어나고자 하는 것이지요. 이런 그릇된 마음을 갖는 현상이 만연한 것으로 보아, 그 당시의 많은 소작농들이 열심히 농사를 지었으나 제대로 된 보상을 받지 못하고 얼마나 힘들게 살아갔는지를 짐작할 수 있습니다.

### 🔑 세 번째 열쇠말_ 반어적 상황 기법

　'반어적 상황 기법'은 주인공이 원하는 반대 모습으로 이야기가 전개되는 것입니다. 현진건의 「운수 좋은 날」을 예로 들 수 있습니다.

가난한 인력거꾼인 김 첨지가 그날따라 손님들도 많아 많은 돈을 벌게 되었는데, 공교롭게도 그날 집에 돌아가 보니 아내는 결국 죽음을 맞이한 상태였습니다. 작가는 이렇게 김 첨지에게 가장 슬픈 날을 '운수 좋은 날'이라고 표현하는데, 독자는 글을 읽을수록 반어적 상황이라는 것을 알게 되어 큰 충격을 받는 것입니다.

작가들이 작품에서 반어적인 상황 기법을 쓰는 이유는 이야기의 효과를 극대화하기 위함입니다. 반어적 상황 기법은 독자에게 충격을 주어 사회적 문제점과 주인공의 슬픔이 더 크게 와닿게 합니다.

「만무방」에서 "내 것 내가 먹는데 누가 뭐래?"라는 응오의 슬픈 외침은 반어적 상황 기법이라고 할 수 있습니다. 이 소설 속에서, 응칠이는 그동안 행실이 나빴던 자신이 동생의 논에서 벼를 훔친 사람으로 몰릴 것을 염려해 벼를 훔친 범인을 잡으려고 합니다. 한밤중 도둑을 발견한 응칠이가 도둑을 잡지만, 어이없이 우두망찰할 뿐입니다. 도둑은 다름 아닌 그 논을 경작한 자신의 동생 응오였기 때문입니다. 형까지 이렇게 못살게 굴 거냐며 울음이 북받친 응오가 내뱉은 말이 '내 것 내가 먹는데 누가 뭐래?'입니다. 너무 꿈속 같아 멍하니 섰던 응칠이가 동생이 내던지고 간 봇짐을 들어 보지만 가뿐합니다. '이까짓 걸 해 가려고.' 응칠이도 눈물을 적십니다.

성실하고 부지런했던 응오에게 턱없이 높은 도지와 장리세는 벼를 수확하려는 의지를 꺾었을 뿐 아니라, 자신이 경작한 논의 벼를 밤에 몰래 도적질하는 비극적인 상황을 가져왔습니다.

작가는 당시의 불합리한 현실을 바라보는 날카로운 시선과 반어적 상황 기법으로 독자들에게 일제 강점기 우리나라 농촌 사회의 안타까운 현실과 소작농의 극한 빈곤을 보여 준 것입니다.

「만무방」은 김유정 문학이 갖고 있는 풍자와 해학성이 크게 드러나지는 않습니다. 그러나 사회 문제를 냉철하게 파헤치는 날카로운 비판의 시선 속에서도 작가의 민중을 향한 애틋한 마음이 느껴지는 작품입니다.

 김민재 (서울국어교사모임)

# 탈출기

  이번 시간에는 최서해 작가가 1925년 『조선 문단』이라는 잡지에 발표한 단편 소설 「탈출기」를 소개하고자 합니다. 그는 가난과 궁핍에 대한 이야기를 주로 다루었는데요, 「탈출기」 역시 가난의 문제를 다루고 있습니다.

  신경향파 작가로 널리 알려진 최서해 작가의 본명은 최학송으로, 1901년에 태어나 1932년에 이른 나이로 사망하였습니다. 아버지가 죽은 후 극도의 가난에 내몰려 보통학교를 3년 다닌 것이 그의 학력의 전부입니다. 그는 어린 시절 독립운동을 하러 떠난 아버지를 찾기 위해 만주로 간 경험이 있는데요, 「탈출기」에는 이때의 경험이 반영되어 있습니다.

  소설은 주인공 박 군이 희망을 안고 고국을 벗어나 중국 만주의 간도로 향하지만, 가난에 허덕이다 각성하여 어떤 조직에 가담한다는 내용이지요. 그럼, 지금부터 이 소설을 세 가지 열쇠말로 살펴볼까요?

### 🔑 첫 번째 열쇠말_ 간도

이 소설은 주인공 박 군이 친구인 김 군의 편지에 답장하는 형식으로 구성되어 있습니다. 이른바 서간체 소설입니다. 작가의 말에 의하면, '독자들의 의식 속에 더욱 강렬하게 작용시키는 방법으로 호소적 위력이 강한' 서간체 형식을 사용했다고 합니다. 작가의 바람대로 이 소설은 1920년대 당시 독자들에게 큰 반향을 불러일으켰습니다.

간도는 현재 중국의 연길 지방을 가리킵니다. 주인공 박 군이 간도로 간 이유는 작품 앞부분에 나옵니다. 박 군은 고향에서 너무나 절박한 생활에 시들었고, 새로운 힘을 얻기 위해 어머니와 아내를 데리고 간도로 향했습니다. 간도로 가면 기름진 땅에서 농사지어 배불리 먹을 수 있다고 들었기 때문이지요. 그리고 그곳에서 무지한 농민들을 가르쳐 이상촌을 건설하겠다는 생각도 했습니다. 한마디로 간도는 박 군에게 희망의 땅이었습니다.

'너무나 절박한 생활'이 무엇인지에 대한 자세한 언급은 없지만, 당시가 일제 식민지 시대였다는 점을 생각하면, 일제의 폭압 때문에 고향에서의 삶이 너무나 가난하고 고달팠을 것이라는 짐작이 듭니다. 이렇게 고향에서 간도로 간 것은 주인공의 1차 탈출인 셈이지요.

실제로 최서해 작가는 유년 시절 가난하게 생활하다가 열일곱 살인 1918년에 간도로 이주하여 1923년까지 거주합니다. 그런데 가난 때문에 그곳에서 첫 번째 아내와 이혼하게 되지요. 그리고 불행하게도, 두 번째 아내마저 딸을 낳다가 죽고 맙니다. 이 작품은 작가의 이러한 자전적인 경험을 밑바탕에 두고 있습니다.

### 🔑 두 번째 열쇠말_ 빈궁

'빈궁'은 가난하고 궁핍하다는 뜻입니다. 박 군은 희망을 가득 품고 간도에 도착했지만 기대와는 달리, 빈 땅이 단 한 뼘도 없었습니다. 겨우 땅을 빌려 농사를 지어도, 중국인 지주에게 소작료를 주고 나면 빚만 남았습니다. 이런 상황에서 박 군과 가족은 온갖 일을 가리지 않고 합니다. 하지만, 늘 배고픔에 허덕였습니다.

어느 날 박 군이 이틀을 굶은 채 일자리를 찾다가 집에 왔는데, 아내가 뭔가를 먹고 있었습니다. 박 군은 아내가 자신 몰래 무엇을 먹는 것이 아닌가 의심하며 괘씸한 생각까지 들었습니다. 그러나 알고 보니 아내가 먹고 있던 것은 귤껍질이었습니다. 그것도 길바닥에서 주웠기 때문에 딱딱하고 말라비틀어져서, 먹기 힘든 상태의 껍질이었습니다. 만삭의 아내가 배고픔을 이기지 못해 한 행동이었지요. 가난으로 인한 비참한 실상이 잘 드러난 부분입니다.

박 군은 추운 겨울 산골을 돌아다니며 생선을 팔고, 그 수익을 콩으로 바꿔서 두부 장사를 했습니다. 아이를 낳은 지 얼마 안 되어 몸이 안 좋은 아내와 힘들게 두부를 만들었지만, 때로는 두부가 쉬기도 했습니다. 그렇게 어렵게 두부를 만들어도, 고작 20전이나 30전 정도밖에 벌지 못했지요.

20전이나 30전이라니, 어느 정도의 액수인지 실감이 나지 않지요? 100전은 1원입니다. 1원은 오늘날에도 거의 쓰이지 않지요. 정확히 계산할 수는 없지만, 당시의 1원은 오늘날의 만 원 정도로 생각하면 될 듯합니다. 그러니까, 20전이나 30전은 대략 2천 원이나 3천 원 정도입니다. 하지만 그조차도 벌지 못해, 두부를 만들다가 온 가족이 울었다고 묘사되어 있습니다.

두부를 만들기 위해 땔나무를 구하는 일도 만만치 않았습니다. 나무하는 어려움도 컸지만 남의 산에서 나무를 하다가 산 임자에게 들켜 경을 치고, 결국 중국 경찰에 잡혀가 매를 맞았습니다. 그 뒤로 산에서 나무가 없어지면, 항상 박 군이 의심받고 경찰의 수색과 구타를 당했지만, 처지를 호소할 수조차 없었습니다.

### 🔑 세 번째 열쇠말_ **탈출**

이렇게 가난에 허덕이다 보면 생활도 엉망일 뿐 아니라, 사람의 심경에도 변화가 생기게 마련이지요. 박 군은 가족을 위해서 어떻게든 열심히 살아 보려고 하였습니다. 그러던 추운 겨울 어느 날, 절박한 상황 속에서 깊은 생각에 잠겼다가 자신의 운명을 결정할 사상이 머릿속에 움실움실 피어나는 것을 느끼게 됩니다. 그것은 누구의 가르침에 의해서도 아니고, 일부러 일으키려고 애써서 일어난 것도 아니었습니다.

박 군은 자신이 아무리 세상에 충실히 살려고 해도, 세상은 도리어 자신을 모욕하고 멸시하고 학대하였다고 합니다. 세상은 포악하고 허위스럽고 요사한 무리를 옹호하는데, 지금까지 박 군 자신을 포함하여 세상의 모든 사람들이 그것을 알지 못하고, 자기 피를 짜 바치면서 험악한 제도의 희생자로 살아왔다는 것을 알게 되었다고도 하지요. 그러므로 포악하고 진실하지 못하고 요사한 무리가 세상을 지배하고 있는 사회 제도를 더 이상 용납해서는 안 된다는 결심을 하게 된 것이라고 합니다.

박 군은 자신에게 최면술을 걸려는 무리, 즉 '험악한 공기의 원류'를 쳐부수려고 한다고, 이 일이 생의 확충이며, 이 일에서 엄청난 기쁨을 느끼고 있다고 합니다. 이러한 사고 과정을 통해서 박 군은 집에서 탈출하여 XX단에 가입하였고, 밤낮을 가리지 않고 이 일에 매진하게 되었다고, 자신이 집에서 탈출하게 된 일련의 과정을 김 군에게 편지로 쓰고 있습니다. 작품 속에는 XX단과 그 일이 구체적으로 무엇인지에 대해서는 나타나 있지 않습니다.

박 군의 입장에서는 고향에서 간도로의 1차 탈출에 이어서, 2차 탈출을 감행한 것입니다.

박 군은 집에 아예 연락도 하지 않습니다. 이 부분에서 박 군이 너무 매정하게 느껴지기도 합니다. 하지만 박 군도 가족이 굶어 죽을 수 있다는 사실을 알고 있으며, 이런 까닭으로 길가의 거지조차 무심히 보지 못합니다. 그러면서 이를 갈고 주먹을 쥔 채 눈물을 흘리지 않으려고 하지요. 박 군은 편지 곳곳에서 가족에 대한 안타까운 마음을 표현하고 있습니다.

그럼에도 박 군은 XX단의 활동에 목숨을 바치기로 합니다. 그리고 목적을 이루기 전까지는 식구들에게 절대로 연락하지 않겠다고 다짐합니다. '그네가 죽어도, 내가 또 죽어도' 편지조차 하지 않겠다고. 왜냐하면 다시 가족에게 돌아간다고 해도, 사회가 바뀌지 않는 한 가난에 허덕여 겨우 연명하는, 죽지 못하는 삶을 이어 갈 것이기 때문입니다. 그리고 그 영향은 자신을 넘어 자식에게까지 미칠 것이기 때문입니다. 그래서 어떠한 고통이든 감내하며 XX단의 활동을 계속할 것이고, 성공하지 못하고 죽는다 해도 민중의 의무를 이행하고 죽으니 원한이 없을 것이라고 합니다. 그러면서 마지막에 '아아, 김 군아! 말을 다하였으나 정은 그저 가슴에 넘치누나!'라고 편지글을 마치고 있습니다.

이 소설에서는, 조선에서도 간도에서도 제대로 살 수 없었던 당대 민중들의 처절한 빈궁 생활이 생생하게 묘사되어 있습니다. 여기서 그치는 것이 아니라 처절하고도 절박한 가난을 극복하기 위해서는 사회 제도를 개선해야 한다는 결론에 이르지요. 작가의 치열한 현실 인식과 실천 논리를 담고 있는 이 소설은 이러한 점들로 인해 신경향파 소설로 분류됩니다.

당시의 문인들은 작가의 체험이 고스란히 녹아들어 있는 이 작품의 생생함에 큰 충격을 받았다고 합니다. 최서해와 친분이 있던 작가 김동인에 의하면 최서해는 어려서부터 무수한 고생과 쓰라림을 겪었고, 기아 때문에 죽음에 직면한 가련한 삶을 살았다고 합니다. 그러므로 이 소설은 작가인 최서해의 자전적 경험이 밑바탕이 되었다고 할 수 있습니다. 편지글 형식의 자전적인 내용이기에, 그 내용이 더욱 생생하고 진솔하게 와 닿는다는 점에서 이 소설의 가치를 설명할 수 있겠습니다.

 오동훈 (울산국어교사모임)

# 물속 골리앗

**타워 크레인**
**녹색 테이프**
**세월호**

  제목에 '골리앗'이 있어서 성서에 나오는 '다윗과 골리앗' 이야기가 먼저 떠오르시나요? 그럼 이 작품을 자신의 힘만 믿다가 스스로 무너져 내리는 사람의 이야기로 해석해야 할까요? 아닙니다. 이 소설에서 말하는 '골리앗'은 바로 건설 현장을 지나칠 때 보이는 거대하게 우뚝 서 있는 크레인이나, 항구에서 물건을 선적하거나 하역할 때 쓰는 초대형 크레인을 일컫는 것입니다. 그러한 타워 크레인을 보통 '골리앗 크레인'이라 하거든요. 그런데 육지에 있어야 할 크레인이 물속에 있는 이유는 무엇일까요? 이제부터 차근차근 이 작품에 다가가 보겠습니다.

  김애란 작가는 2002년에 등단한 후, 굵직굵직한 문학상을 휩쓸면서 왕성하게 활동하고 있는 작가인데요. 강동원과 송혜교가, 마음은 열여섯 살, 얼굴은 여든 살인 아름이의 엄마, 아빠로 나왔던 영화 <두근두근 내 인생>이, 바로 작가가 쓴 동명의 소설을 원작으로 하고 있답니다. "미안해하지 마. 사람이 누군가를 위해 슬퍼할 수 있다는 건 흔치 않은 일이니까. 네가 나의 슬픔이라 기뻐." 지금도 영화의 대사가 귓전에 맴도는 것 같네요.

2010년에 계간지 『자음과모음』 여름호에 발표되었고, 작가의 세 번째 소설집 『비행운』에 세 번째로 수록되어 있는 소설 「물속 골리앗」. 이제부터 이 작품을 '타워 크레인', '녹색 테이프', '세월호', 세 가지 열쇠말로 읽어 보려 합니다.

### 첫 번째 열쇠말_ 타워 크레인

제목에 등장하는 '골리앗'이 공사가 있는 곳이면 어디서든 볼 수 있는 타워 크레인이라는 건 앞에서도 언급했는데요. 타워 크레인은 어떤 경우, 절박한 상황에 처한 사람들이 마지막으로 올라가 세상을 향해 외치는 공간으로 쓰이기도 합니다. 주로 철거민들이나 비정규직 노동자, 해고 노동자 등 이 사회에서 가장 약한 사람들이지요. 이 작품에 등장하는 사춘기 소년 '나'의 아버지도 절박한 심정으로 타워 크레인에 올라갑니다. 체불 임금 지급을 요구하며 타워 크레인에 올라간 아버지는, 회사에서 전기를 끊어 밤이 되면 더 어두워지는 그곳, 아무도 없는 고공 크레인 위에서 팔 벌려 뛰기를 하고, 등배 운동을 하고, 노 젓기를 하고, 토끼뜀을 뛰면서 고공 농성을 이어 갑니다.

혹시 이 장면을 읽다가 아버지의 비극적 최후를 예상하셨나요? 네, 맞습니다. 가족을 위해 타워 크레인에 올라갔던 '나'의 아버지는, 타워 크레인에서 떨어져 돌아가셨습니다. 온몸에 마치 물대포라도 맞은 양 머리부터 발끝까지 온통 축축하게 젖은 채로 말이죠. 실족사로 처리되었지만 사망 원인은 정확히 밝혀지지 않았습니다.

'나'가 원래 부모님과 살던 곳은, 시내 외곽에 홀로 을씨년스럽게 서 있는, 기역 자 모양의 4층짜리 낡은 아파트였습니다. 국토 개발 열풍을 따라 단기간에 막 지어진 곳이었죠. 외관도 기형적이고 평수도 좁지만, 배운 것도 가진 것도 없이 오직 용접 기술로만 돈을 모은 아버지에게는, 야트막한 산 중턱에 세워져 마을을 훤히 내다볼 수 있는 위치에 지어진 그 아파트가 바로 자부심의 원천이었죠. '나'의 아버지와 어머니는 20년 만에 겨우 이 집의 진짜 주인이 됐는데, 이곳에 철거 명령이 떨어졌습니다. 터무니없이 적은 보상금으로는 어디에서도 집을 구할 수 없었기에, 아버지는 재개발의 상징과도 같던 40미터 타워 크레인에 올라가게 된 것입니다. 해가 뜨면 미안한 얼굴로 신도시의 건설 현장에 나가, 한쪽에 쪼그려 앉아 철근을 붙이고 파이프를 잇다가 말이죠.

아무튼 동네 전체가 재개발 구역으로 지정되면서 끝까지 버티던 사람들마저 모두 마을을 떠났는데, 어머니는 아버지의 정확한 사인을 알 때까지는 마을을 떠나지 않겠다며, 전기마저 끊긴 아파트에 남겠다고 합니다. 그렇게 해서 이 마을에는 어머니와 '나', 단둘만 남게 됩니다. 그런데 설상가상으로 아버지가 돌아가신 후 얼마 지나지 않아, 이곳에는 장마가 집니다. 그것도 50년 만에 내린 폭우가 매일 이어지면서, 온 동네는 물에 잠겨 버립니다.

### 🔑 두 번째 열쇠말_ **녹색 테이프**

이제 '나'와 어머니 둘이서 이 험난한 현실을 헤쳐 나가야 합니다. 하지만 모자가 할 수 있는 일은 없었습니다. 이미 전기는 끊겼고 언제 수도마저 끊길지 모르는 상황에서, 여기저기 물을 채워 놓는 것이 모자가 할 수 있는 유일한 일이었지요. 게다가 사람들이 살지 않는 아파트는 급속도로 황폐해져서, 단단한 콘크리트 벽이 과일처럼 물러서 썩어 갔고, 보름 넘게 쏟아진 비 때문에 아파트는 1층부터 차츰 물에 잠기게 됩니다. 아파트 전체가 물에 잠기는 건 시간문제인 거죠. 모자가 할 수 있는 일이라고는, 기다리는 것밖엔 없었습니다. 장마가 끝나기를, 나쁜 일이 생기기 전에 구조대가 오기를요.

그러나 모자에게 기적은 일어나지 않았습니다. 장마는 한 달 이상 계속됐고, 아버지의 무덤이 물에 떠내려갈까 노심초사하던 어머니는, 스스로 당신의 목숨을 내려놓고야 맙니다. 오래 지속된 고립과 절망을 감당하지 못했던 어머니는, '나'가 완력을 쓰면서 저지하는 바람에 당신의 몸을 칼로 찌르는 데 실패한 후, 집안에 남아 있던 모든 당뇨 약을 없앱니다. 그리고는 봉지에 반 이상 차 있던 문어포를, 봉지가 홀쭉해질 정도로 흡입하고 맙니다. 황토물이 온 마을을 삼켜 버린 걸 확인한 '나'가 어머니를 발견했을 때, 이미 어머니는 이 세상 사람이 아니었죠. 이제 '나'는 완전히 천애 고아가 되고 맙니다.

세상은 왜 이토록 약자들에게 더 가혹하기만 한 걸까요? 마치 신의 장난 같은 주인공의 처지에 마음이 무겁게 내려앉는 게 저만은 아니겠죠? 자신들이 이 아파트에 살고 있다는 것을 다른 사람들이 잊었다고 확신한 '나'는, 이제 한시라도 빨리 이곳을 벗어나야 한다고 생각합니다. 문짝을 뜯어 배를 급조한 '나'는, 어머니의 시신을 배로 옮깁니다. 망설임 없이, 집에 있는 모든 테이프를 가져와 어머니를 휘감으면서요. 어머니가 그립기는 하지만, 돌아가신 어머니의 얼굴을 봐야 하는 게 무섭고 슬퍼서 얼굴 쪽을 테이프로 더 친친 감으면서 말이죠.

녹색 테이프는 결국, 세상에 홀로 남은 10대 아들의, 어머니의 시신을 지키려는 마음을 보여 주면서, 동시에 어머니의 시신이 무서운 정반대의 마음까지 보여 주는 소재인 것입니다. 그런데, '나'는 어머니의 시신을 과연 무사히 옮길 수 있었을까요?

어머니의 시신은 정자나무의 복잡하게 얽힌 뿌리 사이에 단단히 붙박인 채 다가오다가, 물러서다가, 다시 가까워졌다가, 그러다 결국 빠른 속도로 먼 곳으로 흘러가 버렸습니다. 녹색 테이프로 '나'와 겨우겨우 연결되어 있었던 어머니의 시신은, 녹색 테이프로 얼굴이 둘둘 감긴 채 영원히 '나'를 떠나고 만 것입니다.

이제 '나'는 어떻게 될까요? 죽은 사람이라도 어머니와 함께 있을

땐 덜 외로웠다고 느끼던 '나'는, 이제 어떻게 살아가야 할까요? 살아날 수는 있을까요? 타워 크레인마저 물에 잠겨 버렸는데 말이죠. 날이 어두워지기 전에 구조되어야 살아날 수 있을 텐데요.

### 🗝️ 세 번째 열쇠말_ 세월호

'나'가 어머니의 시신을 배에 태우고 배드민턴 라켓으로 노를 저어 가는 장면에서 '나'는, 세계가 거대한 '수중 무덤' 같다는 생각을 합니다. 그리고 물에 잠긴 골리앗 크레인을, 세상에 이렇게 많은 타워 크레인이 있었나 싶을 정도로 자주 나타나는 그 앙상한 실루엣을 보면서 비로소 전 국토가 공사 중이었음을 깨닫게 됩니다.

대부분 한쪽 팔이 긴 타워 크레인의 모습이 '나'에게는 '한쪽 편만 드는 십자가'처럼 보입니다. 약자에게만 유난히 가혹한 현실, 이 작품에 쓰인 타워 크레인의 모습입니다. 아이러니하게도 '나'는, 그런 타워 크레인 기둥 철골에 매달려 살아남습니다. 그러고는 하늘을 향해 두 팔을 활짝 벌렸다가, 다시 가슴 안으로 모으는 동작을 하는 사람을 만나게 됩니다. 그는 좌우를 번갈아 보며, 열심히 노 젓는 시늉을 하기도 하지요. 더 나아가 제자리 뛰기를 하는가 하면, 쪼그려 앉아 연신 콩콩대기도 합니다. 어쩌면 이곳에 유일하게 살아남은 생존자일지도 모르죠. 이제 다른 사람을 만나게 될 수 있을지도 모릅니다. 그렇게만 된다면, '나'가 겪어 왔던 비극은 이제 끝이 보인다고 할 수도 있겠네요. 과연, 그럴까요? 짐작하셨겠지만, 그것은 사람이 아니라 환영이었습니다. '나'가 거친 숨을 몰아쉬며 흥분한 채 고개를 들었을 때, 그곳엔 텅 빈 고요만이 자리를 지키고 있었죠.

하지만, 절망하긴 아직 이릅니다. '나'는 오래전 아버지에게 수영을 배웠던 순간을 떠올립니다. 잠수를 했다가, 더 이상 숨을 참지 못해 수면 밖으로 나왔을 때 받은 가장 근사한 선물, 바로 수천 개의 별똥별이 소나기처럼 쏟아지던 광경을요. 비에 젖어 축축해진 속눈썹을 깜빡이며 달무리 진 밤하늘을 오랫동안 바라보던 '나'는, '누군가 올 거야.'라는 생각을 합니다.

이 작품에서 제가 세월호를 떠올릴 수밖에 없었던 장면입니다. 작품 속 '나'는, 누군가 올 거라며 마지막까지 희망을 놓지 않습니다. 아마도 마지막 장면 이후에 '나'는, 마침내 구조될 수도 있겠지요? 그런 결말을 기대하는 게, 대부분 독자들의 바람일 거라 생각합니다. 그런데 이 장면에서 저는 문득, 캄캄한 배 안에서 누군가 구조하러 올 거란 실낱같은 희망을 품은 채, 배고픔과 추위와 공포에 떨며 죽어 간 영혼들이 생각났습니다. 그들도 "누군가 올 거야."라고 얘기하며 죽음의 공포를 이겨 내려 했을 거고, "사람들이 우리를 잊은 게 아닐까?"라며 서서히 밀려오는 공포에 진저리쳤을 것입니다. 10년이 넘게 흐른 지금도, 저는 교사로서 무엇을 가르쳐야 하는지 여전히 혼란스럽습니다. 아마도 교사인 제가 가르쳐야 할 가장 큰 것은, 아픈 사람들과 함께 아파하고, 불쌍한 사람을 보며 외면하지 않는 공감 능력, 즉 측은지심이 아닐까 합니다.

이 소설을 읽으면서, 학생들에게 꼭 읽히고 싶다는 생각을 했습니다. 어느 날 갑자기 삶의 벼랑 끝으로 내몰린 '나'를, 학생들은 어떻게 느낄지 궁금하거든요. 강제 철거와 임금 체불이 없었다면, 개발 이익을 남기기 위해 생명을 하찮게 여기는 사람들이 없었다면, 빈익빈 부익부가 점점 심화되는 세상이 아니었다면, 무엇보다 가난해도 행복하게 살 수 있는 세상이었다면, 한 가정에 닥친 이 끔찍한 비극이 생겨났을까요? 단지 '나'가 겪고 있는 일들이 자연재해 때문에만 생겨나지는 않았을 거라 추정해 봅니다. 도종환 시인이 「엄마」라는 시에서 '같은 배를 탄 어른들이 정직한 사람이면 좋겠어요. 믿을 수 있고, 정의롭고, 책임감 있는 사람이면 좋겠어요.'라고 표현한 것이 바로, 별이 된 아이들이 이 시대의 어른들에게 꼭 하고 싶은 말이 아니었을까 하는 생각이 듭니다.

김애란의 「물속 골리앗」을 세 가지 열쇠말로 풀어 보면서 저에겐 바람이 생겼습니다. 독자 여러분 모두, 누군가를 위해 슬퍼할 수 있는 삶을 사셨으면 하는 겁니다. 슬픔과 연대하는 삶을요. 고맙습니다.

 장성렬 (인천국어교사모임)

## 본문 작품 자료 출처

최진영, 「일요일」, 『일주일』, 자음과모음, 2021
김연수, 「뉴욕제과점」, 『내가 아직 아이였을 때』, 문학동네, 2016
이문구, 「우리 동네 황씨」, 『우리 동네』, 민음사, 2005
양귀자, 「비 오는 날이면 가리봉동에 가야 한다」, 『원미동 사람들』, 쓰다, 2012
조정래, 「마술의 손」, 『외면하는 벽』, 해냄, 2012
현덕, 「남생이」, 『나비를 잡는 아버지』, 사피엔스21, 2015
김승옥, 「역사」, 『무진기행』, 민음사, 2007
황석영, 「삼포 가는 길」, 『삼포 가는 길』, 커뮤니케이션북스, 2012
임성순, 「몰:Mall:沒」, 『회랑을 배회하는 양떼와 그 포식자들』, 은행나무, 2019
서유미, 「저건 사람도 아니다」, 『당분간 인간』, 창비, 2012
장류진, 「잘 살겠습니다」, 『일의 기쁨과 슬픔』, 창비, 2019
김훈, 『자전거 여행』, 문학동네, 2014

김경욱, 「맥도날드 사수 대작전」, 『위험한 독서』, 문학동네, 2013
윤흥길, 「날개 또는 수갑」, 『아홉 켤레의 구두로 남은 사내』, 문학과지성사, 1997
장강명, 「알바생 자르기」, 『산 자들』, 민음사, 2019
김학찬, 『풀빵이 어때서?』, 창비, 2013
최일남, 「노새 두 마리」, 『당제 흐르는 북 만취당기』, 창비, 2005
서유미, 「스노우맨」, 『당분간 인간』, 창비, 2012
이병승, 『여우의 화원』, 북멘토, 2012
조세희, 「내 그물로 오는 가시고기」, 『난장이가 쏘아 올린 작은 공』, 이성과힘, 2024
김영현, 「멀고 먼 해후」, 『깊은 강은 멀리 흐른다』, 실천문학사, 1999
편혜영, 「20세기 이력서」, 『자전 소설 4: 20세기 이력서』, 강, 2010
장류진, 「다소 낮음」, 『일의 기쁨과 슬픔』, 창비, 2019
이동하, 「모래」, 『황석영의 한국 명단편 101 5: 생존의 상처』, 문학동네, 2015
김금희, 「조중균의 세계」, 『너무 한낮의 연애』, 문학동네, 2016
은유, 『알지 못하는 아이의 죽음』, 돌베개, 2019

조세희, 「난장이가 쏘아 올린 작은 공」, 『난장이가 쏘아 올린 작은 공』, 이성과힘, 2024
조해일, 「매일 죽는 사람」, 『조해일 문학 전집 1: 매일 죽는 사람』, 죽심, 2024
김애란, 「도도한 생활」, 『침이 고인다』, 문학과지성사, 2007
현진건, 「운수 좋은 날」, 『운수 좋은 날』, 사피엔스21, 2012
계용묵, 「별을 헨다」, 『계용묵 단편 소설선: 백치 아다다 별을 헨다』, 글로벌콘텐츠, 2015
김소진, 「열린사회와 그 적들」, 『열린 사회와 그 적들』, 문학동네, 2014
김정한, 「모래톱 이야기」, 『사하촌』, 사피엔스21, 2013
나도향, 「행랑 자식」, 『벙어리 삼룡이』, 북도드리, 2012
강경애, 「소금」, 『소금』, 민음사, 2019
김유정, 「만무방」, 『봄·봄』, 사피엔스21, 2012
최서해, 「탈출기」, 『탈출기』, 애플북스, 2015
김애란, 「물속 골리앗」, 『비행운』, 문학과지성사, 2012